山海經的智慧

長卿 著

神話的盡頭　歷史的開始
沿著中華湮滅的文明‧探究千古奇書的謎底
打開歷史塵封的記憶‧找尋遠古先民的智慧

目錄

《山海經》概論

　　《山海經》自古以來都被稱為神話之書，被認為是荒誕不經之作，司馬遷曾說「山海經所有怪物，余不敢言之也」。胡應麟則說「山海經，古今語怪之祖。」他們不經意之間就把《山海經》擺在了高高的神壇上。很多人了解《山海經》是透過魯迅的《阿長與山海經》，講的是繪圖的人面獸，九頭蛇，三足鳥。由於這些名人的誤導，結果以訛傳訛，《山海經》幾千年來就完全被當作神話了。

　　其實《山海經》分為兩大部分：一部分是《五藏山經》，這是以東、南、西、北、中五大山系為主體的地理著作，這部分只是鳥獸怪異，山川道里很難考證；另一部分是《海內經》、《海外經》、《大荒經》，這部分是圖文參照的歷史著作，但是圖像部分已經失傳，其中神話傳說又比較多，所以被人誤以為荒誕。

　　那麼《山海經》到底哪些地方荒誕呢？

一、鳥獸荒誕嗎？

　　先來看看《山海經》中荒誕的鳥獸，例如《西山經》記載了太華山有一種蛇叫肥螈，六足四翼。這就很奇怪，哪裏有蛇會長著翅膀呢？實際上我來告訴大家，這不是怪蛇，而是一種昆蟲（六足四翼），類似於蛇的昆蟲，比如竹節蟲。竹節蟲體長約二十六公分，收起翅膀來很像僵死的蛇，馬來半島產。但是古人並沒有昆蟲的概念，沒法詳細的區分，只好粗略的將它劃歸蛇類。

　　再如有些人經常會說，《山海經》裏記載了很多怪物，它們只有一隻眼睛或者很多隻眼睛，比如說《南山經》記載了一種類似羊的怪物叫猼訑，它的眼睛長在背上。這太古怪了，哪裏有動物眼睛會長在背上呢？實際上隨著近代科學的發展，人們已經了解了一些基因的奧秘，比如現在的生物學家可以讓果蠅的眼睛長在翅膀上，也可以讓它的眼睛長

在腳上，想長在哪兒就長在哪兒，想長幾個就長幾個。這當然不可思議，不過這是科學事實，你沒有見過並不能說明那是荒誕的。

再如《南山經》記載了亶爰山有一種野獸叫類，體型像狐狸並且有長毛，雌雄同體。根據我們現有的常識，高等哺乳類動物是不存在雌雄同體的，低等生物如蚯蚓、蝸牛、黃鱔和一些魚類才有雌雄同體，但是科技日報曾經報導過，科學家發現一些雌雄同體的北極熊，初步認定這是化學污染造成的。

事實就是，《山海經》中千奇百怪、不可思議的怪獸在我們身邊就隨處可見，我們又有什麼理由來指責《山海經》荒誕不經呢？你見過長著兩個腦袋的蛇嗎？你見過長著四條腿的鴿子嗎？這些並不稀奇，在我們身邊就時有出現，在接下來的篇幅裏我們會詳細的討論這些問題。

二、山水荒誕嗎？

再來看看《五藏山經》中荒誕的山水，《五藏山經》中的山川和水道與今天的地理面貌基本上都對不上號，所以有一些學者在尋覓一番後便歎息起來，「山川道里皆不可考」。那麼《山海經》中的地理描述都是子虛烏有，胡編亂造嗎？

我們先來看一個例子，《南山經》記載了一座招搖山，緊挨著「西海」，有一條河流叫麗麕，向西流入西海。這是一句看似很平淡的話，但卻極度的不可思議。翻開地圖冊，在中國向西流的河流只有一條，那就是流向青海湖的倒淌河。不可思議的還在後邊，檢索一下《西山經》，「西流」出現了十餘次，檢索一下《中山經》，「西流」出現了五次，也就是說，有數十條河流是向西流的！再如《北山經》中的王屋山，瀤水向西北流入泰澤。（向西北流的河流《山海經》記載的也很多）

這是一個什麼問題？河流怎麼會西流呢？騙子必須遵循這樣一個原則，就是騙子必須說一些你不了解的事情，比如說你未來能發大財、或者某某海外有仙山等這些你不知道的事情，他才能有欺騙你的機會。如果一個人對你說長江向西流，我相信你一定會懷疑他神經有問題。但是《山海經》的作者並沒有遵循這個欺騙原則，他言之鑿鑿的說，王屋山有河向西北流。

非常奇怪，河流西向的年代太遙遠了，五千萬年前的長江是向西流入地中海的，當然現在也有一些小河是向西流的，例如山東的大汶河。這是一個謎團，還沒有辦法解釋，但毫無疑問的，《山海經》中記載的西向河流不是故意編造出來的，因為小孩子都可以戳穿他的騙局，他沒必要冒這種風險。

我們再來看另一個不可思議的景象，《南山經》記載，柢山，多水無草木；亶爰山，多水無草木；這是個很嚴肅的問題，有山有水卻無草木？這是什麼原因？柢山有魚，亶爰山有獸，也就是說食物鏈必然是完整的，生態環境還能繼續維持，但是怎麼會沒有草木呢？

這是一個普遍的現象，在《山海經》中大量記載了這樣有水有鳥獸卻沒有草木的地區，在排除乾旱和嚴寒的原因之後，我們陷入了困境，這是一個什麼樣的年代，為什麼大地一片荒涼，是化學污染還是大爆炸？

《南山經》記載：「發爽之山，無草木，多水，多白猿。汎水出焉，而南流注於渤海。」我在渤海附近生活了十餘年，我怎麼就不知道什麼山有水有獸卻沒有草木呢？這個問題我們將在後面的篇幅詳細討論。

三、故事荒誕嗎？

《山海經》中最荒誕的莫過於故事了，我們耳熟能詳的有刑天舞干

戚、夸父逐日景、黃帝殺雷獸、精衛湮東海等等。對於這些故事，想要
剝去它們的神話面紗是艱難的，但是我們不妨投機取巧一下，來分析一
下和它們並列記載的「怪異故事」，看看能得到什麼樣的啟示。

　　《海內西經》記載，危是貳負的臣子，危和貳負合謀殺死了窫窳，
帝就把危囚禁在疏屬山，銬住他的右腳，反綁著他的雙手和頭髮，吊在
樹上。

　　這看起來是個普通的刑罰，沒什麼太奇怪的，但是晉朝的郭璞講過
一個故事，說漢宣帝之時，從石室裏挖出了一個人，「徒裸被髮，反
縛，械一足。」，一問怎麼回事，群臣都不知道，劉向就說《山海經》
中危就是這麼被帝殺的，當時宣帝大驚，於是人人爭學《山海經》。

　　透過這個故事，我們了解到兩個要點：一、這是個普通的刑罰記載；
二、這個故事很有高的可信度。

　　　　據比之尸，其為人折頸披髮，無一手。——《海內北經》
　　　　王子夜之尸，兩手、兩股、胸、首、齒，皆斷異處。
　　　　　　　　　　　　　　　　　　　　　　——《海內北經》

　　這兩段記載則令人毛骨悚然，描畫了兩具屍首。那麼《山海經》為
什麼如此熱衷於死亡景象的描述呢？袁珂在《山海經校注》中說道：「山
海經所謂『尸』者，大都遭殺戮以後之景象。」那麼我們仔細檢索一下
《海經》和《荒經》，就會發現——《海經》、《荒經》記載的絕大
部分都是死亡的故事。如：

　　　　有神，人面獸身，名曰靈鬼之尸。　　——《大荒東經》
　　　　有人方齒虎尾，名曰祖狀之尸。　　　——《大荒南經》
　　　　有人衣青，以袂蔽面，名曰女丑之尸。——《大荒西經》

有金門之山，有人名曰黃姖之尸。　　——《大荒西經》

有人無首，操戈盾立，名曰夏耕之尸。——《大荒西經》

尤其是夏耕之屍，那分明就是一個很經典的戰士的死法。

再如「刑天與帝至此爭神，帝斷其首，葬之常羊之山。乃以乳為目，以臍為口，操干戚以舞。」（《海外西經》）

「夸父與日逐走，入日。渴欲得飲，飲於河渭，河渭不足，北飲大澤。未至，道渴而死。棄其杖。化為鄧林。」（《海外北經》）

記載的也仍然是刑天和夸父的死因、死狀和死處。也就是說《海經》和《荒經》有著嚴密的邏輯和非常強烈的意圖，它們就是專門記載這些人物死亡的故事的。

四、概念荒誕嗎？

我們前面提到，古人沒有昆蟲的概念，他們可能會把昆蟲歸入蛇類或者鳥類、獸類，這是他們的概念模糊造成的。我們再來看一個令人捧腹的例子。

《山海經》中提到一個梟陽國，說那裏的人人面長唇，黑身有毛，反腳後跟，看見人笑他也笑。這是一段描寫精采而且至關重要的話，人們可以不假思索的回答，這是黑猩猩或者類人猿。這裏我們發現一個奇怪的問題，《山海經》的作者是把這些黑猩猩當作「人」的，並且認為這些群居的黑猩猩就是一「國」！他們的觀念如此的奇怪，在他們的眼中，人和黑猩猩是平等的，同樣都是「人」，這不是一個偶然的現象，在《山海經》中這是一個普遍的現象。

接著看，《山海經》中又提到一個氐人國，那裏的人人面魚身，無足。袁珂在《山海經校注》中注釋說這就是神話裏的人魚。人面魚身的

確很奇怪，我們日常生活中所說的人魚就是海牛科的儒艮，儒艮的面目談不上美，甚至可以說很醜，但是別忘了，黑猩猩和狒狒也不會漂亮到哪裏去。既然黑猩猩的臉可以被稱為「人面」，那麼儒艮的臉被稱為「人面」也不為過。而且儒艮也是群居的，特別是在有溫泉的地方聚集更多，就像黑猩猩一樣，被稱為「人」、「國」是並不奇怪的。

如果說黑猩猩和儒艮的例子還不至於很離譜，被稱作「人」還勉強可以理解的話，那麼下邊的這個例子就不好理解了。《山海經》中提到一個犬戎國，狀如犬，也就是狗國。袁珂在此處就犯迷糊了，他說，大概是因為犬立了功而受封才得到的國名。其實這是自相矛盾的，因為無法解釋「狀如犬」這句話，難道說國土形狀如犬？這無疑是牽強附會的。其實是因為袁珂無法接受狗也是人的觀念，但是黑猩猩和儒艮都可以被稱之為人，那麼狗有什麼理由不可以被稱之為人呢？在初民的眼中，什麼才是人呢？

下面這個問題很有趣，《山海經》中經常提到一些人面蛇身、人面獸身的怪物，千萬不要認為「人面」就是「書生」或者「美女」的臉，因為那很有可能就是黑猩猩一樣的面孔。當然還有一些「人手」、「人足」、「人舌」一樣的詞語，也同樣不要認為一隻怪物長著和人一樣的手腳或舌頭。

比如，《山海經》中提到了鸚鵡，「黃山，有鳥焉，其狀如鴞，青羽赤喙，人舌能言，名曰鸚鵡。」這個「人舌能言」很明顯不是說鸚鵡有人一樣大的舌頭，他是說鸚鵡的舌頭和人一樣靈巧，能說話，這是初民辭彙缺乏造成的，他沒有「靈巧」之類的形容詞，他只能用一些簡單的類比來描述。

再如《南山經》記載，「櫃山，有鳥焉，其狀如鴟而人手，其音如痹，其名曰鴸」。這裏面提到了一個「人手」，那麼作者要取人手的哪一個特徵呢？是大小？是靈巧？是膚色？但有一點是肯定的，就是這種鳥絕

沒有長著一雙人手，只是在某些方面稍有相似罷了。

至於其他的「人面龍身」、「人面鳥身」也是如此，那種怪物並非長著龍的身體或者鳥的身體，他們只是需要某些特殊的形容詞，比如說靈巧、尖、圓、細長等等，那種神化完全是我們的想像力和慣性思維在作祟，我們自作聰明的認為它應該是那個樣子。

通過上面簡略的概述以後，我們應該對《山海經》有一個新的客觀的認識，那麼就隨我一起來深入探索這部「千古奇書」吧！還它一個本來的面目，澄清千年來人們對它的誤解和迷信。

第一章
《五藏山經》概論

一、怪異的鳥獸

初民的辭彙並不豐富，他們缺少很多名詞和形容詞，所以他們的文字有時候很模糊。可以說，《山海經》的文字是可信的，它的描述絕大部分也是客觀的，不過因為辭彙的缺乏造成了大量難以理解的類比和拼湊！

《山海經》中提到，「黃山，有鳥焉，其狀如鴞，青羽赤喙，人舌能言，名曰鸚鵡」。《山海經》很詳盡的介紹了鸚鵡的形態，「其狀如鴞」，鴞，又名貓頭鷹，身長十三至七十一厘米不等。「青羽赤喙」就是青色的羽毛、紅色的嘴。「人舌能言」，如果讓不知道鸚鵡的人來猜想，他可能會認為那種鳥有人一樣大的舌頭。其實這是一個很錯誤的理解，因為《山海經》的作者是沒有「靈巧」這個詞語的，他的原意是「像人一樣靈巧的舌頭」。但是這種過於簡單的類比就丟失了一些語義，所以人們就習慣在「人的舌頭」上理所應當的加上了「和人的舌頭一樣大」的定語，很自然的扭曲了作者的本意。

這只是其中的一個例子，我們接著看前面已經講過例子。「余峨山。有獸焉，其狀如菟而鳥類喙，鴟目蛇尾，見人則眠，名犰狳。」「菟」，《說文解字》「菟」通「兔」。《天問》「夜光何德、死則又育？厥利維何，而顧菟在腹？」說的也是『兔』。「鴟」也是一種貓頭鷹。翻譯過來就是說這種野獸像兔子，但是嘴很像鳥類，眼睛像貓頭鷹，尾巴像蛇。貓頭鷹的眼睛是圓的，蛇尾巴是細長的，鳥類的嘴是尖的。其實作者需要的詞語是「圓」、「細長」或者「尖」之類的形容詞，但是由於辭彙的缺乏，他只好選擇用已知的生物來替代。犰狳，貧齒目犰狳科，尖嘴，圓眼睛，尾巴跟蛇一樣粗細，身上有甲，每每遇到危險，犰狳便會將全身縮成球狀，將自己保護起來。這豈不正是唯妙

唯肖的「見人則眠」？

再看「東始之山，上多蒼玉。……泚水出焉，而東北流注于海，其中多美貝，多茈魚，其狀如鮒，一首而十身，其臭如蘪蕪，食之不糜」。（《東山經》）「譙明之山。譙水出焉，西流注于河。其中多何羅之魚，一首而十身，其音如吠犬，食之已癰。」茈魚、何羅魚看來是同一種魚，至今也不知道何羅魚是什麼樣的。我們只好自己來分析。鮒魚又名鯽魚，在分類學上屬鯉科，鯉亞科，鯽屬。「一首而十身」，我們日常所知的，章魚有八隻足，烏賊有十隻足，八隻短足圍口而生，另有兩足特別長，主要用於捕捉食物，稱為捉足。烏賊體型與鯽魚相差不多，區別在於茈魚是十身，而烏賊是十足。現在我開始提問，請你描述一下烏賊，你說「一首十足」，那麼我問你，烏賊沒有身子嗎？你可能修正一下你的概念，改成「一首十身」。從這裏可以看出，作者對於身子和足的概念並不是太明確，他沒有一個明確的標準，所以造成了描述上的混淆。袁珂《山海經校注》「『蘪蕪』郭璞注云：香草。」「其臭如蘪蕪」是說茈魚的味道很好。烏賊的味道我們大家都知道。「其音如吠犬」這的確很難解釋，但是我們知道海洋生物大多會發聲的。鯰魚發出「咚咚」聲像軍鼓，河豚魚、刺豚則發出「呼嚕」打鼾聲，蝦群發出連珠炮一般的海底噪聲，章魚也能發出尖叫聲。不管這種叫聲算不算「犬吠」，我們看到《山海經》的作者已經盡力去詳細的描述了，只是由於辭彙的貧乏和概念的不明確，才造成了我們難以理解的局面。

再看「青丘山，有獸焉，其狀如狐而九尾，其音如嬰兒，能食人，食者不蠱。（《北山經》）」「龍侯之山，無草木，多金玉。決決之水出焉，而東流注于河。其中多人魚，其狀如鯑魚，四足，其音如嬰兒，食之無癡疾。」袁珂《山海經校注》說「人魚即大鯢」。大鯢，別名娃娃魚，兩棲類，屬於隱鰓鯢科，學名為 Andrias davidianus。大鯢是現存有尾目中最大的一種，體長一般為一點三米，個別可達一點八米，體

重一般為二十至三十公斤。四足，尾圓形，尾上下有鰭狀物。叫聲如嬰兒，以水中的魚、蝦、蛙、蟹和陸地的鳥、鼠、蛇、昆蟲為食，喜穴居，肉味鮮美，視為珍品。大鯢與上面所說的「人魚」是很相像的，體型和狐狸差不多，叫聲也像嬰兒，肉食性，吃人也不是怪事（大鯢性兇猛，小鯢則比較溫順，這是兩種類型，注意區分！）。但是「九條尾巴」卻讓我們無法繼續深入探討，因為大多數人都認為這是初民神化的，是不足信的。但是我們知道低等兩棲類動物的再生能力都比較強，比如和大鯢同類的「蠑螈」，這種生物尾巴斷了大都是可以重新長出來的。那麼大鯢有這樣的再生能力嗎？當然，因為大鯢和蠑螈不但是同屬兩棲類，還同屬於有尾目，只不過大鯢屬隱鰓鯢科，蠑螈屬於蠑螈科。看到這裏我們突然有一種感覺，這個「九」字並非指的是實數，而是指大鯢的尾巴生命力很頑強，斷了可以再生。你可能不相信，再看我們的俗語「貓有九條命」。貓真的有九條命嗎？當然沒有，只是它的生命力太頑強，所以才被人形容為命很多即「九條命」。同樣的道理，大鯢的尾巴也只有一條，只不過斷了可以再生，初民就認為大鯢有很多條尾巴！所以用「九尾」來形容大鯢也就不足為怪了。（這種解釋的科學根據不是很足夠，但是可以聊備一說。）

　　「基山，其陽多玉，其陰多怪木。有獸焉，其狀如羊，九尾四耳，其目在背，其名曰猼訑，佩之不畏。有鳥焉，其狀如雞而三首、六目、六足、三翼，其名曰鵺鵂，食之無臥。」（《南山經》）這些看起來就比較奇怪了，頗有些三頭六臂的神話意味。但是仔細觀察一下我們的身

猼訑圖

邊，就會覺得這些再平常不過了。比如老虎和獅子雜交的後代獅虎獸，馬和驢雜交的後代騾子。比如說連體嬰兒，每個人都耳熟能詳，這裏就不囉嗦了。再比如，雙黃雞蛋孵出來的是什麼？當然是雙胞胎小雞，雖然連體的我沒見過，但是真實性幾乎不用懷疑。三腳雞、兩頭蛇之類的新聞經常會有報導。還有很多我沒法親自證實的，雖然說假新聞很多，但是也不至於一個真的也沒有。下面列舉幾個：

1. 深圳市龍崗區南澳鎮卻發現了一隻長有四條腿、有兩個消化系統和排泄系統的鴿子。據南澳鎮水頭村養鴿場的飼養員說，這隻長有四條腿的小鴿子是雙黃蛋孵化出來的，多長出的兩條腿只有正常腿的一半大小。這隻奇特的小鴿子除了長有四條腿外，還長有兩個消化系統和兩個排泄系統，所以特別能吃，一天吃的食物是正常小鴿子的二、三倍。

2. 汕頭澄海市蓮華鎮碧砂鄉發現一隻罕見的四腳雄鵝；汕頭中山公園動物園收養了一隻長著四隻腳、通體潔白的鴨子。

3. 匈牙利通訊社報導，匈牙利東部博爾紹德州博爾德瓦村的一隻母雞上周孵出十二隻小雞，其中一隻竟長有四條腿。更令人稱奇的是，這隻小雞走路時四條腿都能發揮作用，而且跑起來也比其他夥伴要快。當地獸醫在看了這隻小雞後說，這雞來自一個雙黃蛋，其中一個蛋黃發育成了小雞，而另一個只發育成了兩條腿，但少見的是這兩條腿也能活動自如。

4. 二〇〇二年五月三十一日，北京晚報報導，成都市重點文物保護單位、蒲江天華鎮大佛寺裏有座廟，廟裏聚集了一群奇禽：一隻鴨子四條腿、一隻公雞立著走。

5. 北京青年報報導：二〇〇一年十月八日有條奇特的雙頭蛇約長二十六厘米，深灰色，身上有花紋。兩個蛇頭大小相同，一左一右長在蛇的前部，每個蛇頭都有自己的蛇眼和蛇嘴。動物專家仔細察看後說，此蛇是農村比較常見的草蛇，只有半歲左右，無毒。長出兩個腦袋是基

因突變的結果。過量使用化學藥劑、農藥、化肥等對環境造成污染，都可能引發這種基因突變。據了解，雙頭蛇目前暫由大興野生動物園保護飼養，爬行動物專家還將對它進行進一步研究。

兩頭蛇

6. 天府早報二〇〇一年十一月五日　「神貓」只有三隻腳，沒尾巴。

7. 雲南日報二〇〇一年十一月三十日　昆明市東川區碧谷鎮龍潭村第六村民李平家，有一頭長了四隻耳朵的小豬。

8. 哈爾濱日報二〇〇一年九月二十五日哈市道里區新農鎮前肖家村發現一「怪物」：長著耗子頭，蛇尾巴，雞爪子，身體比一隻貓還大。村裏的居民沒人認得，有的主張打死它，有的擔心這是稀有動物，要餵養它。經東北林大野生動物資源學院副院長吳建平鑒定，這個「怪物」是麝鼠，俗稱「水耗子」。

9. 二〇〇三年七月武漢專訊　近日，漢川市馬口鎮一居民家的一隻貓一口氣生下六隻小貓，其中四隻竟連成一體。「昨日中午，記者在馬口鎮回歸門附近的陳某家，看到了出生三天的『四連體』小貓，其中三隻肚臍緊緊相連，另一隻尾部與其他三隻小貓的肚臍相連。四隻小貓兩黃兩黑『擰』在一起，爬行時四隻貓相互掙脫，並因疼痛而嘶叫。陳某稱，七月二十九日上午十時，母貓經過兩天掙扎，異常難受地生出『連體貓』，現在六隻小貓和貓媽媽的身體狀況都很好。武漢大學環境科學院胡鴻興教授分析，可能是貓胎在發育時，某個部分挨在了一起。也不排除受基因突變，或環境、營養等因素影響所致。」

以上所敘述的都是為了證明一個問題，就是基因突變是真實存在

的,「三首、六目、六足、三翼」、「九尾四耳」、「九頭鳥」、「兩頭蛇」這些都是極有可能存在過的。如果上面的例子還不夠說服力的話,那麼林景星博士(中國地質科學研究院現代生態地質研究中心主任教授)的文章可以打消很多人的疑慮,具體可參見《自然之友通訊》二〇〇一年第一期「環境變化與生命和人群健康的關係」(自然之友的網站是http://www.fon.org.cn)由於篇幅太長,所以在這裏只引用林博士的一個例子。

「一隻青蛙三條腿」一九九五年在美國明尼蘇達州河流和濕地裏發現青蛙三條腿,嚴重畸形。開始爭論很大,有人認為這是偶然現象,不是環境污染造成的。後來在美國南部、東部、中西部和加拿大都發現畸形青蛙,達百分之十。其中有一種叫雕蛙,畸形個體達百分之七十五,比例很高。這麼高畸形的個體,有必然原因。後來明尼蘇達州的研究人員把畸形青蛙地區的水取來用非洲的爪蛙做實驗。結果證明在這種水裏培養的爪蛙百分之百胚胎畸形。這說明不是個體的畸變,而是環境污染造成的結果。這個是外國的情況,中國也有。」透過這些例子,我們無法再迴避這種現實,動物的基因突變是確確實實存在的,兩頭也好,九頭也好,存在的可能性幾乎是百分之九十九。

鯥魚

「柢山。有魚焉,其狀如牛,陵居,蛇尾有翼,其羽在鮭下,其音如留牛,其名曰鯥,冬死而復生,食之無腫疾。」(《南山經》)「堯光山,有獸焉,其狀如人而彘鬣,穴居而冬蟄,其名曰猾,其音如斲木,見則縣有大繇。」這兩種動物我

們已經無從考證，但是這裏卻有一個有趣的現象，就是「冬眠」，我們再次發現，《山海經》的作者並沒有刻意的去誇大事實，只是因為他不了解什麼是冬眠，所以才用了「冬死而復生」這樣的詞語，讓我們看起來比較奇怪和神化。

太華山肥䗂

「有鳥焉，其狀如鶴，一足，赤文、青質而白喙，名曰畢方。」（《西山經》）我們知道鶴類、鸛類、鷺類、鶖類（所有涉類）睡覺總是睜一隻眼閉一隻眼，而且是「金雞獨立」，這正好是夜晚鶴類睡覺的情景。

「帶山，有鳥焉，其狀如烏，五采而赤文，名曰鵸鵌，是自為牝牡，食之不疽。」（《北山經》）「亶爰山，有獸焉，其狀如狸而有髦，其名曰類，自為牝牡，食者不妒。」（《南山經》）自為牝牡並不是很奇怪的事，黃、蝸牛、螞蟥、蚯蚓都是雌雄同體。雖然大多數魚類是雌雄異體，卵生。但是，還是有少數魚類為雌雄同體，如鮨屬的多種魚，能自體受精。黃鱔可產生性逆轉，即生殖腺從胚胎到成體都是卵巢，只能產生卵子，發育到成體產卵後的卵巢逐漸轉化為精巢，產生精子，從而變成雄性。一般來說，哺乳動物是沒有雌雄同體的。但是科技日報二○○○年九月十一日報導：科學家在北極附近的挪威斯瓦爾巴特群島發現，在當地生活的北極熊有部分呈現出雌雄同體的性徵。科學家認為，這是環境日益惡化引起的後果。島上約三千頭北極熊中，已有百

分之一點二呈現出雌雄同體的變異。中新社廣州二〇〇一年十二月十五日電：中山大學附屬醫院鄧春華教授給十六歲的天生雌雄同體的「小葉」（經診斷為「假兩性畸型——真男而假女型」）做了變性手術。海南日報二〇〇一年十一月二日報導了一隻雌雄同體的羊。諸如此類的雌雄同體的例子不勝枚

鵌鵌

舉，限於篇幅也限於確鑿證據就不一一列出了，從這些地方我們可以看出《山海經》的絕大部分描述，都是真實而客觀的。

最後我們來看一下《山經》和《海經》的差異。

　　梁渠之山，有鳥焉，其狀如夸父，四翼、一目、犬尾，名曰囂，其音如鵲，食之已腹痛，可以止衕。　——《北山經》

　　犲山，有獸焉，其狀如夸父而彘毛，其音如呼，見則天下大水。　　　　　　　　　　　　　　　——《東山經》

　　夸父與日逐走，入日。渴欲得飲，飲于河渭，河渭不足，北飲大澤。未至，道渴而死。棄其杖。化為鄧林。

　　　　　　　　　　　　　　　　　　　——《海外北經》

　　大荒之中，有山名曰成都載天。有人珥兩黃蛇，把兩黃蛇，名曰夸父。后土生信，信生夸父。夸父不量力，欲追日景，逮之于禺谷。將飲河而不足也，將走大澤，未至，死于此。應龍已殺蚩尤，又殺夸父，乃去南方處之，故南方多雨。

　　　　　　　　　　　　　　　　　　　——《大荒北經》

　　看了這些話可能嚇了一跳，因為前後矛盾，《北山經》和《東山經》是比較樸實和簡陋的，並沒有把「夸父」神化，只不過稍微提及了一下，與常見動物無異；但是《海外北經》、《大荒北經》則比較神化夸父，而且記載實在有嫌詳細豐滿，並且不可思議，這和《山經》作者的觀念是格格不入的，由此可見《山經》與《海經》的作者不是同一個人。《山經》在盡力的描述山水金玉、動物植物形象及用途、祭祀方法及山神。《海經》則徹底放棄了對地理、礦產、動植物、祭祀方法的描述。它的敘事方式類似於記載掌故、佚文一般，再也沒有實用的態度了，如「羽民國在其東南，其為人長，身生羽。一曰在比翼鳥東南，其為人長頰。」（《海外南經》）再如「雷澤中有雷神，龍首而人頭，鼓其腹。在吳西。」（《海內東經》）諸如此類，這種神化的描述，使得整部《山海經》的可信性大大下降了，但是我們不妨拋開那些故意神化的詞語，直接探求那個年代的真實。（關於《海荒經》的真實性，容後文詳述。）

　　綜上所述，《五藏山經》對於鳥獸的描述基本上是真實的，但是由於辭彙的缺乏，造成了大量的拼湊概念，「鴟目蛇尾」、「人舌能言」、「人面魚身」、「一首十身」，諸如此類，都是可以理解的。舉一個例子，一個人身上長了些類似鱗片的東西（這不是不可能的事件），你來描述這個人，你最需要的詞語是「鱗片」，但是你不能用這詞（那時候還沒有產生這個詞，或者這個詞還不普及），你只好用已知的動物來類比，你可能選擇「龍」「魚」「蛇」這些有鱗片的動物，所以你的答案不外乎「人首龍身」、「人首魚身」、「人首蛇身」，《山海經》中的類比大多是這樣產生的，只因為一個詞語「鱗片」，你就把一個稍有點奇怪的人描述成了古怪的動物。而且我們發現「三首」、「九頭」、「九尾」、「四首十六足」這些非常莫名其妙的動物，我們身邊就可以製造，其中環境污染導致的基因突變可以產生各種各樣稀奇

古怪的動物，如果政府開放禁令，生物學家打亂基因重組，幾乎可以產生任何古怪的動物。至於「六足四翼」、「一足」這類的怪異多是初民概念不清或者觀察不仔細造成的，那更談不上荒誕。

當然，也有一些怪獸是我們無法解釋的，這些無須避諱，例如，《南山經》中記載了一種水中獸，狀如雕，有角，食人，是為蠱雕。我的生物學記憶中沒有有角的動物吃人。比如說非洲野牛，異常兇猛，能撕碎獅子，但它是吃草的。講個故事吧，法國十八世紀有個古生物學家叫居維葉，一天晚上，月光滿地，居維葉在睡覺，一個學生裝扮成有蹄有角的動物發出怪叫來嚇唬他，居維葉看了一眼說：「你有角有蹄子，你是吃草的。」說完了又接著睡。這樣的怪獸我們就很難解釋，只能暫且存疑了。

二、殘破的地圖

這更是一個艱難的問題，海內外學者關於《山海經》的地理研究眾說紛紜。有「雲南圈」、「兩河流域圈」、「中國圈」、「亞洲圈」、「世界圈」等多種說法。「《山海經‧大荒西經》所說的壽麻國，正是今非洲赤道沙漠的形象。《山海經‧大荒東經》所見日月所出之山六，恰是今南北美洲的地理情狀。」（徐顯之《山海經探源》）「《山海經》是以中國為中心的世界地理書。」（宮玉海《〈山海經〉與世界文化之謎》）「《山海經》我懷疑它是兩河流域地理書。」（蘇雪林《屈原與九歌‧屈原評傳》）「《山海經》記載的是雲南遠古時期的地理和歷史。」（林永發《神話的新發現——〈山海經〉地理考》）他們各執一詞，看起來都很有道理。

隨便舉一個例子，《山經》中列舉了大量流入海洋的河流，有的流入東海，有的流入北海，有的流入南海，可是竟然有的河流向西流入西

海，我們翻開今天的世界地圖，有幾條是向西流的呢？中國只有一條倒淌河向西流入青海湖。而《山海經》中絲毫不認為向西流入西海有什麼異常。

「南山經之首曰䧿山。其首曰招搖之山，臨于西海之上。麗麈之水出焉，而西流注于海。」（《南山經》）

「崦嵫之山，苕水出焉，而西流注于海。」（《西山經》）

「騩山，是錞于西海，淒水出焉，西流注于海。」（《西山經》）

諸如此類，在《山海經》中河流向西注入大海很平常，不可思議的還在後邊。檢索一下《西山經》，「西流」出現了十餘次，檢索一下《中山經》，「西流」出現了五次，也就是說，有數十條河流是向西流的！再如《北山經》中的王屋山，𣷐水向西北流入泰澤。（向西北流的河流《山海經》記載也很多）

這是一個什麼問題？河流怎麼會西流呢？騙子必須遵循這樣一個原則，就是騙子必須說一些你不了解的事情，比如說你未來能發大財，或者某某海外有仙山等這些你不知道的事情，他才能有欺騙你的機會。如果一個人對你說長江向西流，我相信你一定會懷疑他神經有問題。但是《山海經》的作者並沒有遵循這個欺騙原則，他言之鑿鑿的說，王屋山有河向西北流。

非常奇怪，在中國的地域內，河流西向的年代太遙遠了，五千萬年前的長江是向西流入地中海的，當然現在也有一些小河是向西流的，例如山東的大汶河。這是一個謎團，還沒有辦法解釋，但毫無疑問的，《山海經》中記載的西向河流不是故意編造出來的，因為小孩子都可以戳穿他的騙局，他沒必要冒這種風險。

根據現有的地理學常識，最近的地質變遷年代恐怕也要幾萬年前，如臺灣海峽，在四萬年前東海大陸架是一片濱海平原，在三萬三千年前後，大陸架被海水淹沒，又過了三千年，發生海退，經過一萬五千年的

變遷，海平面到最低點，比現在低一百三十至一百六十米，隨後海平面再次上升，在七千年前，海平面接近了現在的高度。也就是說，一萬五千多年前的海岸線比現在偏東六百多公里。如果《山經》記載的是真實的話，那麼它記載的絕不可能是在七千年前，而是更久遠以前，一次地質變遷導致了我們查無對證！

這並不是最離奇的，前文說過，在《東山經》中明確的記載了這樣一種動物，它叫犰狳，「有獸焉，其狀如菟，而鳥類喙，鴟目蛇尾，見人則眠，名犰狳」。翻譯過來就是這種動物體型像兔子，有像鳥一樣的長喙，圓眼睛，細長的尾巴，看見人就一動不動。如果你看見過美洲犰狳的話，你就絕不會懷疑《山海經》的描述，美洲犰狳就是這樣一種動物，和小兔子一樣楚楚可憐。為什麼像兔子？它不但體型像，而且那對長耳朵更像！犰狳還有個習慣，遇見危險就會像穿山甲一樣縮成一團，當然就一動不動了。穿山甲不像兔子，一點也不像，它也沒有那對長耳朵。

這就是說，在《山海經》中記載了一種美洲特有的動物，它在亞洲根本就不存在，是我們的祖先千里迢迢去了美洲考察？還是美洲、亞洲連在一起的時候，就有了《山海經》的普查者？

必須承認這很荒誕，因為它違背了我們的常識，但它不是唯一的，二〇〇四年五月七日美國《科學》雜誌刊載，格拉德·邁爾是德國法蘭克福森肯貝格研究所的昆蟲學家，他發現了三千萬年前蜂鳥的化石，地點在德國海德堡南部的弗勞恩維爾。令人驚奇嗎？當然，近代蜂鳥只生存於在美洲，即便美洲蜂鳥最早的化石也不過才一百多萬年。邁爾說：「三千萬年前的蜂鳥和現在的蜂鳥在結構上基本相同。」這意味著美洲蜂鳥和歐洲蜂鳥同宗！

蜂鳥怎麼能從歐洲遷徙到美洲？或者從美洲遷徙到歐洲？你千萬別以為那麼小的小傢伙能飛越大西洋，那種假設太瘋狂了。你可以笑嘻嘻

的給我一種假設：「也許被颱風吹過去的也說不定。」其實我認為既然颱風能把蜂鳥從歐洲吹到美洲，那麼一樣可以把那小傢伙吹到亞洲。

我們的常識是，二億年前盤古大陸就已經分裂了，但無論是《山海經》還是格拉德‧邁爾都在向這個盤古大陸分裂時間表發起了詰難，我們的地質學也許到了該修正的時候了。學界為了維護這個「錯誤」的盤古大陸分裂時間表，不惜假設出種種「陸橋」的傳說，例如阿瑟‧格雷提問到：「亞洲東部的植物種類與遠隔太平洋的北美西部植物十分相似，而北美東部植物與北美西部植物的相似程度反而不及前者，這是什麼原因呢？」

再如鬣蜥科在亞洲南部和大洋洲最豐富，非洲和歐洲則較少，鬣蜥科有不少和美洲鬣蜥科相對應的成員，也有一些非常獨特的類型。分布於亞洲南部和大洋洲的長鬣蜥與美洲鬣蜥亞科的成員非常相似。所以學者們只好假設出亞洲、大洋洲與美洲之間存在陸橋。陸橋成了學者們的救命稻草。

但中國、日本和北美等地都產有相同的新生代（距今七千萬年前）淡水魚化石。淡水魚當然不能橫渡太平洋。（例子還有很多，容後文詳述。）

蜂鳥、淡水魚、犰狳、鬣蜥、植物等這些證據，已經對盤古大陸分裂的時間表提出了強烈質疑，否則我們就只能接受蜂鳥橫渡大西洋、淡水魚橫跨大西洋、中國人幾千年前就去過美洲、美洲西部植物的種子飛到了亞洲卻飛不到美洲東部。真的，盤古大陸的分裂年表很荒誕。

我們再來看另一個不可思議的景象，《南山經》記載：「柢山，多水無草木；亶爰山，多水無草木。」這是個很嚴肅的問題，有山有水卻無草木？這是什麼原因？柢山有魚，亶爰山有獸，也就是說食物鏈必然是完整的，生態環境還能繼續維持，但是怎麼會沒有草木呢？

這是一個普遍的現象，在《山海經》中大量記載了這樣有水有鳥獸卻

沒有草木的地區。在排除乾旱和嚴寒的原因之後,我們陷入了困境,這是一個什麼樣的年代?為什麼大地一片荒涼?是化學污染還是大爆炸?

《南山經》記載:「發爽之山,無草木,多水,多白猿。汎水出焉,而南流注于渤海。」我在渤海附近生活了十餘年,我怎麼就不知道什麼山有水有獸卻沒有草木呢?

一九四五年,美國在廣島和長崎投下了原子彈,留下了地面核輻射的嚴重隱患。人們驚訝地發現,爆炸中心的周圍區域,動植物幾近絕跡,唯獨竹子活了下來!

我翻閱書的時候發現另一個證據,大江健三郎的《廣島札記》,我當初有個疑問,核爆炸後倖存的生物不會很多,如老鼠、蟑螂自然可以存活,但是我不明白魚能不能倖免。大江健三郎收集的回憶信件提到了這個問題:「在淺野泉邸的水池裏,在死屍的中間,還有活著的鯉魚在水中游。」「燒掉羽毛的燕子,已不能在天空飛翔,只能一蹦一蹦地在地面上走。」

答案是可怕的,也是令人難以置信的,這是摧毀一切的力量,純粹是一場災難。乾旱可以使植物大面積死亡,另一種便是洪水或大爆炸。「野火燒不盡,春風吹又生。」強烈的乾旱過後,植物會慢慢復生;洪水、大爆炸過後也是這樣的,植物會生長得更加茂盛。那麼一個尖銳的問題擺在我們面前:《山海經》記載的是什麼年代?難道它記載的真是在一場大洪水、大爆炸過後的世界?這個問題我們將在後面的篇幅中詳細討論。

三、《山經》社會狀況分析

這是一個極寬泛的題目,但也沒有任何辦法,因為《山經》本身便是極度龐雜的,以至於我曾經說過一句話:「如果要我來偽造《聊齋志

異》的話，十年便已經足夠；倘若想偽造《山經》，沒有三、五十年的精研是不可想像的。」那麼就從《山經》龐雜而且只鱗爪的描述中來瀏覽一下當時的社會概貌。

1. 《山經》描述的是原始社會向奴隸社會大步挺進的時期。

首先，《山經》敘述的範圍相當廣大，除了未提及南海以外，東海、西海、北海、渤海都在盡述之中，那麼如此廣大的地域，會不會存在多民族的問題？比如解放前的中國，有五十多個民族，各種民族語言、方言不計其數，經濟狀況也不均衡，社會結構也參差不齊。《山經》中有沒有這樣的描述呢？

很顯然，《山經》沒有任何民族觀念，完全是依據地域來劃分的，例如《北山經》記載，神、民生食不火之物，很明顯，這描述的是一個野蠻而且落後的地區，非常有可能是一個邊遠民族。

以水族為例，一九五六年以來在廣西來賓縣的麒麟洞、柳江縣新興農場的通天岩發現了「麒麟山人」、「柳江人」的化石，這些化石面部低矮、鼻樑下塌、顴骨較高、下巴微突，與現在壯侗語族的人們基本類似，這些化石都屬於幾萬年前的舊石器時代晚期。同時出土的還有大熊貓、箭豬、劍齒象、中國犀等化石，這是關鍵所在，《山經》所記載的是一個人類與犀象共舞的年代。（不同的是《山經》記載的犀象、兕、犛牛共同出現的地方是在《北山經》、《南山經》，都在北方。而廣西是南方）。（摘選自《水族簡史》、《侗族簡史》、《壯族簡史》）

另外，這些化石都是在山洞中發現的，這是他們的住所，也就是我們所說的「穴居」。而《山經》中記載了一個怪物就是西王母，同樣是穴居。胡編亂造並不難，難的是編造得合情合理並禁得起推敲。

三個疑點：一、不會使用火；二、與犀象共舞；三、穴居。這只能是原始社會才存在的特徵，所以說《山經》的作者要麼是真實的記述，要麼他對原始社會的理解博大而精深，至少比生活在資訊時代的我們強

得太多，那太不可思議了。

　　另外，我們必須注意這個「穴居」的現象，這是一個孤零零的例子，倘若那個世界的人都是穴居的話，那麼沒有必要特別的記述「穴居」，或者「穴居」應該更普遍的被記述才對。原因何在？原因就是大部分的人已經會「巢居」或者蓋房子了，只有少數的邊遠地區、民族還那麼落後，仍然住在山洞裏。

　　如鄂倫春族，《北史》記載有南室韋、北室韋、鉢室韋等五個部落，北室韋居土穴，還是「穴居」；鉢室韋則用「樺皮蓋屋」，這已經很進步了（摘自《鄂倫春族簡史》）。也就是說這種歷史演化的痕跡在南北朝時期還存在，發展不均衡、文明與落後共存，才是《山經》的真實面貌，這不可能是狹窄地域或是交通發達地域的特徵。

　　《山經》的社會面貌很複雜，生產方式多種並存，例如狩獵、捕魚、採集、農耕，在《中山經》（也可能就是中原）的記述中，農耕是相當發達的，對野獸的記述相對較少，而其他經文則非常詳盡的記述了禽獸的類別，這對於捕獵是相當有幫助的。

　　有趣的是，鄂倫春族的獵手特別喜愛地圖，他們對山川、河流、獵

物、植物瞭如指掌，他們狩獵經常外出幾百里，卻絕不迷路，出發前還繪出簡單的地圖。他們學會滿文以後，還在山川上標上名稱，這幾乎就是《山經》的地區實用版本。

鄂倫春族的經濟長期停留在狩獵為主、漁獵採集為輔的階段，因為狩獵是朝不保夕的。在《山經》中頻繁的提到「食之」，這就是狩獵經濟的明證，同時植物採集也很重要。對於農作物的描述，《中山經》更豐富一些，其他地區相對薄弱，這是一個漫長的狩獵經濟向農耕經濟過渡的時期。

祭祀是一個最能表現當時生產力水平的活動，祭祀講究的是盡其所能，他有饅頭不會用窩頭，有精米不會用粗糧，例如納西族的東巴祭祀，祭品很豐富，有五穀、酥油、家畜，他們祭祀是量力而行，有能力的多供一點，沒能力的只需燒香就行。這種祭祀是以村寨為單位的，那麼《山經》的祭祀活動以什麼為單位呢？大約是以山脈來劃分，每次《山經》都有特定的祭祀方法，特殊的山還要特殊的祭。

以《南山經》的南山首經為例，「其祠之禮：毛用一璋玉瘞，糈用稌米一璧，稻米、白菅為席。」

簡單的解釋一下，毛指毛物，就是長毛的動物，豬犬牛羊皆可。瘞指埋；一璋玉，是個祭祀用的玉質容器。糈是精米，稌米指糯米。白菅是一種植物，茅草類。翻譯過來就是「用璋裝著毛物埋了，精米則選用糯米，用茅草編席子」（已經會編織了，可能很粗糙）。這段話很簡單，卻藏著很多不可思議的東西。

眾所周知，《山經》裏記載了大量的銅鐵，那時候鐵器沒有多少應用的可能，但是青銅器的歷史有幾千年了啊，為什麼不用青銅器做禮（容）器？而用璋、璧做禮（容）器？

再看《西山經》的西山首經：「華山冢也，其祠之禮：太牢。羭山神也，祠之用燭，齋百日以百犧，瘞用百瑜，湯其酒百樽，嬰以百珪百

璧。其餘十七山之屬,皆毛牷用一羊祠之。燭者,百草之未灰,白席采等純之。」

太牢就是豬牛羊全備。瑜指美玉,嬰也是一種專門的祭祀用禮器稱號。那麼,百瑜、百珪、百璧仍然都是玉器,絲毫沒有青銅器的影子,這是怎麼回事?

二十世紀八〇年代初,山西襄汾陶寺龍山文化遺址的古墓中出土了紅銅鈴鐺,用C14測定,約在西元前二〇八五年。九〇年代初,平陸縣坡底鄉商代的早期祭祀遺址出土了一批二里崗時期的銅器,有大方鼎、圓鼎、爵、觚和銅斧。這說明商周時期祭祀普遍使用的是青銅器,而《山經》的祭祀卻確確實實的停留在「以玉為兵」的石器時代。

《山經》知道鐵,卻不會用鐵;現在該知道,《山經》同樣知道銅,卻仍然不會用銅。否則青銅容器的優點會大量淘汰脆弱的玉質容器,這是毋庸多言的。

以環太湖的良渚文化為例,良渚文化遺址很多,年代在西元前三二〇〇年到西元前二〇〇〇年之間,出土的絕大部分是玉器或石器,根本沒有青銅器,這也從一個側面印證了《山經》為什麼沒有青銅禮器。因為《山經》的年代遠早於良渚文化,它不可能出現青銅器。值得一提的是,環太湖地區新石器早期的遺址馬家濱文化,距今有七千年的歷史,那裏的草鞋山發現一處水稻田遺址,而且用稻殼做摻和料製陶器,另外有小型三角石犁,說明當時的農業已經相當發達。一個農業如此發達的地區,很顯然狩獵是很不經濟的,而且定居的生活也不再適合終日奔波於山林之中,也就是說初民已經從狩獵為主農耕為輔發展到馬家濱文化這種農耕為主的時代了。

馬家濱文化中出土了很多鼎、豆、壺和石鉞,這些都不如良渚文化出土的物器精緻,這顯示了一種歷史演變的順序,而《山經》中根本沒有鼎、豆、壺的概念。另外良渚文化中比較吸引人的就是紡織品出現

了，在錢山漾遺址中出土了絲麻製品，經鑒定屬家蠶織物，紡織水準相當高，每平方厘米有經緯線各四十七根。（以上良渚文化資料來自楊楠《良渚文化興衰原因初探》）

《山經》中沒提到蠶這回事，但是《皇圖要覽》中記載：「伏羲化蠶，西陵氏始蠶。」西陵氏之女就是黃帝之妻嫘祖，是養蠶治絲方法的創造者。真偽無法考證，不過良渚文化有如此高的紡織水準，肯定是要經過漫長的演變的。

有人說這是傳說不可信，那麼葛洪《神仙傳・麻姑》記載：「麻姑自說云，接侍以來，已見東海三為桑田。」可信不可信呢？東海變桑田絕對可信！這也是傳說。（當然麻姑說自己看到的，那不可信，除非她是神仙。）

很顯然，《山經》描述的生產力相當低下，《周禮・舍人》云：「凡祭祀共簠簋。」《周禮・春官・大宗伯》：「以玉作六器，以禮天地四方。以蒼璧禮天，以黃琮禮地，以青圭禮東方，以赤璋禮南方，以白琥禮西方，以玄璜禮北方。」祭祀規則嚴格得多，而《山經》中根本沒發展到這種地步，他們不知道『簠簋』是什麼，也沒有黃琮、青圭、赤璋、白琥、玄璜這樣複雜的分類，他們停留在簡單的規則上面。

但是，《山經》記述的是一個不斷發展的社會，他們開始提出「郡、縣、邑、國、天下」的概念，也就是說，某些發達地區雖然還沒有城市，但是交通已經相當發達了，能接觸外界了，並且社會財富也增加了，剩餘物品越來越多，氏族內的貧富分化也開始出現了，那些發達地區的原始氏族公社制度正在走向解體的邊緣。

2. 《中山經》地區的文化是遙遙領先於其他地區的

原始社會的戰爭，我更願意稱之為「衝突」，在私有制尚未完全確立之前，衝突的起因無非是爭奪獵物、爭奪資源或者爭奪女人。《山經》中並未直接的表現戰爭，只是在災難的徵兆方面偶有提及或者在祭

祀中稍有表現。

　　鹿臺山，有鳥焉，見則有兵。　　　——《西山經》

　　小次山，有獸焉，名曰朱厭，見則大兵。——《西山經》

　　鍾山。欽䲹化為大鶚，見則有大兵——《西山經》

　　槐江山。有天神焉，見則其邑有兵。——《西山經》

　　鳥鼠同穴山，其中多鰩魚，動則其邑有大兵。

　　　　　　　　　　　　　　　　　　　——《西山經》

　　蛇山，有獸焉，名㹴狼，見則國內有兵。

　　　　　　　　　　　　　　　　　　　——《中山經》

　　熊山。有空焉，夏啟而冬閉，是穴也，冬啟乃必有兵。

　　　　　　　　　　　　　　　　　　　——《中山經》

　　在《南山經》、《東山經》、《北山經》中卻沒有這樣的例子，只有「可以禦兵」的動物。《西山經》、《中山經》的這些徵兆表現了那個時代是必然存在「戰爭」的。

　　凡薄山之首，自苟林之山至于陽虛之山，凡十六山，二千九百八十二里。升山，冢也，其祠禮：太牢，嬰用吉玉。首山，魁也，其祠用稌、黑犧太牢之具、蘗釀；干儛，置鼓；嬰用一璧。尸水，合天也，肥牲祠也；用一黑犬于上，用一雌雞于下，刉一牝羊，獻血。嬰用吉玉，采之，饗之。

　　　　　　　　　　　　　　　　　　　——《中山經》

　　凡岷山之首，自女几山至于賈超之山，凡十六山，三千五百里。其神狀皆馬身而龍首。其祠：毛用一雄雞瘞。糈用稌。文山、勾檷、風雨、䰷之山，是皆冢也，其祠之：羞酒，少牢具，

嬰毛一吉玉。熊山，席也，其祠：羞酒，太牢具，嬰毛一璧。干
儛，用兵以禳；祈，璆冕舞。　　　　　　　——《中山經》

　　這是兩段異常複雜的祭祀規則，其中都提到了「干儛」的字樣，
「干儛」就是操著盾牌起舞，《樂府·舞曲歌詞一》中提到「周有六
舞：一曰帗舞，二曰羽舞，三曰皇舞，四曰旄舞，五曰干舞，六曰人
舞」，都是顧名思義，拿著五彩繒、羽毛、五彩羽、氂牛尾或者盾牌跳
舞，人舞就是什麼也不拿，「以手袖為威儀也。」《周官·舞師》中有
解釋：「掌教兵舞，帥而舞山川之祭祀。教帗舞，帥而舞社稷之祭祀。
教羽舞，帥而舞四方之祭祀。教皇舞，帥而舞旱之祭祀。」

　　干儛，自然就是兵舞，祭祀山川的時候跳，這是非常符合《山經》
情況的。不過孔子對待兵舞的態度是眾所周知的。孔子見《韶》舞說
「盡美也，又盡善也」，而見了《武》舞說「盡美也，未盡善也。」
《武》舞同樣是兵舞，宣揚的是武力，所以孔子不大樂意，這有違他的
理念。但《山經》毫不在乎孔子的感受，他們只有「干儛」這一種舞
蹈，不存在「雅舞」之類的舞蹈，而且這種舞蹈僅局限在《中山經》地
帶，其他地區是沒有的。

　　說到此刻，不得不提《韓非子·五蠹》：「當舜之時，有苗不服，
禹將伐之，舜曰不可，上德不厚而行武，非道也。乃修教三年，執干戚
舞，有苗乃服。」

　　這段話相當有趣，禹要伐有苗，舜說德厚為重，用禮樂教化他們
吧，於是有了干戚舞，三年後有苗就歸服了。這段話真偽如何呢？其實
每個人都知道，少數民族的祭祀活動至今還殘存著原始社會的痕跡，南
漳地區有端公舞，屬於戚舞（手裏拿斧鉞刀）；苗族有盾牌舞，也就是
「干儛」；瑤族有刀舞、盾牌舞，這是「干戚舞」；雲南臨滄（佤族地
區）的懸崖峭壁還刻著盾牌舞的岩畫（有三千多年歷史）。

帝舜

干儛在少數民族記憶中的頑強存在從側面印證了《山經》的確鑿，也就是說《山經》中的「干儛」正處在萌芽狀態，還沒有四處傳播，否則《東山經》、《北山經》、《南山經》的祭祀活動也應該出現一些舞蹈，但《東、南、西、北山經》還沒有舞蹈的痕跡。也就是說山經的文化是不同步的，發達地區的強勢文化正在逐漸影響落後、偏遠的地區，韓非子說的很具有合理性。

捎帶說另一件趣事，《韓非子·十過》中還有一段，「堯有天下，飯於土簋，飲於土鉶」，天下無不服者；「虞舜……作為食器，斬山木而裁之，削鋸修其跡，流漆墨其上，輸之於宮以為食器。」諸侯覺得太奢侈了，不服的有十三國；「禹……作為祭器，墨染其外，而朱畫書其內，縵帛為茵，將席頗緣，觴酌有采，而樽俎有飾。」這就更加奢侈了，不服的有三十三國。

韓非子這是在諷諫君王要勤儉，不過他提到了禹時期的祭器是「墨染其外，朱畫於內」，祭器為紅黑兩色，《山經》的色彩比較單調，但也有赤、青、黃、白、黑五色，為什麼祭器只選中其中的兩種顏色呢？如果要我來選，我選青色、黃色、白色也覺得沒什麼不妥。但是從出土漆器來看，祭器的紅、黑兩色是一個相當枯燥而且嚴謹的傳統。新石器時代的仰韶文化、大汶口文化、大溪文化，紅山文化、馬家窯文化、大灣文化都有非常發達的彩陶，這些彩陶都嚴格的限制在紅、白、黑三色中，絕少青色、黃色，即便白色也很少見。

河姆渡（西元前五〇〇〇年至前三三〇〇年）出土了一個木碗，是

外紅內黑，和韓非子說的「外黑內紅」正好相反，看起來韓非子說錯了，但實際上韓非子說對了很多，因為韓非子說的是「臣聞」，是他聽說的，但他牢牢的把握了禹時期祭器的色彩，以紅、黑為主調。確確實實，新石器時代的彩陶主調就是紅與黑，這一點他說的非常正確。所以說世代傳聞的東西可能有很多合理的地方，不能一概的否定，韓非子所說的「干戚舞」同樣頗具有合理性。

言歸正傳，仍然仔細觀察方才的兩條祭祀規則，其中有兩個詞很引人注目，「糵釀」與「羞酒」，《西山經》只提到一次酒「湯其酒百樽」，《中山經》提到六次之多，其餘南山、北山、東山皆無酒。「糵釀」就是麥芽釀，但它是不是麴酒不好說，這在學界大概有五、六種分歧的觀點，我個人傾向「糵釀」是種類似啤酒的甜酒。

暫且不論「糵釀」與「羞酒」是不是同一種東西，《中山經》的「糵釀」與「羞酒」的普遍存在顯示了農業的發達，酒有可能是野果釀造的，比如葡萄酒，但是「糵釀」卻必須有大麥，沒有發達的農業、相對過剩的糧食就不可能有「糵釀」。同時《南、東、北山經》的祭祀沒有使用酒說明了那些地區還沒有掌握這種技術，或者農耕還不夠發達。現在的少數民族祭祀非常喜歡使用酒，他們也一直保留著純樸簡陋的釀酒技術，這再一次表明了《中山經》文化曾經對邊遠文化有著深遠的影響。

由「干儺」、「糵釀」、「羞酒」在《中山經》相對普遍的現象可以推論出，《中山經》的文化和經濟實力是遠遠超出其他地區的，而其他地區「生食不火」、「穴居」等現象更是襯托出那個時代《中山經》地區文化的一枝獨秀。同時「部落衝突」在《西山經》和《中山經》的普遍存在，顯示了《中山經》、《西山經》的原始氏族制度正處在崩潰的邊緣，有相對過剩的糧食，就有相對過剩的財產，私有制的萌芽已經出現並預示著奴隸制度馬上就要來臨了。

第二章
動物卷雜論

一、六足四翼的怪物

太華之山，有蛇焉，名曰肥㣼，六足四翼，見則天下大
旱。 　　　　　　　　　　　　　　　　　——《西山經》

從常理來推測，這是一條怪蛇，甚至是神化。但我的直覺告訴我這
不是怪蛇，而是昆蟲！什麼叫昆蟲？從生物學常識的角度來說，有頭胸
腹，六足四翼，一對觸角、骨包皮。古人沒有這種概念，他們只是類似
的歸類，身子又細又長的叫蛇，那麼體型差不多的都歸到蛇類。要找一
種和蛇類似的昆蟲，我可以信手舉兩個，一個是蜻蜓、一個是竹節蟲。
你可能說蜻蜓太小了，實際上蜻蜓種類很多，最長的大約十七厘米，不
比蛇短很多；竹節蟲則比較合適，身長約二十七厘米（馬來半島產）。
竹節蟲收著翅膀的確像僵死的蛇，就是身體太直了。

天山……有神焉，其狀如黃囊，赤如丹水，六足四翼，
渾敦無面目，是識歌舞，實為帝江也。 　　——《西山經》

我現在讓你描述一下瓢蟲，看了瓢蟲美麗的圖片後你會說什麼？圓
形身體，各色斑點，「赤如丹水」來描述它的紅斑的確很恰當，六足四
翼不必說，「渾敦無面目」簡直太唯妙唯肖了。你會說這太小了，有點
不合情理，沒辦法，我們的思維是如此的固執，被《山經》作者混沌的
概念、模糊的詞語徹底的拴住了，我們無法掙脫我們的慣性思維。如果
「有神焉」換成「有虫（申與虫字型很相近）焉」，那麼這種解釋沒有
任何問題，這是「訛字」的問題嗎？

看來「六足四翼」的怪物被歸到昆蟲一類應該沒有問題，但問題總

是不斷的產生，我們也不得不去面對。

景山，有鳥焉，其狀如蛇，而四翼、六目、六足，名曰酸與，其鳴自詨，見則其邑有恐。

——《北山經》

酸與

六足四翼，還六目，蜻蜓幾個眼睛？我們知道，蜻蜓有一對巨大的半球形複眼和三個單眼，昆蟲的頭頂一般有一至三個單眼。還像蛇！半尺多的蜻蜓飛過，古人不叫它「鳥」叫什麼？再看：

英鞮之山，是多冉遺之魚，魚身蛇首六足，其目如觀耳，食之使人不眯，可以禦凶。

——《西山經》

枸狀之山，有獸

舟遺魚

焉，其狀如犬，六足，其名曰從從，其鳴自詨。——《東山經》

葛山之首，其中多珠鱉魚，其狀如口而有目，六足有珠，其味酸甘，食之無癘。　　　　——《東山經》

按照我們上面的方法，這幾個例子似乎都可歸類到昆蟲類，但我要說且慢，我必須講一些我知道的故事。

珠鱉

《明史・列傳第二百一十二・外國五》（張廷玉等）記載：「洪武三年，命使臣呂宗俊等賫詔諭其國。四年，其王參烈昭毗牙遣使奉表，與宗俊等偕來，貢馴象、六足龜及方物，詔賜其王錦綺及使者幣帛有差。」

《清史稿・列傳三百一十五・屬國三》（柯劭忞等）記載：「康熙四年御前方物：龍涎香、西洋閃金緞、象牙、胡椒、豆蔻、沉香、烏木、大楓子、金銀香、蘇木、孔雀、六足龜等；皇后前半之。」

《呂氏春秋・本味篇》記載：「魚之美者：洞庭之魚肚鱒，東海之魴，醴水之魚，名曰朱鱉，六足，有珠百碧。」

在我的生物學記憶裏絕沒有類似的動物和昆蟲，但卻詳實的記載在各個朝代。這是昆蟲嗎？我只能老老實實的說，我不知道。但是六足的動物幾乎一直存在，這種「六足龜」便無法從歷史中抹掉。此外「六足龜」也在《中國歷代貢品大觀》中有所提及，有意思的是二月河的《乾隆皇帝》，這本小說中也提到過「六足龜」，我不知道「六足龜」是否在乾隆時代出現過，可能是二月河張冠李戴，把給康熙的貢品送給了乾隆，也可能是二月河另有根據。

這種六足龜是暹羅國進貢的，一位網友張羧告訴我，泰國確實出產

這種六足龜，學名「靴腳陸龜」，因為它尾部周邊的鱗片極為發達，左右各有形狀類似腳的鱗片，所以有一稱呼「六足龜」。邏羅就是泰國。

如果不能推翻六足龜的存在，那麼《山經》所記載的六足魚、六足犬、六足鼈的確有可能存在過。人們可能對昆蟲有些偏見，認為昆蟲都是很小很小的。實際上我們翻開古生物史就知道，遠古時的昆蟲很大。石炭紀的蜻蜓遠祖化石有多大？說出來嚇你一跳，展開翅膀達〇‧七六米！三疊紀的蟋蟀遠祖化石有十五厘米。當然《山經》記載的年代不會是三億年前，但是這種巨型昆蟲是確確實實存在過的。

我們無法理解《山經》的原因很多，我們的慣性思維便是其中一個巨大的障礙，也許有些奇怪的鳥獸就是昆蟲，也許我們都錯了，從一開始就錯了！

二、寵物的由來

霍山，有獸焉，其狀如狸，而白尾有鬣，名曰胐胐，養之可以已憂。
　　　　　　　　　　　　　　　　　　——《中山經》

這是什麼呢？估計你已經猜到了，是貓！貓和狸是什麼關係，狸貓你想必知道，那麼果子狸你更應該熟悉，果子狸是靈貓科花面狸屬。中國古代一直把貓稱作「狸奴」，比如《狸奴小影圖》，這是宋時李迪畫的貓，臺北故宮博物院有收藏。再如清朝的任伯年也畫了《紫藤狸奴圖》。陸游也有一首詩《贈貓》：「裹鹽贏得小狸奴，盡護山房萬卷書。慚愧家貧策勳薄，寒無氈坐食無魚。」

他們都知道貓和狸是親戚，但是他們不知道貓還有個名字叫「胐胐」。從學界公認的角度來講，貓的馴化比狗要晚很多，在五千多年前埃及人就已經開始養貓，但真正馴化的時間也就在三千五百年前。而狗

的馴化則早得多，在兩萬到一萬五千年之前。（實際上我並不完全同意這種推測。）

如果你觀察一下「朏朏」的字型，會很奇怪它為什麼「月」字旁而不是「犬」字旁。《太平御覽》有段注解：「《說文》曰：朏，月未成明也；魄，月始生魄然也。」（承大月，月生二日謂之魄，承小月，月生三日謂之朏。朏音斐。）

貓和月亮聯繫在一起，實在想像力太豐富了，但是最可笑的是並不是只有中國人才這麼狂想。古埃及人更能狂想，他們認為貓是月亮女神（巴斯特）的化身和象徵，是掌管月亮、生育和果實豐收的神，所以埃及的女神是人身貓頭的樣子。其實我在觀察貓眼石的時候，不禁會心一笑，貓眼和新月（朏即新月）之間確實非常相似，這應該就是它名字的由來吧。

言歸正傳，養貓是為了什麼？學界有一種普遍的觀點，四千多年前，當埃及發明了穀倉以後，穀倉引來了大批的老鼠，同時也引來了大批的野貓。野貓進入村落，接受古埃及人扔掉的食物，久而久之就成了人類的朋友。這種觀點很科學也很合理，我也一直深信這種推測。

不過，《山海經》不是這麼認為的，它認為「朏朏，養之可以已憂。」注意，《山經》一貫的作風都是「食之」，這次完全不同，這次是「養之」，然後「可以已憂」。是純粹把「朏朏」當作朋友來看待。大概是來消解孤獨和憂愁的，與現代人養貓的心情幾乎無二。

那麼疑點就已經出現在我們面前了，《山經》記載的年代已經開始馴養「朏朏」了，卻沒有「貓」這個字。《爾雅·釋獸》中就已經有了「貓」字，「虎竊毛謂之虥貓。狻麑，如虥貓，食虎豹。」，也就是說《山經》的成書年代要遠早於《爾雅》的成書年代。

在西周的《詩經·大雅·韓奕》中也有貓字，「有熊有羆，有貓有虎」。難道有了「貓」字以後，古人還不用「貓」而用「朏朏」嗎？其

實《禮記》、《呂氏春秋》等都有養貓捕鼠的描述，說明養貓捕鼠已經非常普遍。宋代陸佃的《埤雅》解釋得很有意思，「鼠善害苗，而貓能捕鼠，去苗之害，故貓之字從苗」。

但是《山經》告訴我們的完全不是這回事，他們養「𪊽𪊽」是來解憂的。

三、毒魚的風俗

我常有一個疑問：「有白石焉，其名曰礜，可以毒鼠。有草焉，其狀如稿茇，其葉如葵赤背，名曰無條，可以毒鼠。」（《西山經》）這毒鼠很正常，詩云「碩鼠碩鼠，無食我黍」，雖說罵的是那種碩鼠，不過已經可以看出鼠害的嚴重了，滅鼠是勢在必行！

不過另外一些條目卻讓我迷糊了，

> 荔山，有木焉，其狀如棠而赤時，名曰芒草，可以毒魚。
>
> 箕尾之山，有木焉，其狀如樗，其葉如桐而莢實，其名曰茇，可以毒魚。
>
> 熊耳之山，有草焉，其狀如蘇而赤華，名曰葶苧，可以毒魚。
>
> 朝歌之山，其上多梓楠，其獸多麢麋。有草焉，名曰莽草，可以毒魚。

古人為什麼要毒魚呢？很顯然不是要滅魚，那是損人不利己白開心，唯一一個理由就是——要吃！當然這種毒要能捉到魚，又不至於讓人受到損害。

其實，這種習俗已經相傳了「幾百年」，有一種魚藤，豆科藤本或

直立灌木，印尼群島、菲律賓群島、馬來群島、臺灣海南比較普遍。魚藤俗稱「土巴根」，土著們把魚藤和水搗爛，倒入小溪魚塘，魚就都掙扎著到水面來呼吸，撿起來就可以吃，對人沒什麼危害。雖說近年有些科學家表示異議，認為這種毒可以

耳鼠

導致大白鼠死亡，甚至可以使人致病（類似帕金森症），不過他們的研究方式很極端，屬於血液注射，而且劑量非常大。據說至今農村還有人如此捕魚，不過沒有親見。

看來這種習俗不是相傳了幾百年，而是數千年了。至少在《山海經》記載的年代，古人已經學會了這種極度有效的謀生手段。

說到此處便不得不提神農氏了，「神農嘗百草之滋味，一日而遇七十毒。」《淮南子・修務篇》「神農以赭鞭鞭百草，盡知其平毒寒溫之性，臭味所主，以播百穀。」《搜神記》「太原神釜岡，有神農嘗藥之鼎；成陽山中，有神農鞭藥處。」《述異記》

對神農嘗百草這個傳說，表示蔑視的人很多，有的人就說：「胡說八道，一天遇七十毒？一天遇十毒也死好幾次了，除非他不是人！」

其實看看上面的魚藤，一天吃個百八十種也不會死，那不是毒嗎？再說了，神農也不會那麼沒腦筋，那時候已經會馴化牲畜了，拿來草先給牛馬羊嘗嘗，它們不死神農再自己吃，所以說這並非是太神奇的傳說，需要的只是毅力和勇氣，很多人都可以做到！

接著看：「雲山，無草木。有桂竹，甚毒，傷人必死。」這是一段很嚴厲的警告，與前面「可以毒魚」、「可以毒鼠」不同，那些是毒的

用途，而這裏卻沒說可以用桂竹來殺人。

當然了，《山經》也這樣提到過，「鼓鐘之山，有草焉，方莖而黃華，員葉擊三成，其名曰焉酸，可以為毒」。至於這種毒的用途是什麼沒說，可以私下揣測，是毒鼠還是殺人！

另有一種神奇的動物，「丹熏之山，有獸焉，其狀如鼠，而菟首麋身，其音如獆犬，以其尾飛，名曰耳鼠，食之不睬，又可以禦百毒。」（《北山經》）

這種動物是什麼，不大好說，大概類似於松鼠，用大尾巴飛來飛去，但是能禦百毒可是一件神奇的事（類似《天龍八部》裏的蛤蟆朱牯），這是謊話嗎？

四、長毛犀牛的傳說

在《南山首經》中，距離西海一千三百五十里的地方有一座柢山，「多水，無草木。有魚焉，其狀如牛，陵居，蛇尾有翼，其羽在魼下，其音如留牛，其名曰鯥，冬死而復生，食之無腫疾」。這是冬眠，絕對不是夏眠。冬眠是一個常識，也就是氣溫必須很冷，在廣州你是不會找到冬眠的魚的，除非廣州也是冰天雪地！在黑龍江中下游有一種叫「鱸塘鱧」的淡水魚能在冰洞中冬眠。

《南次二經》也有這樣的現象，在距離柜山向東七百九十里的地方有座堯光山，「有獸焉，其狀如人而彘鬣，穴居而冬蟄，其名曰猾褢，其音如斲木，見則縣

猾褢

有大鯀。」這也是冬眠！也就是說《南次二經》也在寒冷的地帶。

在《南次三經》裏我沒有找到冬眠的現象，但似乎我沒必要去找，因為《南次三經》離渤海非常近。

《南次三經》中，距離天下虞山（東向）一千里有丹穴山，「丹水出焉，而南流注于渤海」，「又東五百里，曰發爽之山，汎水出焉，而南流注于渤海」。由此往東兩千三百里有雞山，「黑水出焉，而南流注于海」。

天下虞山往東五百里是禱過山，「其上多金玉，其下多犀、兕，多象。浪水出焉，而南流注于海」。這句話很普通，卻實在令人驚愕！先來說象！

現在的象分亞洲象、非洲象兩個種。亞洲象分布在亞洲南部和東南部的熱帶雨林、季雨林地區；而非洲象則在非洲東部和中南部的稀樹草原地區。那麼我們就會有疑問，渤海北面有「象」？對於北方人來說，在動物園裏見到大象很平常，但是人們也知道，這種象獨自過不了冬，比如長春的動物園就得搭設暖棚、地炕，還得放上暖氣片。

那麼有人也許會問，這個渤海是不是今天的渤海啊？這個問題我沒法回答。但是我卻知道大象曾經遍布整個北半球，比如長江以南的劍齒象、甘肅合水的黃河古象、陝西榆社的桑氏劍齒象，還有一種就是猛獁象。

但這些都早已經滅絕了，在幾萬年前、幾十萬年前都已經滅絕了。在哈爾濱、大慶、長春都挖掘出過猛獁象的化石，它們存活於兩萬年前！但是《五藏山經》怎麼會記載在北方早已經滅絕的大象呢？

接著來看犀牛，一九七三年，在餘姚河姆渡新石器時代遺址中，考古學家首次發掘了距今約六千多年的犀牛遺骸。犀牛在《吳越春秋》、《竹書紀年》中都有記載，如「夷王六年，王獵於社林，獲犀牛一以歸。（《御覽》八百九十引《紀年》：『夷王獵於桂林，得一犀

牛。』）」但長期沒有找到犀牛的遺骸，所以學術界曾有過一個觀點，犀牛在一萬年前的中國就已經滅絕了！雖然找到犀牛遺骸是件令人興奮的事，證明了中國有過犀牛，古人沒撒謊。但是我一點也不高興，因為那是在浙江！而不是在東北，不是在渤海北面！

其實犀牛和大象一樣，現存的都是熱帶物種，曾經犀牛和長毛象一樣，都在北方生活過，俄羅斯有過一種長毛犀牛，不過他們生活在五十萬至十萬年前。

《與獸同行》是BBC的一部紀錄片，講述的是遠古動物的變遷，似乎跟《山海經》根本拉不上關係。不過第六集《長毛象之旅》講述的情景，我覺得簡直就是《山經》的電影版。我不知道這部影片的科學顧問們有沒有讀過《山經》，但是我相信《山經》的作者必然看過《與獸同行》的真實版。

《長毛象之旅》講述的是生活在三萬年前的長毛象的生活，記錄了它們從北海附近（靠近英吉利海峽）遷徙到阿爾卑斯山的艱辛旅程。那時正是冰河世紀的末期，也是大海退開始的時期，長毛象為了躲避寒冬和冰雪，要遷徙到四百公里外的阿爾卑斯山區，它們隨時會踏碎池塘脆弱的冰層深陷，等待死亡的來臨，也要防備歐洲大陸上獅子的偷襲，當然最可怕的就是要面對「人類」的有組織的獵殺。尼安德塔人是一種神秘消逝的「狩獵動物」，他們大約消失在兩萬八千年前。片中還介紹了一些早期人類的生活，也介紹了一些極度近視而嗅覺靈敏的披毛犀。

這部紀錄片是基於相當嚴格的科學實證，卻與荒誕不經的《山經》講述的幾乎是同一內容。《山經》並沒有BBC的特技和推理，只是很自然的記述了當時的生存環境。《南山經》記述了在渤海附近生存著犀和象，《北山經》記述了兕和犛牛生活在一起，《南山經》、《北山經》所記載的都是北方，這些必然是長毛的犀和象和人類生存在一起，這個情景在《長毛象之旅》中被演繹得活靈活現。

從地理位置上來，渤海北部地區與阿爾卑斯山相差並不多，而且在旅順口地區也挖掘出過披毛犀的頭骨化石（《科學時報》張非非二〇〇二年五月十五日），那麼無論是BBC還是《山經》都講述了一個人類與犀象共舞的年代，這是一個巧合，還是一種必然呢？

不同的是，《長毛象之旅》假定的是三萬年前，而《山經》的中山經地區已經開始了農耕作業，迄今所知，農耕作業的歷史還不到一萬年，也就是說，《山經》所記述的年代必然同時滿足兩個條件，一個是渤海北部還存在著犀和象，另一個是農耕文化已經出現。這個年代是無法精確斷定的，但可以近似的劃在一萬年前至八千年前（第四紀冰川末期）。

在一萬五千年前，海平面降至最低，比現在的海平面低一百三十至一百六十公尺，那時的東海大陸架、渤海都是一片大草原。直到七千年前，才達到現在的高度。也就是說一萬年前的地理面貌與現在大相逕庭的，如果按照《山經》所描述的山脈趨勢來與現在的世界地圖對號入座，那一定是荒誕不經的。

其實認為《山經》是偽作的人，應該用同樣的目光去衡量《長毛象之旅》，你會發現科學實證的《長毛象之旅》簡直是破綻百出，而《山經》卻禁得住百般挑剔。

事實上，我相信隨著BBC的艱苦探索，他們努力再現初民和生物生存面貌的強烈渴望，會一步一步的走近《山經》，直到他們把《山經》奉為權威圭臬為止。因為山經不是推理而是記述，《山經》最缺少的就是假設。例如《長毛象之旅》中有一個細節就很令人費解，裏面有的人類居然穿上了「絲麻」製衣物（可能是「絲麻」，但肯定不是獸皮，另有穿獸皮的尼安德塔人），這簡直太不合邏輯了。

五、鳥、怪鳥與神鳥的區別

《山經》的作者對鳥、怪鳥、神鳥的區分態度明顯和我們不一樣，我們先來看幾個《南山經》的例子。

> 丹穴之山，其上多金玉。丹水出焉，而南流注于渤海。有鳥焉，其狀如雞，五彩而文，名曰鳳凰，首文曰德，翼文曰義，背文曰禮，膺文曰仁，腹文曰信。是鳥也，飲食自然，自歌自舞，見則天下安寧。
>
> 旄山之尾。其南有谷，曰育遺，多怪鳥，凱風自是出。
>
> 灌湘之山，上多木，無草；多怪鳥，無獸。

鳳凰在我們的眼裏絕對是神鳥了，而《山經》作者卻不認為有什麼異樣，這三段話都隸屬於《南次三經》，也就是說這個作者看待鳥和怪鳥是有區別的。

鳳凰和麒麟是被孔老夫子神化的，麒麟被殺了，孔老夫子生氣得連書都不編了。其實《山經》對鳳凰的描述非常樸實，「其狀如雞，五彩而文」不過在後面加了幾個莫名其妙的詞「德、義、理、仁、信」，說穿了也沒什麼特別的，不過是對鳳凰身體每部分的花紋下個定義罷了。

孔老夫子和人們認為鳳凰很神，是因為鳳凰是吉祥

鳳凰

鳥，「見則天下安寧」，其實這也沒什麼特別的，不過為了解釋清楚，得說一些題外的話。

在古代甚至遠古，人們的生存環境是非常惡劣的，不僅要防備野獸的襲擊，還要防備人類的互相殘殺，更要防備大自然的災變。危害最大的是兵災，其次就是自然災害。自然災害也最為複雜，比如一九七六年唐山的地震、一九七九年龐貝的火山爆發、泗州的水災（十七世紀末沉入湖底）、一八七一年芝加哥的火災、約三七六年樓蘭古城的旱災（水竭棄城）、一九六一年伯利茲城的風災（颶風摧毀）等等，各種類型的災害讓人們提心吊膽，人們在無奈之餘也開始想要預知這些災害。

最常見的預知方法莫過於俗諺了，「震前動物有預兆：老鼠搬家往外逃，雞飛上樹豬拱圈，鴨不下水狗狂叫，冬眠麻蛇早出洞，魚兒驚慌水面跳。」這是預測地震的土辦法，靈不靈呢？不是總靈，但這是一個普遍的震前現象，人們在現有的知識水準下，還無法完全預測自然災害，透過動物的異常表現來獲得某些預感，是非常正常而且頗有效果的。

那麼《五藏山經》所作的很大一部分努力就是在災異的預知上，如「長右之山，無草木，多水。有獸焉，其狀如禺而四耳，其名長右，其音如吟，見則郡縣大水。」（《南山經》）對於洪水的預報，我們熟知的是螞蟻，每當洪水欲來之時，螞蟻便擺開「一」字長蛇陣，搬遷到安全之地，那麼這種類似猴子的動物長右有沒有能力預知洪水呢？這我們不得而知，不過想來是不會太稀奇的，既然螞蟻可以，長右也許就有這種災害的感知本能。

《山經》中的動物有的能預知水災，有的能預知火災，有的能預知旱災，有的能預知兵災、風災，當然也有鳳凰這樣的動物能預知「天下安寧」。

這些結論，其實我們沒有必要去苛刻的要求，就像螞蟻是印第安人

預知洪水的一個「工具」一樣，這很樸素、很簡陋，但是很實用！至於說有沒有科學道理，那是現在科學還無法完全解釋的東西。

所以說鳳凰沒有任何奇怪之處，不過是一種普普通通的鳥類，如果你翻開《說文解字》，看看古文的「鳳凰」怎麼寫？我相信你一看那個字型，就知道那隻鳥是一隻開屏的孔雀！當然了，我並不想去證明鳳凰就是孔雀，但鳳凰和孔雀一樣，沒什麼稀奇的。

《山經》作者認為鳳凰是普通的鳥，他卻認為另有鳥是怪鳥。旄山、灌湘山都有怪鳥，這些怪鳥連樣子都沒見到，更沒有名字，這引起我們很大的興趣，原來《山經》作者也不是無所不知的，他只能用怪鳥來概括這些「未知」的鳥。他們很誠實！

也有我們無法解釋的「神鳥」，「昆侖之丘，有鳥焉，其名曰鶉鳥，是司帝之百服」。《山經》的作者不認為這鳥很神奇，就是鳥，也不怪，也不神，但是他說的我們卻沒法解釋！主要的困難就在「百服」，「服」可以和「伏」、「復」通用，有「務」或「事」的意思，比如說務農、服田、服馬，都是類似的意思。當然也可以解釋成「衣服」或者「部落」、「地方」，但這都無法形成一種確鑿的觀點。我們也只好等待後來人作一個切實可靠的解釋。

不過呢，可以繞開這個難題來舉個例子。例如大公雞，我模仿《山經》來描述一下：「有鳥焉，狀如雞，是司天之曉也！」這不過是一隻公雞，我就能把它寫得神乎其神，有錯嗎？公雞的職責不就是打鳴報曉嗎？再如，「有獸焉，狀如犬，是司帝之圃也。」這是什麼？不過是看園的狗而已！

所以說，我不認為這個神鳥有多神，而《山經》的作者也沒說它神！完全是我們不能理解之後的神化。至於獸、怪獸、神獸也是這樣的一個邏輯，限於篇幅，就不再囉嗦了。但是我們應該注意，《山經》的作者非常誠實，他不知道的鳥獸魚，會統稱為「怪鳥」、「怪獸」、

「怪魚」。

《山經》的作者對許多三頭六臂、六目四耳的鳥獸，並沒認為它們怪，反而說有比它們還古怪的動物，那些古怪的鳥獸也許躲藏得太深了，令人無法發現，或者乾脆就是無法用語言來描述的。

於是，《山經》作者發出一聲感歎：「自密山至於鍾山，四百六十里，其間盡澤也。是多奇鳥、怪獸、奇魚，皆異物焉！」經文中記載的還不夠怪嗎？還有「皆異物焉」，我們也只能長歎一聲，不知所言了。

六、龍的傳說

龍對中國人太重要了，沒有龍，我們大概都不知道自己是誰的傳人了。孔子告辭老子出來，連歎「真神龍也」！這自然是佩服得五體投地之語，它可沒說老子是什麼「神豬」或者「神馬」。再有這要是在古代，帝王總自稱是「真龍天子」，我要是說龍和豬馬差不多，一點也不稀奇，那肯定是殺頭之罪。

為什麼我說「龍」一點也不神呢？還是仔細的瞧瞧《山海經》，在《五藏山經》中，描繪了許多奇珍異獸，那麼我提個兒童般的問題：「《山經》裏為什麼沒有記載豬馬牛羊？」我猜你應該這麼回答：「傻孩子，豬馬牛羊太常見了，有幾個人沒見過？所以根本不用詳細的描述。」

那麼我繼續刨根問底：「《山經》裏為什麼沒有記載虎豹龍蛇？」這個問題應該有點難度了，但你可能還會硬撐下去。「虎豹蛇也是很常見的動物，但是龍根本沒人見過，所以就沒有描述這些動物。」

問題就在這裏，《山經》的作者為什麼大張旗鼓的描述鸚鵡、鳳凰、犰狳之類的動物，卻對「雞犬豬羊、虎豹龍蛇」漠然視之呢？

《山經》裏還是經常提到龍的，但是「龍」不是作為一個奇怪的動

物出現的，而是一個簡單的類比對象出現的。

「其神狀皆鳥身而龍首」、「其神狀皆龍身而鳥首」、「其神狀皆龍身而人面」、「鍾山。其子曰鼓，其狀如人面而龍身」。這樣的類比非常多。

「其神狀皆人面蛇身」、「其神狀皆馬身而人面」、「其神狀皆彘身而八足蛇尾」。

這些神的樣子很怪，不過並不稀奇，無非是蛇身、馬身、彘身、龍身，類比有一個原則，就是用最常見的動物來類比。比如說，用兔子來類比犰狳，是非常唯妙唯肖的，如果用一種沒見過的動物來類比，比如說「肥蟥」，那你就暈啦，「肥蟥是個什麼東西啊？」換一種說法，有一天外星人來了，你給他講犰狳，你說犰狳類似兔子，外星人就問啦，「兔子是個什麼東西啊？」

這時候你可能非常頭疼，不知道如何解釋，這就是我們的主題，「久居芝蘭之室，不覺其香；久居鮑魚之肆，不覺其臭。」

《山經》的作者本意是為了讓你認識各種各樣的山神動物，結果卻說得你越來越糊塗，那豈不是違背他的本意？所以他盡量用最常見的動物來類比，蛇身、豬身、馬身，還有龍身！

《山經》的作者不厭其煩的指給人看，這個動物像蛇，這個動物像雞，那個動物像龍，聽他講解的人如果沒有見過龍，怎麼會不迷迷糊糊呢？所以說，「龍」太常見了，太普通了。

是的，龍是非常常見的，龍不會是一個「能升能隱、能大能小、見首不見尾」的神奇動物，而是和雞犬豬羊、虎豹蛇一樣普普通通的動物，沒有任何奇怪之處，也沒有任何值得細述的必要。

你也許會更好奇的問我，龍到底是什麼動物？其實這沒必要回答，也許我們身邊的「龍」還大量存在著，和雞犬一樣，整日裏連蹦帶跳，只不過換了一個名字，如此簡單。

七、辭條補遺

「天池之山，其上無草木，多文石。有獸焉，其狀如兔而鼠首，以其背飛，其名曰飛鼠。」（《北山經》）

「飛鼠」就是鼯鼠俗稱，它體長三尺左右，長有毛茸茸的長尾巴，前後肢之間有似羽的皮膜相連。藉助皮膜，能從高處向低處滑翔，有時候能滑翔五十多公尺，所以人們誤認為它能飛，因此得名「飛鼠」。武當山、澳大利亞都有這種動物，它在空中的時候像一小塊毯子。

有鳥焉，其狀如烏，人面，名曰鷾鶘，宵飛而畫伏，食之已暍。——《北山經》

鷾鶘

這應該是一種貓頭鷹，其實貓頭鷹的臉不像人臉，更像一張猴子臉。

接下來再看《西山經》中幾個奇怪的有角動物：

皋途之山，有獸焉，其狀如鹿而白尾，馬足人手而四角，名曰㺟如。

中曲之山，有獸焉，其狀如馬而白身黑尾，一角，虎牙爪，音如鼓音，其名曰駮，是食虎豹，可以禦兵。

㺟如

　　三危之山其狀如牛，白身、四角，其豪如披蓑，其名曰

徵徊，是食人。

　　四角動物並不少見，現存的有亞洲四角羚，不過四角羚的四個角都

很短。再如麋鹿，其實麋鹿是兩個角，不過它的角在基部就分叉了，所

以很容易被誤認為四角。另外這些年新聞連續報導了一些四角羊和五角

羊，基本上集中在內蒙古一帶，有些已經送到動物園去了。

　　其實這些動物從形狀上來說並不奇怪，但是說「食人」、「食虎

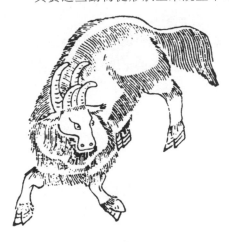

徵徊

豹」就有些不可思議了，前文也講過蠱鵰，有角食人。這樣大量的有角食人動物實在是個難解之謎。

　　《東次四經》中有一種恐怖的野獸，「太山，有獸焉，其狀如牸而白首，一目而蛇尾，其名曰蜚，行水則竭，行草則死，見則天下大疫」。

　　這是比西王母還恐怖的動物，行草則死可以說是這動物有劇毒，或

者它太能吃等其他原因，但這行水則竭怎麼解釋？如果是慢慢的蒸發，

古人是無法觀察得到的。太能喝？我不敢考慮夸父這樣有本領的神話人

物。

　　我知道小隕石能夠讓水立刻枯乾，那是高溫的緣故，但我不知道這

是什麼生物存在什麼本領能夠「行水則竭」，而這種動物，《山經》卻

沒認為它很奇怪，甚至連個「神獸怪獸」的稱號也得不到。

八、《山經》動物卷綜述

從上文的略論看出，《山經》的絕大部分怪異生物都是可以理解的，或者因為辭彙缺乏、拼湊類比模糊造成了誤解；或者因為概念不明確，把昆蟲當成了鳥獸；或者是因為基因突變，真的就存在那種四首十六足的連體貓、四腳鴨、三腿青蛙、兩頭蛇、雌雄同體的北極熊。總體來說，《山經》對動物的描述是真實可信的，只有一小部分我們無法解釋。

難點在於，大量存在的生物變異、已經滅絕幾萬年的長毛犀象、美洲獨有的犰狳，這些都在向我們展示一個詭異的年代，似乎我們的祖先比我們想像的要古老得多，而且見識也要寬廣得多。

第三章
地理卷雜論

《五藏山經》記載的山脈地理，像天書一樣困擾著人們，要想按照今日的世界地圖去考證，那是徒勞無功的。因為山經所記述的世界，早已經變得面目全非……

一、《南山經》

根據動物卷對犀牛的分析，知道《南山經》在一個寒冷地帶，雖然寒冷，但它並不一定在北方，因為《山經》記述的年代很接近第四紀冰川期，或者更早，氣候寒冷也說得過去。

《南山首經》是一列由西向東的山脈，自西海招搖山至東海箕尾山，共十座山，二千九百五十里！

《南次二經》自柜山（西臨流黃，北望諸毗）至東海漆吳山，共十七座山，七千二百里！

《南次三經》自天虞山至南禺山，共十四座山，六千五百三十里！（途經渤海）

仔細比較這三個數字，會發現一個古怪的問題，從西海至東海（《南山首經》）只有二千九百五十里；而《南次二經》由東海出發向西七千二百里卻還沒有到西海！造成這種現象的原因是什麼？

可以推測，西海是一個距離東海很近的內陸湖（當然現在可能消失了），《南山首經》起於這個內陸湖，而《南次二經》則離這內陸湖很遠，超過這個內陸湖一直向西延伸直至沙漠。

二、《北山經》

前文說過，《南山經》在北方，那麼《北山經》在南方嗎？似乎看不出這樣的痕跡。《北山經》三條山脈基本上都是由南向北的，而且跨

度非常大。

《北山首經》中記載了「潘侯山,有獸焉,其狀如牛,而四節生毛,或曰旄牛」,氂牛是一種生活在寒帶或高原的動物,在熱帶它活不下來。「小咸山,無草木,冬夏有雪。」冬夏有雪也必然是高原地帶或寒帶,如赤道附近的乞力馬札羅雪山。「敦薨山,其獸多兕,旄牛。」兕,被認為是一種犀牛,而氂牛和它生活在一起,這在前文已經討論過了。

也就是說《北山首經》在「冬夏有雪」、「氂牛」普遍存在的情況下,它記載的不可能是熱帶地區,只可能是從高原地區、或從寒帶地區向南延伸五千四百九十里。

氂牛

《北次二經》也是如此,「狂山,無草木,是山也,冬夏有雪。」「姑灌山,無草木。是山也,冬夏有雪。」這兩座相隔千里的山脈都是冬夏有雪,也就是說,《北次二經》處在非常遼闊的高原上或者緯度跨度非常大的寒帶上。

其中有一個非常令人震驚的句子,在距離北海三百里的地方,有一座洹山,「三桑生之,其樹皆無枝,其高百仞。百果樹生之,其下多怪蛇。」

樹高百仞,「仞」是一個度量單位,而中國的度量單位極度混亂,不要說無法確定《山經》的成書年代,就算是確定《山經》的成書年代是漢朝,漢朝的度量單位也很混亂。周制八尺為一仞,秦漢制六尺為一仞,周朝一尺多長估計還沒定論,商尺一尺等於十六‧九五厘米(根據安陽殷墟出土的商尺,一說為十六‧八厘米)。漢尺一般在二十一‧

二五至二十三‧七五厘米，但是漢朝的建築體系非常完整，而主宰這套建築體系的尺度卻是魯班尺，俗稱木工尺。木工尺更是混亂，有的一尺三十一‧一厘米，有的二十七‧七七厘米。

所以說種種原因導致「樹高百仞」根本無法精確估計，而且「樹高百仞」也有可能是觀測者目測估算的。

那麼我們就按照漢制來估算一下，100×6×20＝12000厘米＝120米。有這麼高的樹嗎？當然有，不過極度稀少，在加利福尼亞和俄勒岡的紅杉樹現存最高的有一百一十二米（在加利福尼亞紅杉國家公園裏），據說還有一百四十米高的，沒考證過。

《北山經》的作者說謊了嗎？「樹高百仞」！他沒親見過怎麼能想像得出這麼高的樹。《神異經》中也有記載：「東方有樹焉，高八十丈，敷張自輔，葉長一丈，廣六尺，名曰扶桑，有椹焉，長三尺五寸。」從高度來講，《神異經》也沒說謊，但那麼大葉子的樹的確沒見過，沒見過我就敢說他在說謊？

見過紅杉或它的照片的人，應該對「其樹皆無枝，其高百仞」有個深刻的理解，那紅杉樹是直聳朝天，從下面仰望的話，根本看不見樹枝，光溜溜的頂著個大帽子。

不過疑問還是有的，加利福尼亞靠的不是北海而是太平洋，而三桑樹卻離北海只有三百里。紅杉樹屬於常綠針葉樹，而生存在北海附近的樹卻應該是落葉針葉樹。這說明高大的三桑樹另有物種，不過已經找不到了，但它曾經存在卻絕不是天方夜譚。

另有一個小發現，現在還沒有證據證實，權且當作家常閒語，「杉」字怎麼讀？你讀來聽聽，我怕你不小心讀成「三」或「桑」。

接著來看《北次三經》，《北次三經》仍然有冬夏有雪的現象，「空桑山，無草木，冬夏有雪。」這是個孤證，無法證明《北次三經》在寒帶。但是我們可以暫時繞開這個問題，看看《北次三經》有多特

殊。

　　《北次三經》的特殊之處就在於它奇長無比，「凡四十六山，萬二千三百五十里。」這是《五藏山經》中最長的一列山脈。古華里和現在的公里怎麼換算？坦白的說，我不知道。古人的長度基本單位是「尺」，五尺為一步，三百步為一里。漢代一里為三百六十步，每步六尺，每尺合〇·二三一米，一里約合四百九十八·九六米，跟現在差不多。

　　仍然用漢制估算吧，一萬二千多里？你知道是什麼概念麼？如果你手邊有世界地圖的話，用尺量一下太行山到北冰洋的距離，嚇你一跳，才四千五百至五千公里之間。難道古人真的走到北冰洋了？那倒未必，因為《北次三經》從太行山出發先向東海前進，為什麼呢？因為《北次三經》提到了「發鳩之山，有鳥焉，名曰精衛。是炎帝之少女，名曰女娃，女娃游於東海，溺而不返，故為精衛。常銜西山之木石，以堙於東海。」這是說發鳩山離東海不會很遠。

　　也就是說《北次三經》從太行山向東至發鳩山，然後折向北方（當然有不少向東北方向前進的），如果你把《北次三經》的路線圖用一定比例尺大致畫下來的話，然後量一下垂直距離，你會發現非常非常接近四千五百至五千公里這個數值。雖然《山經》中的太行山未必是現在的太行山，但這是巧合嗎？

　　綜合一下就是，《北山經》基本上都坐落在寒帶，百仞三桑樹的奇特告訴我們，它絕不是古人憑空想像出的奇樹，古人必有所聞或所見而後載。三桑樹卻只離北海三百里。而《北次三經》的長度卻遠遠超出了古人的測量能力，先不說有沒有計里鼓車，即便有車，有路嗎？即便有路，怎麼沙行？怎麼水行？這不是簡單的航海，還要穿越沙漠，穿越河流。「又北水行五百里，至於雁門之山」，「又北水行四百里，至於泰澤」，「又北水行五百里，流沙三百里，至於洹山」。

不要講什麼飛行器之類的神話，那不可信。「大咸之山，無草木，其下多玉。是山也，四方，不可以上。」如果有飛行器的話，古人也不至於望山興歎了，因為他們上不去。他們上不去的山很多很多，這裏就不一一列舉了。

三、《西山經》

如果比較一下《五藏山經》，會發現一個有趣的現象，《北山經》是一片蠻荒之地（其山北人皆生食不火之物），《東山經》和《南山經》則幾乎是一片不毛之地（綿延數千里，有草木的山都不多），《中山經》則可稱為魚米之鄉（富庶得不得了），最奇怪的就是《西山經》了，我只能用一種頂禮膜拜的心情來形容它，這簡直就是人間仙境。

《西山經》並非三言兩語可以描述的，我們還是從最神奇的一座山開始說吧，這就是昆侖山。對昆侖山的探求，是數千年來中國人的夢想，從漢武帝開始，到近代的學者如蘇雪林等等，都對昆侖山下過無數的功夫。漢武帝是為了成仙，正趕上張騫出塞，就讓張騫按照古圖溯源，希望能找到昆侖山。張騫比較老實，說沒找到，太史公就一陣冷笑，「《禹本紀》言河出昆侖。昆侖其高二千五百餘里，日月所相隱避為光明者也。其上有醴泉、瑤池。今張騫之使大夏也，窮河源，惡睹所謂昆侖者乎？」漢武帝不甘心，又派人去找，結果還是無功而返，最後隨便指了個山（于闐）當作昆侖山。太史公此處是懷疑《禹本紀》、《山海經》的可信性，他認為《尚書》更可信一點，這無可厚非。昆侖山在哪兒？我不知道，不過可以找一些能有點線索的山來看看。

「太華之山，削成而四方，其高五千仞，其廣十里，鳥獸莫居。有蛇焉，名曰肥蟥，六足四翼，見則天下大旱。」這是《五藏山經》中唯一記載的有高度的山。「五千仞」，按照漢制來估算在六千米以上。

疑點很多：一、為什麼《五藏山經》中只有這座山才記載了高度？二、這個「五千仞」是垂直高度（海拔高度）還是斜坡長度？三、為什麼鳥獸莫居的地方卻有六足四翼的昆蟲？

如果太華山的高度是估測的，隨口胡說的，那麼其他的山為什麼沒有估測高度，這不可理解。如果太華山的高度是精確測量的，那麼其他的小山為什麼不可以精確測量？都不可能，古人沒有能力精確測量，但是古人也沒有信口開河的估測所有的山，他們相當老實。

那麼，他們怎麼莫名其妙的知道了太華山的高度？有一個最簡單的解釋，那就是傳說或者別人告訴他們的。誰告訴他們的？就是禹那樣有知識的人。假設你去非洲領導土著，土著們普查地理的時候，發現了一座非常高的高山，很驚訝，你可能就會告訴他們那座山的高度。至於其他的小山的高度，我想你的記憶力不至於那麼好。

至於那種高山上的昆蟲，我們還是來找一個牽強的例子，在海拔六千米以上的地方，昆蟲能夠生存的確是個奇蹟，在青海省囊謙縣，距離縣城二十公里的尕布羅亞果山海拔五千二百一十四公尺，終年積雪不化，那裏有一種聞名世界的特產——冬蟲夏草！

冬蟲夏草比較複雜，我這方面的知識比較欠缺，只能簡略的說說。冬蟲夏草簡稱蟲草，全世界目前已報導發現由蟲草屬真菌 Cordyceps 寄生於昆蟲、蜘蛛和其他生物長出子實體的蟲草種類達四百多種；我國已有記錄的是六十八種。在國內外學人的概念中，把凡是由蟲草屬真菌寄生並能產生子實體的菌物結合體都通稱為冬蟲夏草。冬蟲夏草屬於菌藻類生物。

這段比較複雜，通俗的來說，就是真菌寄生在蝙蝠蛾的幼蟲上，冬天還是條蟲子，夏天就死了變成了草。這種肥蟥是不是冬蟲夏草？可以不必太關心，但《山經》的作者說五千仞的高山上鳥獸莫居、有昆蟲，卻一點也沒有說錯，如此確鑿的謊話即便是漢朝人也編不出，唯一的可

能就是親身觀察過！

《山海經》被人詬病的地方很多集中在《西山經》，主要原因就是《西山經》出現了大量的韻文，如「其原渾渾泡泡。爰有嘉果，其實如桃，其葉如棗，黃華而赤柎，食之不勞。」諸如此類的韻文不勝枚舉，他們的韻文用得比我都好。所以有人根據這來指責《山經》是偽作，也不是沒有道理的。

但要記住，這些韻文集中的出現在《西次三經》之中，也就是昆侖山脈之中。帝、西王母、諸神集中的出現在這裏，無數神奇的物種、神鳥怪鳥、神獸怪獸出現在這一地帶，「多怪鳥獸」、「萬物無不有焉」這類的感歎層出不窮。

這樣神奇的地界用詩化的語言來描述可能是後人補綴的，當然最好笑的是，在西王母所居的玉山，向西四百八十里，「曰軒轅之丘，無草木。」也就是說西王母住的地方並不是驕傲得不得了，而是和不毛之地緊挨著。也就是說，《西山經》的作者在竭盡全力描述《西次三經》神奇的世界的同時，他並沒有忘記他的職責：實話實說。如果我來偽作《西山經》，我一定會把西王母附近的地方也描寫成人間仙境，以彰顯西王母的尊貴，但《山經》的作者沒有這麼做。同樣，《山海經》的作者本著實事求是的原則記載，在軒轅丘西三百里，便是「萬物無不有焉」的積石山。

四、《東山經》

關於《東山經》的地理位置，似乎沒有明確的特徵指示它的方位，無法確定它在東方還是西方，也無法確定他在南方還是北方（偶爾有北海的提及）。

在蛛絲馬跡之中，我們找到了一個極端古怪的例證，然而我已經沒

有勇氣給這個例證下一個結論。東次二經「余峨之山。有獸焉，其狀如菟而鳥類喙，鴟目蛇尾，見人則眠，名犰狳，其鳴自詨，見則螽蝗為敗。」

存在兩種犰狳，一種是分布於美洲的貧齒目犰狳科(Armadillo)，見過Armadillo的人會不約而同的有種感覺，這小東西的確很像兔子，尤其是一對長耳朵。另一種是記載於《東山經》中的犰狳。《山經》中的犰狳與Armadillo是如此的唯妙唯肖，體形像兔子，一個尖嘴，一條像蛇一樣的尾巴，甚至連習性也與Armadillo不差分毫。Armadillo是種有甲的動物，一旦遇到危險，它就會縮成一團，這豈不是唯妙唯肖的「見人則眠」？

有很多人認為犰狳可能是一種穿山甲，實際上穿山甲怎麼看都不像兔子，因為牠沒有兔子一樣的耳朵，體形差距也比較大。

那麼，是誰把Armadillo翻譯成「犰狳」的？這個問題極度艱難，我在耗費幾個月的時間後不得不放棄追問。始作俑者大概是一九二二年出版的《動物學大辭典》（杜亞泉主編，此人是個百科全書式的人物）一書的編者，由於年代錯列，資料匱乏，已經無從考證。

另外一個比較新鮮的論點是一個英國人、英國前海軍軍官、業餘歷史學家孟席斯（Gavin Menzies）提出的，他的觀點是「鄭和先於哥倫布發現美洲大陸」，他有一些非常有趣的證據，「鄭和從一四〇五至一四三三年間七次遠航，一四三〇年出版的《異域圖志》中畫有各大洲特有的動物，如印度的獅子和大象、非洲的斑馬和長頸鹿、南美的犰狳、美洲豹和磨齒獸。」

不幸的是，我沒有機會見到《異域圖志》中犰狳的畫像，所以孟席斯的觀點無法成為我的證據。

我們不得不面對這樣的尷尬，我們老祖宗的《山海經》記述了一種亞洲大陸上不存在的類似Armadillo的小動物，這絕對不是憑空想像出

來的，要麼我們這塊大地上曾經存在過那種類似兔子的小東西，要麼我們的老祖宗莫名其妙的去了美洲考察。

無獨有偶的是，一位類似旅遊者的美國人亨利・艾特・墨茲，他徒步走過了一條條山脈，得出一個怪異的結論，他說《東山經》在美洲。（詳文見《淡淡的墨痕》，即《PALE INK》，中文譯著名為《幾近褪色的記錄》。）

第一列山脈，起自今美國懷俄明州，至德克薩斯的格蘭德河止，共十二座山。將古華里換算為英里，與《東山經》中第一列山的距離完全相符。

第二列山脈，起於加拿大的曼尼托巴的溫尼泊，止於墨西哥的馬薩特蘭，共十七座山。距離與《東山經》第二列山脈相合。

第三列山脈是沿海岸山脈的太平洋沿岸，完全走太平洋海岸，起於阿拉斯加的懷爾沃德山，至加州的聖巴巴拉，共九座山。距離也與《東山經》所列第三條山脈相符。

第四列山脈，起於華盛頓州的雷尼爾火山，經俄勒岡州到內華達州北部，共八座山，距離與《東山經》第四列山相合。

對照我手中的中國地圖出版社的《最新世界地圖集》，可以認為亨利・艾特・墨茲的考證基本上是符合《東山經》的。不過《東山經》第一列山脈，亨利・艾特・墨茲承認有將近二百英里的誤差，不是完全相符的，而這段譯文有些不太準確。《東次四經》我認為亨利・艾特・墨茲的考證是錯誤的，我大致估計在阿拉斯加的布魯克斯山脈，山脈總長八百餘公里，與《東次四經》「八山，一千七百二十里」相符，而且山脈走勢基本上是東南方向，與《山海經》相符，最重要的是「《東次四

經》之首，曰北號之山，臨於北海。」亨利艾特・墨茲認為起始於華盛頓州，這和「臨於北海」是相悖的。順便再重申一次我們不斷提及過的犰狳，它只產於美洲。（注：地圖集中的山名（譯音）與亨利・艾特・墨茲標注的山名（譯音）稍有差距，不過還是可以很容易看明白的。）

另外，在《東次三經》中，這幾乎是一個航海或者水運的經典案例，「南水行八百里，曰岐山」、「南水行七百里，曰諸鉤之山」、「南水行七百里，曰中父之山」、「東水行千里，曰胡射之山」、「南水行七百里，曰孟子之山」。

「凡九山，六千九百里」，完全是水行，古人毫不掩飾的在展示他們在水運方面的高超技巧，他們是用竹筏子航行千里嗎？他們是順水漂流嗎？還是他們在夢中神遊見到了類似小兔子的動物？

也許保持沉默是我最好的選擇。

五、劫後餘生的世界

先來看《南山經》：

招搖之山臨于西海之上，有水有草木；往東三百里，堂庭山，有水有木；往東三百八十里，叚翼山，有水有草木；往東三百七十里，陽山，有水，草木不知；往東三百里，柢山，多水無草木；往東四百里，亶爰山，多水無草木；往東三百里，基山，有草木，水不知；往東三百里，青丘山，有水，草木不知；往東三百五十里，箕尾山，其尾踆于東海，有水，草木不知。

從西海到東海，地理問題我們暫且不去考慮，問題就怪在「草木」

之上,「柢山,多水無草木」、「宣爰山,多水無草木」,這是個很嚴肅的問題,有山有水卻無草木?這是什麼原因?柢山有魚,宣爰山有獸,也就是說食物鏈必然是完整的,生態環境還能繼續維持,但是怎麼會沒有草木呢?

在我們的常識裏,南極、北極沒有草木,那是因為氣溫過於寒冷;另外在戈壁、沙漠之中,草木也很稀少,那主要是因為缺水的緣故。李白有句詩:「秦地無草木,南雲喧鼓鼙。」這是說天寶年間關中大旱,所以才造成草木不生。但是《山海經》中有水有魚有獸卻無草木,這似乎只能有一個答案,就是這兩座山極度寒冷,《南次一經》緯度是大致一致的,所以只能是高原氣候、高山氣候所致,高聳入雲,冰雪覆蓋,這可能是最合理的解釋了,例如珠峰。

接著看《南次二經》:

　　長右山,多水,無草木,有獸;羽山,下多水,上多雨,無草木,多腹蟲;瞿父山,無草木;句余山,無草木;夷山,多水,無草木;咸陰山,無水,無草木;區吳山,有水,無草木;漆吳山,無草木。

這其中就有個極特別的,「羽山,下多水,上多雨,無草木,多腹蟲」把我們剛才給的答案徹底的否定了。多雨,很顯然不會太冷,而且腹蟲類生物是不可能在嚴寒之下活動的。這草木不生必然另有原因!

接著看,《南次三經》說了個明白的,「發爽之山,無草木,多水,多白猿。汎水出焉,而南流注于渤海。」我在渤海邊生活了十餘年,始終不知道什麼時候渤海附近的山沒有草木。渤海的氣候寒冷?渤海附近乾旱?都不可能。那麼這種平淡中的奇異現象就逼迫我們另尋新路了,是什麼樣的原因能造成多水而草木不生的現象?

答案是可怕的，也是令人難以置信的。乾旱可以使植物大面積死亡，另一種便是洪水或大爆炸。「野火燒不盡，春風吹又生。」強烈的乾旱過後，植物會慢慢復生；洪水、大爆炸過後也是這樣的，植物會生長得更加茂盛。那麼一個尖銳的問題擺在我們面前，《山海經》記載的是什麼年代，難道它的記載真是在一場大洪水或大爆炸過後的世界？

《國風·魏風》稱有草木的山為岵，無草木的山為屺，也就是說《山海經》的作者應該沒有看過《國風》，否則應該賣弄一下。

宋時畫師郭熙、郭思有一論，頗有奧妙，「山以水為血脈，以草木為毛髮，以煙雲為神彩。故山得水而活，得草木而華，得煙雲而秀媚。」可惜《山海經》的作者仍然不屑一顧，皮毛該不要就不要，他只要真實！

《淮南子》也有一論，「天不定，日月無所載；地不定，草木無所植。」

地怎麼不定呢？再舉個例子，《西次一經》，「黃山，無草木，多竹箭。盼水出焉，西流注于赤水，其中多玉。有獸焉，其狀如牛，而蒼黑大目，其名曰𰅕。有鳥焉，其狀如鴞，青羽赤喙，人舌能言，名曰鸚鵡。」

有水有竹箭，有鳥有獸，偏偏就是沒有草木。注意這黃山不一定是現在的黃山，《山海經》中的黃山距西海只有四百五十里。《管子·山國軌》中說「有莞蒲之壤，有竹箭檀柘之壤，有氾下漸澤之壤，有水潦魚鱉之壤。」這就是四壤之別，莞蒲應該是淺水植物，竹箭檀柘為生長於山麓和平地的樹木，「氾下漸澤之壤」應為沼澤地帶，「水潦魚鱉之壤」當然是指水域地區了。《爾雅·釋地》也說「東南之美者，有會稽之竹箭焉。」

我為什麼要在這裏大講特講竹子？這至關重要！竹子是這個世界的奇蹟！一九四五年，美國在廣島和長崎投下了原子彈，留下了地面核輻

射的嚴重隱患。人們驚訝地發現，爆炸中心的周圍區域，動植物幾近絕跡，唯獨竹子活了下來！現在你明白黃山上為什麼只有竹子而沒有草木嗎？竹子生長奇快，成材不過是四、五年時間，跟松樹比那簡直是飛機和烏龜賽跑！雨後春筍的故事想必你也明白，你倒在地上睡一覺，第二天衣服可能就已經被竹子刺了幾個洞。正所謂「千磨萬擊還堅勁，任爾東西南北風。」

我翻閱大江健三郎的《廣島札記》的時候，發現了另一個證據，我當初有個疑問，核爆炸後倖存的生物不會很多，如老鼠、蟑螂自然可以存活，但是我不明白魚能不能倖免。大江健三郎收集的回憶信件提到了這個問題，「在淺野泉邸的水池裏，在死屍的中間，還有活著的鯉魚在水中游。」、「燒掉羽毛的燕子，已不能在天空飛翔，只能一蹦一蹦地在地面上走。」

也許我們的分析應該告一段落了，也許你會提出一些尖刻的問題，但我沒有任何勇氣回答。我所知道的是，《山海經》所記載的年代，是一個劫難後萬物復生的年代，至於那是什麼劫難，是洪水還是核戰，還是哈雷彗星撞地球，已經不是我所能了解的了。

六、大陸漂移說與地球膨脹論

這更是一個極度艱難的問題，海內外學者關於《山海經》的地理研究眾說紛紜。有「雲南圈」、「兩河流域圈」、「中國圈」、「亞洲圈」、「世界圈」等多種說法。「《山海經‧大荒西經》所說的壽麻國，正是今非洲赤道沙漠人的形象。《山海經‧大荒東經》所見日月所出之山六，恰是今南北美洲的地理情狀。」（徐顯之《山海經探源》）「《山海經》是以中國為中心的世界地理書。」（宮玉海《〈山海經〉與世界文化之謎》）「《山海經》我懷疑它是兩河流域地理書。」（蘇

雪林《屈原與九歌・屈原評傳》）「《山海經》記載的是雲南遠古時期的地理和歷史。」（林永發《神話的新發現——〈山海經〉地理考》）他們各執一詞，似乎都很有道理。

這裏我們先簡單介紹一下大陸漂移說的起源。早在西元一六二〇年，英國人培根就已經發現，在地球儀上，南美洲東岸和非洲西岸可以很完美地銜接在一起。到了一九一二年，德國科學家魏格納根據大洋岸彎曲形狀的某些相似性，提出了大陸漂移的假說。經過數十年後，大量的研究表明，大陸的確是漂移的。人們根據地質、古地磁、古氣候及古生物地理等方面的研究，重塑了古代時期大陸與大洋的分布。大約在二億四千萬年前，地球上的大陸是匯聚在一起的，這個大陸由北極附近延至南極，地質學上叫泛大陸。在泛大陸周圍則是統一的泛大洋。此後，又經過了漫長的歲月，泛大陸開始解體，北部的勞亞古陸和南部的岡瓦納古陸開始分裂。大陸中間出現了特提斯洋（一億八千萬年前）。此後，大陸繼續分裂，印度洋陸塊脫離澳大利亞——南極陸塊，南美陸塊與非洲陸塊分裂；此時的印度洋、大西洋擴張開始。到了六千萬年前，已經出現現代大陸和大洋的格局雛形。以後，澳大利亞裂離南極北上，阿拉伯板塊與非洲板塊分離，紅海、亞丁灣張開，形成現代大洋和大陸的分布格局。（以上資料摘自中國科普博覽，大陸漂移說http：//www.kepu.com.cn/gb/earth/ocean/abc/abc301.html）

根據現有的地理學常識，最近的地質變遷年代恐怕也要幾萬年前，如臺灣海峽，在四萬年前東海大陸架是一片濱海平原，在三萬三千年前後，大陸架被海水淹沒，又過了三千年，發生海退，經過一萬五千年的變遷，海平面到最低點，比現在低一百三十～一百六十米，隨後海平面再次上升，在七千年前，海平面接近了現在的高度。也就是說，一萬五千多年前的海岸線比現在偏東六百多公里。如果《山經》記載的是真實的話，那麼它記載的絕不可能是在七千年前，而是更久遠以前，一次

地質變遷導致了我們查無對證！

在這裏稍微簡單的介紹一下大陸漂移學說的證據（仍然摘自科普博覽）。從地圖上看出，大西洋兩岸海岸線彎曲形狀非常相似，但細究起來，並不十分吻合。這是因為海岸線並不是真正的大陸邊緣，它在地質歷史中隨著海平面升降和侵蝕堆積作用發生過很大的變遷。一九六五年，英國科學家布拉德藉助電腦，按一千米等深線，將大西洋兩緣完美地拼合起來。如此完美的大陸拼合，只能說明它們曾經連在一起。此外，美洲和非洲、歐洲在地質構造、古生物化石的分布方面都有密切聯繫。例如，北美洲紐芬蘭一帶的褶皺山系與西北歐斯堪的納維亞半島的褶皺山系遙相呼應；美國阿巴拉契亞山的海西褶皺帶，其東端沒入大西洋，延至英國西南部和中歐一帶又重出現；非洲西部的古老岩層可與巴西的古老岩層相銜接。這就好比兩塊撕碎了的報紙，按其參差的毛邊可以拼接起來，而且其上的印刷文字也可以相互連接。我們不能不承認這樣的兩片破報紙是由一大張完整的報紙撕開來的。

古生物化石，也同樣證實大陸曾是連在一起的。比如廣布於澳大利亞、印度、南美、非洲等南方大陸晚古生代地層中的羊齒植物化石，在南極洲也有分布。此外，被大洋隔開的南極洲、南非和印度的水龍獸類和迷齒類動物群，具有驚人的相似性。這些動物也見於勞亞大陸。如果這些大陸曾經不是連在一起，很難設想這些陸生動物和植物是怎樣遠涉重洋，分布於世界各地的。

前文我們談到過「犰狳」，其所有種類包括八屬二十種。分布於中美和南美熱帶森林、草原、半荒漠及溫暖的平地和森林。亞洲根本沒有這種動物，《山海經》卻詳實的記載了這種美洲的動物，如果說亞洲、美洲本來就是分開的，中國人跨過大洋去考察這種熱帶動物，那真是太荒誕了。

在上古時代，整個世界是連成一塊大陸的。四周被海洋圍繞。雖然

這種學說科學證據非常多，而且新生的「板塊構造學說」解決了魏格納的一些錯誤理論。使「大陸漂移」幾乎成為不爭的事實，但是還有一些異常艱難的問題擺在我們面前。那就是「陸橋」理論的絕望！

陸橋是這樣被猜想出來的，如，南美的聖克魯斯第三紀地層中找到了有袋動物的化石，它不但與澳大利亞的袋鼠很相似，而且比澳大利亞發掘到的袋鼠化石更古老。一種與袋鼠有「親戚」關係的有袋動物負鼠，迄今仍生活在南美洲和中美洲的熱帶地區。這些動物既不會飛又不會游水，無法跨海涉洋，它們的祖先又是怎樣從遙遠的美洲來到澳大利亞的呢？

所以學者們便推測，在幾百萬年以前的第三紀，澳大利亞和南美洲之間有一個陸橋相連，袋鼠正是透過這個陸橋從南美到達澳洲的。後來陸橋沉沒了，兩個大陸間的聯繫中斷了。

十九世紀，因為類似的情況很多，所以奇特的陸橋說紛紛登場，幾乎每個大洲和一些大的島嶼之間都被假設的陸橋相連。而最可笑的是，後來絕大多數陸橋都因地殼變動沉入了海底。著名的陸橋有，亞洲、北美洲的白令海陸橋；非洲、南美洲的南大西洋陸橋；印度、馬達加斯加島的雷牟利亞陸橋；南美洲、南極洲和澳大利亞的南極陸橋等。

大陸漂移學說可以解釋一億二千萬年前不同大陸的物種親緣關係，卻沒法解釋新生代（距今七千萬年前）以後的物種，所以陸橋就成了古生物學者們的救命稻草。例如二千年，保羅・塞瑞農率領一支科學探險隊在尼日爾沙漠發現了一個恐龍頭骨化石，可追溯到九千五百萬年前，而且該恐龍化石與在阿根廷巴塔哥尼亞和馬達加斯加發現的恐龍化石相類似。古生物學者認為，該發現表明了非洲、南美、印度和馬達加斯加的陸地原本是以某種方式連接在一起的，直到一億年前才開始分離。保羅・塞瑞農說：「這個考古發現強烈地暗示了，當時有一道狹窄的陸橋將現在的巴西和非洲西部連接在一起。恐龍化石的發現證明了南美和非

洲之前原本是連接著的，或者至少有一座陸地橋相通。」其實保羅‧塞瑞農的含義很明顯，他就是想說，盤古大陸分裂的時間表錯了。如果地理學家們沒有錯，那就只好杜撰一架陸橋出來，把非洲、南美洲在九千五百萬年前連起來。

保羅‧塞瑞農並不孤獨，二〇〇四年五月七日美國《科學》雜誌裏面有一個重要證據。還是花費一些時間來介紹一下格拉德‧邁爾，他是德國法蘭克福森肯貝格研究所的昆蟲學家，他發現了三千萬年前蜂鳥的化石，地點在德國海德堡南部的弗勞恩維爾。令人驚奇嗎？當然，近代蜂鳥只生存於美洲，即便美洲蜂鳥最早的化石也不過才一百多萬年。邁爾說：「三千萬年前的蜂鳥和現在的蜂鳥在結構上基本相同。」這意味著美洲蜂鳥和歐洲蜂鳥同宗！

這意味著什麼？這意味著你要麼再杜撰出一條陸橋，把歐洲、北美在三千萬年前連起來；要麼就說蜂鳥是被颶風吹到北美的。其實，我認為被颶風吹到亞洲、非洲的可能性更大一些。

十九世紀五〇年代，美國哈佛大學的著名植物學家阿瑟‧格雷，在研究了大量的東亞植物標本，並對照了北美的植物後，產生了一個極大的疑問：為什麼亞洲東部的植物種類與遠隔太平洋的北美西部植物十分相似，而北美東部植物與北美西部植物的相似程度反而不及前者？這是什麼原因呢？從這裏可以看出植物的遷徙是多麼的艱難，連在北美的東西海岸之間的遷徙都如此困難，更遑論從美洲遷徙到亞洲？

比如人參，這種寶貝只產於東亞和美洲，西洋參的產地主要在美洲大西洋沿岸，而歐洲根本沒有。在沒有人類傳播的情況下，這種同科（五加科）不同種的植物種子怎麼能飛躍太平洋呢？哥倫布發現美洲太晚了，而美洲的人參已經生存太長久了。

鬣蜥科在亞洲南部和大洋洲最豐富，非洲和歐洲則較少，鬣蜥科有不少和美洲鬣蜥科相對應的成員，也有一些非常獨特的類型。分布於亞

洲南部和大洋洲的長鬣蜥與美洲鬣蜥亞科的成員也非常相似。

常見的花鼠習性介於樹棲松鼠和地棲松鼠之間，挖洞穴居，但也常在樹上活動。花鼠分布於東亞北部，在美洲另有近二十種與其相似的美洲花鼠，也有人將二者合併為一屬。

中國有一種珍稀動物叫扭角羚（也叫牛羚），美洲的麝牛是和它唯一有親緣關係的物種。

專家們對歐洲人發現美洲之前由美洲土著所馴養家犬的遺骨進行了DNA檢驗，並將美洲犬的基因與其他地區狗的基因作了比較，結果發現美洲犬在基因上與歐亞犬種相似，但卻與北美本地狼不同。這就意味著這些美洲犬並不是由美洲狼演變而來，即其祖籍並不是在美洲，而是在歐亞大陸。

再如中國、日本和北美等地都產有相同的新生代（距今七千萬年前）淡水魚化石。淡水魚當然不能橫渡太平洋。

魏格納當年就依靠了大量生物化石的證據，證明了七塊大陸本來是連在一起的，那就是盤古大陸。他的證據是美國東海岸有一種正蚯蚓，歐洲西海岸同緯度地區也有正蚯蚓，但在美國西海岸卻沒有這種蚯蚓，蚯蚓當然不會游過大西洋，所以魏格納證明了盤古大陸。那麼我要證明什麼呢？

其實上面的證據已經證明了，美洲、亞洲曾經連在一起！

有一件事需要知道，科學家們認為盤古大陸在二億年前就開始分裂了，可是蜂鳥這種生物化石才三千多萬年，而中國人記載犰狳的年代甚至不到上萬年！這意味著什麼？意味著古大陸分裂之後，歐洲蜂鳥將不可能遷徙到美洲，它們只能獨立進化出不同的形態；意味著古大陸分裂之後，《山海經》將不可能記載美洲的犰狳，而亞洲連犰狳的化石都沒發現過。

眾所周知，印第安人和亞洲人很像，都屬於蒙古人種。科學家知

道，世界上幾乎每個人身上都有一種 jc 病毒，這種病毒從父母那裏得到，這種病毒有七大類，不同人種攜帶的 jc 病毒是不同的，而印地安人和日本人攜帶的 jc 病毒幾乎完全一樣，而與南太平洋土著居民、非洲人和歐洲人卻差異很大；再如北美洲印地安人的基因與亞洲西藏人的基因非常接近；再如奧爾梅克文化遺址拉文塔祭祀中心，發掘出十六尊約高七、八英寸的長顱或方形高冠雕像和六塊玉圭，玉圭背面刻有銘文，這些文字，介於大汶口文化陶文和殷墟甲骨文、三代吉金文之間。所以說印地安人是亞洲人的後裔是有相當說服力的。

我們的常識就可以告訴我們，比如貓科動物的演變，大多數食肉動物的祖先——小骨貓出現一千二百萬年前，也就是說這時候盤古大陸早已經四分五裂了，只要依據進化論，你就會發現美洲虎的存在簡直不可思議。小骨貓的後代怎麼溜達到美洲去的？你不要把所有希望都寄託在那些生物穿越白令海峽上，你一旦發現那種小骨貓不願穿越冰雪之地，你就知道你的設想該是多麼的可笑。

再如駱駝，駱駝科動物起源於北美洲，它的祖先是原柔蹄類動物，那麼亞洲怎麼會有駱駝？科學家再次假設，漸新世末期牠們通過了白令陸橋，遷移到亞非大陸。又是白令海峽？

這時候你會發現，學者們完全把白令海峽當成了救命稻草。可以設想一下，美洲的所有生物都是從白令海峽遷徙過來或過去的，那應該是多麼浩浩蕩蕩絡繹不絕啊，為什麼在白令海峽這個超級中繼站附近卻找不到任何令人驚訝的骨骼、化石？難道生物在白令海峽絕不會死嗎？為什麼今天的生物絕不會穿越白令海峽？它們是聰明了還是懶惰了？

做一個荒謬的假設，曾經的地球很小，盤古大陸就是那時地球的地殼，美洲、亞洲還連在一起，後來地球膨脹了，就像人長大一樣，如果還穿著童年的衣服，那衣服一定會被撐破，所以盤古大陸被撕裂了。其實「地球膨脹論」很多年前就被科學家打入冷宮了，因為那個理論太粗

糙，在膨脹原因、擠壓構造和構造運動周期性方面都給不出令人信服的證據。不過今天是重提「地球膨脹論」的時候了，否則你無法解釋美洲、亞洲物種之間的相似性，不要總幻想著鼴蜥、花鼠跨越白令海峽，那比談論外星人還沒有證據！如果盤古大陸（球殼型）在幾萬年或者幾百萬年前分裂，你會發現以上的疑難全部迎刃而解！美洲和亞洲的生物的親緣關係就可以拋棄白令海峽這根救命稻草了，包括那個七千萬年前惱人的美洲、亞洲都有的淡水魚化石，你也就不用頭疼淡水魚的擴散了，亞洲的淡水魚游不到美洲。

還有令人更吃驚的，「禹曰，天地之東西二萬八千里，南北二萬六千里。」（《中山經》）這句話我們看起來當然是荒謬的，我們知道地球半徑是六千三百七十八公里，從南極到北極的周長大約四萬公里。但我要說且慢！我們根據禹說的話，來做個計算，那時候地球的半徑＝14000/3.14＝4459公里，這是多麼荒謬？那時候的地球比現在的地球半徑要小二千多公里，這可能嗎？再計算一下那時候地球的表面積4×3.14×4459×4459＝2.5億平方公里！我們知道現在的陸地面積是一億五千萬，海洋面積是五億一千萬，可以肯定的說，禹是胡說八道！

不過，和他一樣胡說八道的還有一個人，他就是楊槐，直到他的「地球膨脹理論」在美國《大自然探索》雜誌發表，他才被真正的重視起來，美國人譽他的理論為「楊氏理論」。楊氏理論簡單的說就是，地球從半徑三千多公里膨脹到今天的六千三百七十八公里。地球膨脹理論相對複雜，這裏就不過多討論了。（詳見楊槐《地問──關於地球的千古之秘與地學創新》）

那麼禹所敘述的數據，恰好是地球膨脹過程中的一個時期！

楊槐畫過一張「四曲線圖」──

第一根曲線，地球上已知的造山運動曲線：波峰，表示

造山運動的高潮期;波谷,表示造山運動的間歇期(即相對
靜止期)。

第二根曲線,地史上的古生物滅絕與新物種出現曲線:
波峰,表示古生物的滅絕期;波谷,表示新物種的出現期。

第三根曲線,地球上已知的大冰期與間冰期曲線:波
峰,表示高溫的間冰期;波谷,表示低溫的大冰期。

第四根曲線,地史時期地球膨脹周期曲線:波峰,表示
地球膨脹高潮期;波谷,表示地球膨脹間歇期(即相對靜止
期)。

將這樣四根曲線畫在同一張紙上,人們會立即看到一種「巧合」,
即:所有曲線的「峰巔期」,在時間上均完全對應;所有的「峰谷
期」,在時間上也完全對應。

這就是說:但凡生物大滅絕發生的時候,必是地球上那一時期造山
運動正盛的時候,大洋發生膨脹達到高潮的時候,全球氣候正處高溫的
「間冰期」的時候;而但凡新物種產生的時候,又必是那一時期全球造
山運動高潮過去,地球進入大地構造運動相對靜止,大洋擴張也趨平
靜,全球氣候進入低溫的大冰期的時候。

高度對應,資料確鑿。任何人將此四個看似互不相關領域裏的已知
資料拿來作圖,都可得到如此對應的「四曲線圖」。

楊槐是用這個理論來解釋恐龍滅絕原因的,但好笑的是,這個理論
可以非常貼切的解釋《山海經》。我們知道,《山海經》是一個新物種
大規模產生的年代,根據楊槐的理論,也就是造山運動高潮剛剛過去,
全球進入低溫大冰期,而《山海經》中恰好是一個劫難後萬物復生的時
代,造山運動很顯然要地殼運動劇烈、火山劇烈噴發,也就是前文說的
「地不定,草木無所植」,才造成《山海經》中大量山脈有水有獸卻沒

有草木的怪異現象；另外《山海經》中長毛犀牛和大象的存在，正符合「低溫大冰期」的這個特徵！

是不是覺得很恐怖？《山海經》禁得住最前沿科學理論的檢驗！

七、地理卷綜述

《五藏山經》給我們的答案是令人瞠目結舌的，它為我們講述了一個截然不同於我們科學理論的世界，我們要麼繼續指責《五藏山經》純粹編造，要麼重新思考我們的地質斷代，種種對盤古大陸分裂時間以及大陸漂移說的質疑是冷靜而且真實的，那種充滿臆想的五花八門的陸橋說該被拋棄了，它根本沒有任何證據和合理性。

而「地球膨脹論」這個被打入冷宮的學說應該重新被提起了。當然，盤古大陸的分裂時間也該修訂了，蜂鳥化石的詰問將讓這個時間表「寢食難安」。

第四章
政教卷雜論

一、祭祀的原始含義

我這個人特別喜歡刨根問底，明明已經簡單到家了的東西，明明已經傳承了幾千年的傳統，我還是要問個為什麼。這次我又問了：「我們為什麼要祭祀啊？」有聰明的人就會回答：「求生存、保平安，圖個心理安慰，這是迷信。」

按說呢，幾千年前的蒙昧人類，飽受野獸的困擾和自然災害的折磨，產生這種畏懼的心理是很正常的。他們覺得有上天和天神主宰命運，所以拿出點祭禮來也不算古怪。比如說，我見過農村的祭祀，一群農民集資蓋了個小廟，然後每家拿出點糕點、果品、牛羊去祭祀，頂禮膜拜一番後，自己拿走自己祭祀的禮品，該給孩子吃的還是給孩子吃，該自己留著用的還是自己留著用。看到這我就笑了，為啥呀？農民一點也不傻，我祭祀你這位神了，我心意已經很誠了，你應該保佑我了，不過這些糕點、果品、牛羊，你這位天神留著也沒用，你還能吃這些凡夫俗子的東西嗎？你喝的是瓊漿雨露，吃的是美味佳肴，這點破東西還是留著填飽我們家人的肚子吧。

講到這我們就應該開始深思了，天神需要我們的祭祀嗎？天神不會開口，他只會裝神弄鬼，那是誰說要祭祀天神呢？是祭司！我是個老百姓，感覺最近總倒楣，我頂多跪下來對老天磕幾個頭，求他保佑我，我不會用什麼瓜果禮品去賄賂老天，我知道他不缺這東西。

那麼，祭司為什麼非常嚴格的要求每一個老百姓都要去祭祀呢？而且祭祀的規格要非常嚴格呢？你觀察一下《山海經》，你會知道《山經》提到最多的就是祭祀方法！

凡鵲山之首，自招搖之山，以至箕尾之山，凡十山，

二千九百五十里。其神狀皆鳥身而龍首。其祠之禮；毛用一
璋玉瘞，糈用稌米，一璧，稻米，白菅為席。

凡南次二經之首，自柜山于漆吳之山，凡十七山，
七千二百里。其神狀皆龍身而鳥首。其祠：毛用一璧瘞，糈
用稌。

坦白的說，如果這些山神不是野獸，那麼對這些米呀稻呀牛呀羊呀
的不會有任何興趣，但是《山經》非常嚴格，每列山脈的祭祀標準是一
定的，你不用多祭祀，那沒用，你祭祀少了也不行！

凡西經之首，自錢來之山至于騩山，凡十九山，
二千九百五十七里。華山冢也，其祠之禮：太牢。羭山神
也，祠之用燭，齋百日以百犧，瘞用百瑜，湯其酒百樽，嬰
以百珪百璧。其餘十七山之屬，皆毛牷用一羊祠之。燭者，
百草之未灰，白蓆采等純之。

這段的祭禮簡直太苛刻了，不但要百犧，還要百瑜，還要酒百樽，
還要百珪百璧。這不是祭祀，是在上稅！我現在問一個問題，初民們祭
祀之後，祭禮可以各自拿走嗎？祭司一定會說：「不行，你心不誠！」那
麼我又問了，這些祭禮然後哪兒去了？就扔在那裏任風吹雨打，米稻牛
羊不足惜，連玉璧也扔了？

當然不會，祭司不會那麼傻，他會收起來自己享用的，當然我們都
知道祭司始終是權力統治的一部分，他是需要上繳給統治者的！

很顯然，初民在祭祀山神的過程中，肯定是要出這種「蒸嘗費」
的，不用想，大部分會落在祭司的荷包裏。《說文解字》很有趣，
「祠，春祭曰祠，品物少多，文詞也，從示司聲，仲春之月祠，不用犧

牲，用圭璧及皮幣。」它說，在仲春之月祭祀，不用犧牲，而用圭璧和皮幣。

其實這「圭璧和皮幣」根本不是為了祭祀，乾脆就相當於一種稅收，其實想想那個時代也確實這樣，他們沒有稅收制度，這種祭祀的方法恰恰可以成為國家或部落財政收入的重要組成部分。

這種觀點太過叛逆，會讓太多人不舒服，不過只要觀察一下我們身邊現存的祭祀活動就會有個驚奇的發現。我們身邊的祭祀五花八門，祭天、祭地、祭祖、祭神，等等。看到這裏突然覺得有些怪異，因為《山海經》中不祭天、不祭地、也不祭祖！他們只祭山神！

他們不祭黃帝、不祭龍王、也不祭土地、不祭河伯、更不祭風伯雨師，他們只祭山神，這是個很詭異的現象，按理說，天、地、帝、祖都應該祭，天地有威，帝祖有靈，怎麼都比山神法力更大吧，例如雷公、電母、風伯、雨師，這些自然現象他們肯定理解不了，為什麼山神反而超越了天地帝祖？成為絕對而且唯一的祭祀對象？

黃帝

似乎只要有山的地方，就會有祭祀山神的傳統，這是多麼的不可思議，《山海經》中記載了四百四十一座山，二十五個山系，其中有十九個山系的山神並沒有什麼特殊的本事，不過是「龍身鳥首」「人面蛇身」的樣子，這並不比犰狳、鸚鵡、鳳凰、青鳥之類的更神奇，但《山海經》中的初民為什麼一根筋似的只祭祀這些普普通通的神？他們有什麼優點或神奇能力值得祭祀呢？

凡十山，二千九百五十里。其神狀皆鳥身而龍首。

——《南山首經》

凡十七山，七千二百里。其神狀皆龍身而鳥首。

——《南次二經》

凡十四山，六千五百三十里。其神皆龍身而人面。

——《南次三經》

就是說，南山經四十多座山，一座山一個神，說白了，就是一座山一個官！

凡二十五山，五千四百九十里，其神皆人面蛇身。

——《北山首經》

凡十七山，五千六百九十里。其神皆蛇身人面。

——《北次二經》

凡四十六山，萬二千三百五十里。其神狀皆馬身而人面者二十神。其十四神狀皆彘身而載玉。其十神狀皆彘身而八足蛇尾。大凡四十四神，皆用稌糈米祠之。此皆不火食。

——《北山經》

馬昌儀在《古圖的山神與祠禮》中提到了一個算術題，為什麼四十六座山只有四十四個神呢？清汪紱在《山海經存》中解釋：「唯太行恆山、高是二神用火食也。」

每座山一個神說明了什麼？說明這些神根本不是在漫長演化中形成的神聖崇拜，而是一種整齊劃一的規定，甚至可以說是一種嚴格的「行政制度」！如果是一盤散沙式的流傳演化，那麼很明顯就會流傳成五花八門的祭祀對象，或者這個部落崇拜豬，那個部落崇拜牛，另一個部落

崇拜鳥，也許有的部落會崇拜石頭
或者太陽。唯有強大的行政制度才
可能促成這種統一的祭祀規格！

這是種看起來沒有答案的問
題，但是我們前文講過，「神」通
「申」，《說文》解釋道：「申，
神也。七月陰氣成體自申末，從
臼，自持也，吏臣輔時聽事，申旦
政也。凡申之屬皆從申。」答案就
是《山海經》中的神都是官吏，山
神就是主持祭祀的官，當然也有可
能他們就是部落的高級祭司。

《西山經》中的神是很令人傷

西王母

腦筋的，例如西王母、英招、陸吾、紅光、耆童、帝江的出現，先看西
王母，「西王母其狀如人，豹尾虎齒而善嘯，蓬髮戴勝，是司天之厲及
五殘。」

這是一個神格非常強的描述，掌管「天之厲及五殘」，爭議就在
「五殘」的字義上，晉郭璞解釋為「五刑殘殺之氣」，更有人解釋為西
王母是掌管瘟疫和生死的凶神。那麼五殘到底是何含義？五殘在古籍中
記述頗多，不過無一例外，都是關於星算曆法的。在房玄齡的《晉書》
天文志中有解釋，五殘（又名五鋒）是二十一種妖星中的第十二種，
「彗星散為五殘」，也就是說，五殘象徵著毀敗的跡象。

在魏徵的《隋書》天文志中也有類似的描述：「填星之精，流為五
殘、六賊、獄漢、大賁、炤星、絀流、茀星、旬始、擊咎。一曰五殘。
或曰，旋星散為五殘。亦曰，蒼彗散為五殘。故為毀敗之徵。」填星
（又名鎮星，通假）就是我們現在說的土星。

　　這下意思明確了許多，西王母是主管什麼的？有可能是一個掌管天象的天神，也有可能是一個天文官（或者說懂天文的祭司或酋長）。另外，崔永紅在《也談西王母》一文中講到了羌族（青海同仁縣土族）現在還流傳著的舞蹈，「舞者蓬頭亂髮，臉上塗妝成老虎的形狀，口角邊掛著虎牙，身上也畫成虎紋，腿部畫上豹紋，臀部綁附豹尾，然後手舞足蹈，大聲吹口哨。」這倒真好似西王母的傳人。

　　接著看「昆侖之丘，是實惟帝之下都，神陸吾司之。其神狀虎身而九尾，人面而虎爪；是神也，司天之九部及帝之囿時。」看起來又是個天神，掌管「天之九部及帝之囿時」。那麼這是個什麼神？何謂九部？聽起來莫名其妙，不過這仍然是星算曆法的概念，中國曾經有部星算書叫《九部續》，松贊干布曾經專門派人到長安來學過。再聯繫「囿時」，這個掌管「九部」的神到底是幹什麼的，恐怕就一目了然了，不過是個曆官而已，管管季節時令，星算曆法，還神奇麼？

　　再看「嬴母之山，神長乘司之，是天之九德也。」何謂九德？《寶典解》（大概成書於西周後期到春秋早期）記載，九德指「孝、悌、慈惠、忠恕、中正、恭遜、寬弘、溫直、兼武」，這九德還用得著用天神來掌管嗎？一個小小的禮官怕是已經足夠了。

昆侖山

　　再看「長留之山，其神白帝少昊居之。……實惟員神磈氏之宮。是神也，主司反景。」何謂反景？《說文》：「日初出曰旭。日昕曰晞，日溫曰煦，日在午曰亭午，在未曰昳，日晚曰旰，日將落曰薄暮，日西落，光反照於東，謂之反

景，在上曰反景，在下曰倒景。」哦，反景這麼點事太陽神一個人管不過來，還要個天神幫著管？其實，這個神也不過是個天文官，我估計他也就是記載日月星辰位置變化的官。

至於這些神官的相貌嘛，是奇特了點，不過不足為奇，在前文中解釋得差不多了。

「符惕之山，神江疑居之。是山也，多怪雨，風雲之所出也。」這個比較老實，沒說他掌管風雲。那麼這個神是幹什麼的？估計分配給他一個普通小官也沒什麼太委屈。

「天山，……有神焉，其狀如黃囊，赤如丹火，六足四翼，渾敦無面目，是識歌舞，實為帝江也。」這個前文解釋過，可能「申」是「蟲」的訛字，也許是個瓢蟲。

是神還是官？我認為這些神沒有任何出眾的能力，換了我一樣都做得來，所以說他們不可能是神。

二、關於鐵的詰難

就像顧頡剛當年質疑《禹貢》一樣，你用鐵來質疑我的觀點，相信我也會啞口無言。這個問題很難，很有力不從心的感覺，姑妄言之，姑妄聽之！

中國何時開始使用鐵器？一種觀點認為是春秋末葉，另一種觀點認為這太保守，應推至西周、東周之交。但這兩種觀點都是對《山海經》的極大挑戰，我要麼承認《山經》是後人偽作，要麼證明大禹時期就已經開始使用鐵器。

承認《山經》是後人偽作，是我無論如何不能接受的，在前文中我列舉了大量不可能是偽作的證據，要我因為一個無法解釋的障礙而放棄以前的觀點，是非常痛苦的。但我又沒有能力證明禹時期已經學會使用

鐵器,所以對《山經》中頻繁提到的「鐵」只能默然不語。

《中山經》結尾有一段,「禹曰:天下名山,出銅之山四百六十七,出鐵之山三千六百九十。此天地之所分壞樹谷也,戈矛之所發也,刀鎩之所起也,能者有餘,拙者不足。封於太山,禪於梁父,七十二家,得失之數,皆在此內,是謂國用。」

這段話擺明了是胡說,《五藏山經》中提到「鐵」的地方總共才四十餘處,出鐵之山「三千六百九十」?這個數是誰編造出來的?誇大了近百倍,那麼他們為什麼要胡說八道呢?

帶著這個疑問我們再去檢索一下《山經》,就會發現一個有趣的現象,《南山經》、《東山經》竟然對「鐵」從未提及!《西山經》、《北山經》提到「鐵」字各八次,而《中山經》提到二十餘次之多。

我相信《山經》的編者或作者不會笨到不會查數的地步,但他們為什麼視五藏經文如不見,兀自胡說個不休?

有兩種可能,一種是脫簡太嚴重,漏掉了幾十萬字,提到『鐵』的經文都漏掉了,這是造成誤差的一個原因。實際上這不可能,因為結尾還有一句「《五藏山經》五篇,大凡一萬五千五百零三字」。我沒細數,不過我知道字數相差不會太多,如果出鐵之山真的有「三千六百九十」,那麼至少要多出幾萬字的經文來,也就是說,寫這個結語的人懂得查數,他說出「出鐵之山三千六百九十」是另有根據的!

第二種可能就是「另有根據」,他是根據「禹曰」來記述的,而不是根據經文的統計。那麼這個禹是怎麼判定的呢?很顯然,禹要麼是個「沒有米為何不吃

大禹

肉？」信口胡說的糊塗皇帝，要麼是他心中早有計算。

此刻，你發現一個怪談，就是禹沒有根據地理普查的結果來確定鐵礦山有多少，而是禹知道出鐵之山有三千六百九十，普查記載的結果卻只有四十餘處！

舉一個例子來證明一下禹的知識遠超於同時代的蒙昧人類。假如說我是大禹（有點搞笑了，要不你是大禹也行），我讓你們去普查鐵礦（假設你們不是地質專業的），我知道中國有幾千處鐵礦，你們就會問，鐵礦是什麼樣的啊？我可能教會你們一點粗淺的探礦知識，你們也就能找找那種露天礦。讓你們全世界轉一圈，也找不出來幾個鐵礦。這就是《山經》前後矛盾的原因。

尤其是《南山經》和《東山經》，根本沒有提到鐵，也就是說，《南山經》和《東山經》的普查者根本沒有鐵礦的概念，或者乾脆他們就不知道如何探測鐵礦，即使知道探礦，也就是找一點露天鐵礦，深層的鐵礦他們根本沒有能力探測。

《山海經》中一直有這樣的現象，例如前文說過的太華山的高度，初民不可能有能力測量，他只能是胡謅或者傳說；再如前文說的「天地東西兩萬八千里」，這種話都是傳說的，但絕對不離譜，反而很禁得起科學驗證。講到這兒，你該對那個時代有點模糊的認識了，掌握知識的人是極少數，而掌握這些知識的人（比如說

禹），他的知識並非是從當時人類實踐中積累而來的，而是「繼承」來的，至於說繼承誰的？是史前文明？還是外星人？這不是我們應該討論的話題！

換個樸素的說法吧，現在讓你去非洲領導土著部落，你想要教會他們探礦，他們只能學會一個皮毛，你對他們講述鐵多麼重要、石油多麼重要，他們是根本不放在心上的，也就是說，你說非洲有多少多少鐵礦，你讓他們一普查，能找出你說的千分之一都算不錯了。

其實，對於這個話題還有許多許多話要說，比如說冶金史上，一般都是先有塊煉鐵然後有生鐵，比如說歐洲，從塊煉鐵發展到生鐵用了兩千五百年，而中國極度奇怪，中國的塊煉鐵和生鐵幾乎是同時出現的，春秋晚期就有生鐵，那麼塊煉鐵不往前推幾千年似乎是不可置信的，現在唯一缺乏的就是證據。

所以說呢，禹的話估計就是說說，沒有什麼實質用處，他只是知道鐵銅是製作兵器的好材料，但是要教會初民們學會使用，還要很久很久的一段時間。當然，初民用鐵礦粉作顏料畫畫也是一種說法，這都值得深入思考。

第五章
《五藏山經》真偽之辨

關於《山海經》的真偽，始終是一個糾纏不清的問題，當前的主流觀點認為是秦漢時人編撰，那麼秦漢時人是否有能力編撰一部如此禁得住推敲的地理、歷史著作呢？

一、關於色彩的思考

《山經》對植物的記載是非常樸實的，基本上沒有什麼離奇的地方，不過人們可能都忽略了一個關鍵的問題，那就是《山經》中記載的顏色是非常正統的，只有「赤、青、黃、白、黑」五色。如：

文莖：赤華黃實。

棕橺：白華黑實。

黃萑：白華赤實。

薰草：赤華黑實。

菁蓉：黑華不實。

丹木：黃華赤實。

沙棠：黃華赤實。

祝餘：青華。

這些都非常樸實，無非是紅花黃果或者黃花紅果。但這其中有一個非常奇特的，那就是「有草焉，其葉如蕙，其本如桔梗，黑華而不實，名曰菁蓉。食之使人無子。」（《西山經》）

《山經》的作者記載了一種黑

芑樹

色花朵的植物，用現代人的眼光來看，這並不奇特，我們知道很多黑色的花朵，如黑牡丹、黑鬱金香、黑老虎鬚，但是要知道，生物學家統計過，在四千多種花卉之中，只有八種接近黑色，以古人的條件觀察到黑色的花朵，那是非常艱難的。眾所周知，在同樣條件下，黑色衣服吸熱最多，所以科學界有一種普遍觀點，黑色的花朵吸熱最多，花瓣很容易被灼傷，而紅、橙、黃則反射掉一些光線，吸熱比較少，白色花瓣反射最多，受灼傷機會最小，這就是黑色花朵絕大多數被淘汰的原因。

其實我們所說的黑色花朵並不是純黑，只是紫黑或者紅黑，我們的問題就在這裏，古時候的顏色早已經很分明了，在老子的時代，就已經有了紫色這一稱謂。如「紫氣東來」，當時函谷關關令尹喜望了望天，說道「紫氣東來必有異人過」，果然老子從這裏經過，尹喜百般挽留，才有了今天的《道德經》。

再如，「齊桓公好衣紫，國人皆好服之，致五素不得一紫」（《韓非子‧外儲說左上》），這段話很明確的告訴我們，齊桓公那個時代紫色成風。

而《山經》中卻從沒有提及過「紫」、「藍」、「綠」等顏色（只有《海內經》唯一的提過一次，「衣紫衣」）。換句話說，古人觀察到紫丁香、紫羅蘭這些植物，應該描述成「紫華」才對，他們不可能有「紫」這個詞而不用。

在戰國時已經有了「黑、紅、黃、藍、紫、白」等十多種顏色的漆，如果是漢代偽作的話，那麼不可能不出現「藍華」、「紫華」的字樣。湖北江陵馬山的楚墓中出土了很多的絲織品，「紅、黑、紫、黃、褐」都有。

楚辭《招魂》中有「紅壁沙版，玄玉之樑」、「紫莖屏風，文緣波些」。紅、紫分得很清楚。再如秦俑的斑斕多彩，「服色的種類有朱紅、棗紅、粉紅、深綠、粉綠、粉紫、暗紫、粉白、天藍、褐色等，其

中以大紅、大綠、粉紫、天藍為其主色調。」（《試論秦俑彩繪服飾產生的歷史條件》朱學文）

從這些可以看出秦時對於色彩的辨別已經達到了相當高的程度。

《詩經》有云，「終朝采綠，不盈一匊。予發曲局，薄言歸沐。終朝采藍，不盈一襜。五日為期，六日不詹。」（《采綠》）「綠兮衣兮，綠衣黃裏。」（《綠衣》）藍、綠也分得很清楚。（附注：綠：植物名。又名王芻。花色深綠，古時用它的汁作黛色著畫。藍則是一種染草。）

荀子則云：「青，取之於藍，而青於藍，冰，水為之，而寒於水。」（《勸學》）這是一段由現實生活提煉出來的話。「青，是指靛青，即靛藍；藍是指藍草——可以用於製做靛藍染料的數種植物的統稱，如菘藍、蓼藍、木藍等，原意是指靛青染料，是從藍草中提煉出來的，但顏色比藍草更深。」（摘自《紡織科普》）

那麼可以說，在東西周、戰國、秦漢時代，人們對色彩的辨別已經達到了相當高的程度，如果說是這些時代的人所作的偽作的話，不可能不留下這些時代辨認色彩的邏輯。而《山經》絕無虛浮，從頭至尾他們只有五色，「赤青黃白黑」，根本沒有「藍綠紫褐」的痕跡。

很顯然，他們看到一朵紫色的花，很可能會描述成黑色；他們看到一朵綠色的花（如依蘭香就是綠色花朵），很可能會描述成黃色。總之我們與他們的隔膜是數千年的，遊戲規則是完全不同的，想理解他們，就必須放下我們心中已成型的規範。

二、關於命名的思考

實物命名始終是一個令全世界頭疼的問題，主要就是缺乏規範。不用說古代，就是當代每天冒出來的新名詞就可以讓你頭暈目眩。什麼

「波波」、「網路騎士」等，圈外的人一聽就迷糊。就算是相當講究學術規範的學界，也喜歡弄一些相當搞笑的名詞（主要是小名昵稱，類似張三李四），比如孔子鳥、長城鳥、張衡小行星，不了解的一聽就暈。

古人很早就認識到了這種命名所引發的弊病，所以曾經有過一場哲學大思辨。荀子是這場哲學大思辨的集大成者，在《荀子二十二・正名》中有一段「名無固宜，約之以命，約定俗成謂之宜，異於約則謂之不宜；名無固實，約之以命實，約定俗成謂之實名。」通俗的說很簡單，就是名字不過是個記號，跟你叫張三李四一樣，約定俗成而已。用趙元任的話來說，「語言跟語言所表達的事物的關係，完全是任意的，完全是約定俗成的關係；這是已然的事實，而沒有天然、必然的聯繫。」

荀子的思想是相當深刻的，「故王者之制名，名定而實辨，道行而志通，則慎率民而一焉。故析辭擅作名以亂正名，使民疑惑，人多辨訟，則謂之大奸，其罪猶為符節度量之罪也。」荀子這是在抨擊那些「托為奇辭以亂正名」的亂創名詞的人，比如「白馬非馬」的詭辯，他說這些人有罪。舉個例子，土豆、山藥、山藥蛋、馬鈴薯、洋芋，同一個東西，叫法不同，很混亂。荀子主張「正名」（這和孔子的「正名份」是兩回事），頗有車同軌、書同文的風範，他要的就是定規矩。

在旁枝上糾纏了半天，還是回到《山經》，《山經》的物種命名有規範嗎？實話實說是極度混亂，但並不是無跡可循。

以《南山經》動物為例，大致分三類：

第一類：直呼其名，沒有任何理由。

狌狌：狀如禺而白耳，伏行人走。
旋龜：狀如龜而鳥首虺尾，其音如判木。
鯥：有魚焉，其狀如牛，陵居，蛇尾有翼，其羽在鮥

下，其音如留牛，冬死而復
生。

　類：有獸焉，其狀如狸而
有髦，自為牝牡。

　猙狼：有獸焉，其狀如
羊，九尾四耳，其目在背。

　灌灌：有鳥焉，其狀如
鳩，其音若呵。

　赤鱬：其狀如魚而人面，
其音如鴛鴦。

　狸力：有獸焉，其狀如
豚，有距，其音如狗吠。

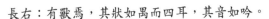

旋龜

　長右：有獸焉，其狀如禺而四耳，其音如吟。

　鳳凰：有鳥焉，其狀如雞，五采而文，首文曰德，翼文
曰義，背文曰禮，膺文曰仁，腹文曰信。是鳥也，飲食自
然，自歌自舞，見則天下安
寧。

　第二類：「其鳴（亦常作
「名」，疑為訛字）自號、其鳴自
呼、其鳴自詨。」以叫聲命名。

　鴸鳥：有鳥焉，其狀如鴟
而人手，其音如痹，其鳴自
號。

　瞿如：有鳥焉，其狀如雞

長右

而白首，三足、人面，其鳴自號也。

　　顒：有鳥焉，其狀如梟，人面四目而有耳，其鳴自號也。

第三類：無名怪獸，有可能是脫簡，也有可能就是沒名字。

　　有獸焉，其狀如狐而九尾，其音如嬰兒，能食人，食者不蠱。

　　第三類暫不考慮，第二類合情合理，以動物叫聲命名也說得過去，例如杜鵑，也就是布穀鳥，牠的叫聲就是「布穀」之類的。再如岩雞，也就是嘎嘎雞，牠的叫聲就是「嘎嘎」的，非常自然。再如牛蛙，因叫聲像牛，所以才有這個名字，娃娃魚也是如此。不過根據叫聲來命名很需要想像力，而且需要靈敏的聽力。在這方面我很明顯不及格。我從小生活在山林裏，但我根本分不清幾種鳥的叫聲，除非極特殊、極古怪的。在這方面，《山經》似乎有著現代人無可比擬的優勢，絕大多數鳥獸都記載了他們的聲音，這是一個非常不容易理解的事情。如果你翻開現代動物學辭典的話，你會發現根本沒有記載幾種鳥獸的叫聲，除非是娃娃魚、布穀鳥這類叫聲極特殊的。那麼《山經》如此詳盡的記載鳥獸的叫聲是為了什麼呢？

　　首先當然是為了區分不同的鳥獸，根據叫聲就可以辨明這鳥獸是可食的還是食人的，以便於捕殺或者逃避；另外便是模仿鳥獸叫聲進行引誘獵殺，在古埃及的古墓裏便有這樣的圖案，獵人模仿鶇的叫聲引誘飛鳥進行獵殺。在《詩經》裏人們已經能夠透過鳥叫來辨別雌雄了，「雉之朝雊，尚求其雌」，這是清晨雄野雞在求偶。

　　既然根據叫聲來命名動物是非常容易被接受的規則，例如「（英國

人）說Coo（鴿子的咕咕叫聲）就是鴿子，說Beehaw（驢子的叫聲）就是驢子（摘自《人類學——人及其文化研究》（英）愛德華·泰勒）」，那麼為什麼更多的動物不是根據叫聲來命名的？

例如犬，為什麼初民不叫他們「汪」而叫犬？為什麼牛不叫「哞」，而叫「牛」呢？也就是說，初民存在不同的命名規範，例如「長右：有獸焉，其狀如禺而四耳，其音如吟。」這名字很神奇，可以說跟那種野獸八竿子打不著，難道是初民憑空捏造出一個名詞來？這是因為那座山叫長右之山；再如「灌灌：有鳥焉，其狀如鳩，其音若呵。」起個「灌灌」的名字有何根據呢？

還是設身處地的來假想一番吧。我和你去荒島探險，發現了一種鳥，「其狀如鳩，其音若呵」，我和你就商量給這鳥起什麼名字。你可能說「紅鳩、白頭鳩、長腿鳩、短尾鳩」，或者你一時開心，為了紀念某個人，就說「愛迪生鳩、達爾文鳩、孔子鳩」，總之你的想像力不想超出「鳩」的約束。那麼古人就可以輕鬆的逃脫這種慣性思維嗎？實話是不可能，《山經》的慣性思維非常嚴重，「旋龜」、「鮭」、「赤鱬」、「鴢鳥」，什麼動物都要和龜、鳥、魚聯繫在一起，而這些「灌灌」、「長右」、「類」的稱謂簡直是天外飛來的。

再舉一個例子，想必愛好生物學的應該看過這部片子——《未來狂想曲》，這部片子預言了未來五百萬年後的地球生物面貌。夠狂想吧，相信諸位都沒有這種狂想能力。但他們的狂想卻被一根繩子牢牢地拴住，這就是慣性思維，比如片中提到了「史考法豬」、「棉毛巨鼠」等。你發現什麼問題了？他們的狂想根本沒有脫離地面，他們牢牢地被「豬」、「鼠」、「蜥蜴」這些約定俗成的概念束縛住了。

《山經》更沒有，「狀如犬」、「狀如鳩」、「狀如鴛鴦」、「狀如豕」，《山經》的作者也牢牢地被慣性思維束縛住了，所以他們不應該異想天開的採用「灌灌」、「長右」、「類」等莫名其妙的名詞來命

名新發現的未知鳥獸。

其實古人的命名規則也有一些規範，例如「毛蟲之精者曰麟，羽蟲之精者曰鳳，介蟲之精者曰龜，鱗蟲之精者曰龍，裸蟲之精者曰聖人（《大戴禮記》）。」這種規範其實也不錯，至少能把每一類的特徵表露出來，有殼的，有毛的，有羽的，有鱗的，還有啥也沒有的人。到了《爾雅》規範就更嚴格了，「有足謂之蟲，無足謂之豸。二足而羽謂之禽，四足而毛謂之獸。」

《爾雅》在西漢初年是備受重視的，已經設置了傳記博士，也是五經博士必須精通的一門功課。《爾雅》說得很清楚，用二足、四足、羽、毛等特徵來區分禽、獸。這種劃分方法比《大戴禮記》要嚴格得多。其實我們可以《釋鳥》為例，來觀察爾雅中的命名規則。

01. 佳其，鳺鴀。	1 ⿰尚鳥⿰亻鳥
02. 鶌鳩，鶻鵃。	2 灌灌
03. 鳲鳩，鴶鵴。	3 鴸鳥
04. 鷑鳩，鵧鷑。	4 瞿如
05. 鴡鳩，王鴡。	5 鳳凰
06. 鵅，鵋鶀。	6 顒
07. 鶝，鵧軌。	7 蝺渠
08. 鴗，天狗。	8 肥𧕱
09. 鷚，天鸙。	9 橐𩇯
10. 鵱鷜，鵝。	10 櫟
11. 鶬，麋鴰。	11 數斯
12. 鵅，烏鸔。	12 ⿰數鳥⿰斯鳥
13. 舒雁，鵝。	13 鸞鳥
14. 舒鳧，鶩。	14 欽原

15. 鴉，鳺鴀。	15 鶄鳥
16. 輿，鸔鷃。	16 勝遇
17. 鶒，鷚鷃。	17 畢文
18. 鶾，天雞。	18 鴖
19. 鷺，山鵲。	19 鵏鶬
20. 鷣，負雀。	20 鳺
21. 齧齒，艾。	21 鵺
22. 翪，鵸老。	22 竦斯
23. 鳸，鴳。	23 鴛鶹
24. 桑鳸，竊脂。	24 囂
25. 鳭鷯，剖葦。	25 賁鳥
26. 桃蟲，鷦，其雌鴱。	26 鷗鷗
27. 鶠，鳳，其雌皇。	27 象蛇
28. 鴒，雝渠。	28 酸與
29. 鷽斯，鵏鷚。	29 鴟
30. 燕，白脰烏。	30 黃鳥
31. 鴽，鴾母。	31 精衛
32. 密肌，系英。	32 蚍鼠
33. 巂周。	33 絜鉤
34. 燕燕，鳦。	34 魓譽
35. 鷗鴳，鶾鳩。	35 鴟
36. 狂，茅鴟，怪鴟。梟，鴟。	36 鴒鷚
37. 鶛，劉疾。	37 竊脂
38. 生哺，鷇。	38 跂踵
39. 生噣，雛。	39 鳩
40. 爰居，雜縣。	40 嬰勺

41. 春鳥，鴶鶋。　　　　41 青耕

42. 夏鳥，竊玄。　　　　42 駅䝟

43. 秋鳥，竊藍。

44. 冬鳥，竊黃。

45. 桑鳥，竊脂。

46. 棘鳥，竊丹。

47. 行鳥，唶唶。

48. 宵鳥，嘖嘖。

49. 鶌鳩，戴鳻。

50. 鴛，澤虞。

51. 鷻，鶚。

52. 鷣，鶉，其雄鶛，牝痹。

53. 鷣，沉鳧。

54. 鴟，頭鴒。

55. 鷄鳩，寇雉。

56. 萑，老鵵。

57. 鵋，鴐鳥。

58. 狂，夢鳥。

59. 皇，黃鳥。

60. 翠，鷸。

61. 鸒，山烏。

62. 蝙蝠，服翼。

63. 晨風，鸇。

64. 鷺，白鷥。

65. 寇雉，泆泆。

66. 鵻，鱟母。

105

67. 鷾，須蠃。

68. 鼩鼠，夷由。

69. 倉庚，商庚。

70. 鴩，餔敊。

71. 鷹，鶆鳩。

72. 鶼鶼，比翼。

73. 鵹黃，楚雀。

74. 鴷，斵木。

75. 鷩，鸐鸐。

76. 鷂，諸雉。

77. 鷺，春鉏。

78. 鷂雉。

79. 鷮雉。

80. 鳪雉。

81. 鷩雉。

82. 秩秩，海雉。

83. 鸐，山雉。

84. 鷂雉，鶝雉。

85. 雉絕有力，奮。

86. 伊洛而南，素質、五采皆備成章曰翬；江淮而南，青質、五采皆備成章曰鷂。

87. 南方曰翟，東方曰鶅，北方曰鵗，西方曰鷷。

88. 鳥鼠同穴，其鳥為鵌，其鼠為鼵。

89. 鸛鷒，鶝鶏。

90. 如鵲，短尾，射之，銜矢射人。

91. 鵲鵙醜，其飛也翪。

92. 鳶烏醜，其飛也翔。

93. 鷹隼醜，其飛也翬。

94. 鳧雁醜，其足蹼，其踵企。

95. 烏鵲醜，其掌縮。

96. 亢，鳥嚨。

97. 其粻，嗉。

98. 鶉子，鳼。

99. 鴽子，鸋。

100. 雉之暮子為鷚。

101. 鳥之雌雄不可別者，以翼右掩左，雄；左掩右，雌。

102. 鳥少美長醜為鶹鷅。

103. 二足而羽謂之禽，四足而毛謂之獸。

104. 鵙，伯勞也。

105. 倉庚，黧黃也。

對照《爾雅》與《五藏山經》，就會發現一個奇怪的現象，《爾雅》中一百多種鳥的名稱中，有近五分之四是「鳥」偏旁的，而《五藏山經》中，四十多種鳥，卻只有二分之一是帶「鳥」偏旁的。這是一個至關重要的歷史演變，其實人類認識的鳥類越多，鳥類的命名就越規範，例如雉科分：藏雪雞、高山雪雞、阿爾泰雪雞、四川山鷓鴣、海南山鷓鴣、黑頭角雉、紅胸角雉、灰頭角雉、黃腹角雉、紅腹角雉、藏馬雞、藍馬雞、褐馬雞、黑鷳、白鷳、藍鷳、獵隼、矛隼、遊隼、阿爾泰隼等等。

而古人分類則很模糊，雞、雉、隼、鷓鴣、鷳幾類就可以了，例如《爾雅》中的「雉」就分鷂雉、鷮雉、鳪雉、鷩雉、山雉、韓雉、鵫雉等幾類。也就是說，越古遠的年代，分類越模糊、混亂，「雉」、

精衛填海

「隼」這種不帶「鳥」偏旁命名的鳥類越多。而《五藏山經》恰好凸現了這個歷史特徵！

　　在《釋獸》中，這樣的特徵就不是很明顯，因為《釋獸》中的命名大都是流傳下來的，沒有太多更動，但也有一些細化了。例如鼠屬，分

為䶄鼠、鼲鼠、䶅鼠、鼬鼠、鼬鼠、鼩鼠、䶂鼠、䶎鼠、鼸鼠、鼮鼠、鼩鼠、豹文鼮鼠、鼱鼠。

如果要《五藏山經》來描述上述的這些「鼠」，你會很自然的看到一些跟「鼠」無關的名稱出現，因為《五藏山經》根本沒有掌握這種以「特殊特徵」來命名的規則和技巧。這就是歷史痕跡，想偽造出這樣的歷史痕跡，即便是掌握現代理論的人也沒有多大可能，更不用說生活在戰國秦漢時代的沒有這種科學素養的人。

所以說「畢文」、「嬰勺」、「象蛇」、「精衛」這類鳥的命名是很古樸的，而《爾雅》中春鳸、夏鳸、秋鳸、冬鳸、桑鳸、棘鳸、行鳸、宵鳸這類的命名才很現代，這種命名的演變，沒有千百年的歷史幾乎是不可想像的，所以說《五藏山經》作者絞盡腦汁為鳥獸命名的時候，《爾雅》還遠沒有出現。

三、關於山名的思考

《山經》是錯漏、矛盾百出的文本，有些根本就無法解釋，當然有些也很好笑，舉例來說：

> 「騩山錞于西海，無草木，多玉。淒水出焉，西流注于海。」 ——《西經之首》
> 「騩山，其上多玉而無石。神耆童居之，其音常如鐘磬。其下多積蛇。」 ——《西次三經》（天山東面）
> 「騩山，正回之水出焉，而北流注于河。其中多飛魚。」 ——《中次三經》
> 「騩山，其陽多美玉赤金，其陰多鐵，其木金桃枝荊芑。」 ——《中次九經》

　　怎麼這麼多「騩山」？是同一座山嗎？是重名還是筆誤？第一個「騩山」在西海邊，而且有河西向流入西海。這就決定了它和另外三個完全不可能是同一座山。《山經》沒有座標的概念，它只有用相對的參照物來定位，諸如海、澤、丘、河、湖都是非常重要的參照物，觀察者絕對不會愚蠢到把海這樣明顯的參照物忽略掉。而《中次三經》的「騩山」卻有河流是向北流入河的，也就是說，它們毫無相關之處。

　　筆誤不大現實，脫簡或編撰錯誤沒法考慮，還是來考慮重名或山脈吧。如果你是《山經》的作者，你會在同一篇《西山經》裏兩次提到同一座「騩山」而使用不同的描述嗎？除非你想把讀者全都搞糊塗，否則你不會兩次描述相差得太離譜。

　　那麼造成這種同名現象的原因是什麼呢？我們可以用常識來推定一下，例如我住在太行山東面，你住在太行山西面，我所見到的河流向東流，你見到的另一條河向南流。我們的記載會相同嗎？這可能是同名的一個原因；另外一種可能就是廣州越秀山、福州越王山、杭州吳山都有鎮海樓，難道就許你廣州的鎮海樓叫鎮海樓，我杭州的鎮海樓就不能叫鎮海樓？

　　由此可見，同名現象是同一座山有可能，是同一座山不同名也有可能，當然是不同的山是相同的名也有可能。但歸根結底的原因是，記載者絕非同一人。

　　如果我是《山經》的作者，那麼我會很注意這種混淆，我至少會標注一下，杭州鎮海樓或廣州鎮海樓，雖然那時候可能沒有州郡劃分，但是想要區別開還是不費力的。唯一的解釋，是《山經》作者絕非同一人，非但如此，即便是每一列山脈的作者也絕非同一人。

　　我們同樣可以推定一下，如果要你去做地理普查，你會怎麼做？你帶一個工作小組翻山越嶺走遍全世界？未免太搞笑了。最簡單的辦法就

是分級下達命令，黑龍江的把你們的地理記載交上來，新疆的把你們的地理記載交上來，然後用繩子一捆，搞定！

事實是否如此，在沒有充分的證據之前我不敢斷言，但從每一列山脈的獨立來看，這種可能性是非常之大的。而且每列山脈的描述有詳有略，筆法也不似一人之手，例如《中山經》描述得非常詳盡，竟然有十二列山脈，而《南山經》只有三列山脈，這說明了一個什麼問題？應該說《中山經》地帶人口眾多，普查得非常詳盡，而《南山經》近乎不毛之地，人員稀少，普查起來自然就疏懶了許多。

其實這種同名現象非常普遍，「大騩之山」在《中次七經》、《中次十一經》中都有；「陰山」在《西次三經》、《西次四經》、《中山首經》都出現過；「岐山」也出現過三次，分別見於《東次三經》、《中次八經》、《中次九經》。諸如此類，不勝枚舉。

那麼不同的山怎麼會同名呢？那絕不是兩個人都突發奇想，而且想到一塊去了。這不像中國人取名字，叫衛國、衛東的有幾千萬。西海邊的人和中原地區的人不可能同時想出「騩山」這種古怪的名字。唯一的解釋就是流傳。這和神話的演變是一個道理，最初只有一座山叫「騩山」，而隨著歷史演變，世代相傳，後代們就搞不清楚「騩山」到底在哪兒了，就像有的人認為「鬼谷洞」在梓橦山，有人認為在「雲夢山」一樣，《山經》中重名的山，看起來是些錯誤，實際上卻是些合情合理的錯誤，而且錯得理直氣壯，因為他們根本就搞不清，到底哪個才是「騩山」，就像我們根本搞不清楚哪一個是昆侖山一樣。這同樣是一種偽造不出來的錯誤！

有人說，《山經》是戰國人偽作的。那麼我就要問他，如果是你去偽作，你能偽作出這樣合情合理的錯漏嗎？神話可以偽作，但是地理怎麼偽作？你說西王母是天神，我沒法駁倒你，我又沒見過。但是你說王屋山有河向西北流，我就不信了。王屋山的人成天看著河向東流，你怎

麼說他往西北流，擺明了騙人嘛！

　　《山經》的作者就敢這麼胡說八道，「王屋之山，是多石。灢水出焉，而西北流注於泰澤。」你敢這樣說嗎？《山經》不但有向西北流的，還有直接流入西海的！這種「偽作」的本事是你永遠做不到的！

　　雖然，《山經》所描述的地理我們現在根本無法復原，甚至無法考據，但是《山經》的錯漏是合情合理的錯漏，是理直氣壯的錯漏。

　　「我這兒的山就叫騩山，我這兒的河就向西流，西海就眼睜睜的擺在我面前！」我想每一列山脈的記載者應該只能說這樣的話吧，至於為什麼現在搞不清騩山，河為什麼不向東流，西海怎麼消失了？這不是《山經》作者應該解決的問題，他們無法預測後來的變遷！這是身處當代的我們應該解決的任務。

第六章
《海荒經》神話體系綜論

一、死亡素描

如果說《五藏山經》的描述多是可信或樸實的，那麼《海經》和《荒經》則顯得過於荒誕不經了。《山經》完全可以稱作是地理性著作，但把《海經》和《荒經》當成地理性著作就大錯特錯了。袁珂《山海經校注》中的一段感悟提醒了我，「山海經所謂『尸』者，大都遭殺戮以後之景象」。

但是袁珂並沒有深入思考，「尸」如此頻繁的出現在《海經》、《荒經》中意味著什麼？《海經》、《荒經》為什麼如此熱衷於描述死亡的景象？《大荒經》是《海內經》、《海外經》的綜合卷，成文應該最晚，暫以《海內經》為例，來看其中一些典型的死亡素描。

> 貳負之臣曰危，危與貳負殺窫窳。帝乃梏之疏屬之山，桎其右足，反縛兩手與髮，繫之山上木。在開題西北。
>
> ——《海內西經》
>
> 據比之尸，其為人折頸披髮，無一手。 ——《海內北經》
>
> 王子夜之尸，兩手、兩股、胸、首、齒，皆斷異處。
>
> ——《海內北經》

這三段都描寫了一些真實而且恐怖的死相，危被反綁雙手和頭髮，吊在樹上；據比垂頭散髮，少了一隻手；王子夜（小川琢治認為「夜」為「亥」字之形訛，見《穆天子傳地名考》）幾乎就是被車裂了。那麼，一部地理著作怎麼會費盡心力的來描述死亡景象？這是絕對是不可思議的，唯一的解釋就是它根本不是地理著作。

再看《海外經》：「女丑之尸，生而十日炙殺之。在丈夫北。以右

手鄣其面。」（《海外西經》）這是說女丑的死狀，以手掩面而死。「十日」稍後再論。

「奢比尸國在其北，獸身、人面、犬耳，珥兩青蛇。一曰肝榆之尸，在大人北。」（《海外東經》）

貳負之臣危

我們前面所見到的「尸」，無一例外的都是屍體，而這個「奢比」卻是一個「屍國」，一個死屍國？不覺得可笑到家了嗎？幸好還有《大荒經》的修正，「有神，人面、犬耳、獸身，珥兩青蛇，名曰奢比屍。」（《大荒東經》）《大荒東經》又把「它」當成神了。那麼它到底是什麼？是死屍？是神？還是國？

我來回答吧，它是一幅畫，大家都在瞎猜。我記得大仲馬有一次去德國，想吃蘑菇，但他不會說德語，他就畫了幅畫，結果侍者給他拿來了一把雨傘。還記得有篇文章——《駱駝市集》（作者忘了），作者去巴基斯坦，想去駱駝市集，就畫了幅駱駝，結果司機把他拉到菜市場去了，興高采烈的指著雞。圖畫這東西是非常不精確的，《海經》、《大荒經》的作者就是對著畫瞎猜，有些他們猜對了，例如女丑的屍體、王子夜的屍體、據比的屍體、危的屍體，但是有些他們就搞不清楚了，例如這奢比的屍體，從他們對畫面的敘述來看，奢比的

奢比

死狀並不明顯，所以我懷疑畫上稍有注釋，例如「奢比之尸」的字樣，但是《海經》、《荒經》的作者體味不到死亡的意境，他們就自作聰明的改成了「奢比尸國」。我這個假設成立與否，只要看能否禁得住其他事例的檢驗。

> 有神，人面獸身，名曰魖之尸。　　　——《大荒東經》
>
> 有人方齒虎尾，名曰祖狀之尸。　　　——《大荒南經》
>
> 有人衣青，以袂蔽面，名曰女丑之尸。——《大荒西經》
>
> 有金門之山，有人名曰黃姬之尸。　　——《大荒西經》
>
> 有人無首，操戈盾立，名曰夏耕之尸。——《大荒西經》

看起來《大荒經》對《海經》的修正是相當有必要的，它澄清了很多對圖畫的誤解，它明確的指出那些畫絕大部分是「屍體」的素描。比如這夏耕之尸，沒有腦袋，還拄著戈盾而立，是很經典的戰士的死法。

再看一個《大荒經》也搞不清楚的，「有人名曰吳回，奇左，是無右臂。」（《大荒西經》）如果孤立的來看，看不出這是一個死屍，甚至有可能以為這是個獨臂神人，但是聯繫上下文來看，就可以很容易接受他是被砍掉了一隻胳膊的死屍。如果對上面的分析沒有太多異議，我們便開始最驚心動魄的旅程吧，那就是——死亡之旅。

> 后稷之葬，山水環之。在氐國西。　　——《海內西經》
>
> 羿與鑿齒戰于壽華之野，羿射殺之。在昆侖虛東。羿持弓矢，鑿齒持盾，一曰戈。　　　　　　——《海外南經》
>
> 狄山，帝堯葬于陽，帝嚳葬于陰。吁咽、文王皆葬其所。
> 　　　　　　　　　　　　　　　　　——《海外南經》
>
> 刑天與帝至此爭神，帝斷其首，葬之常羊之山。乃以乳

為目，以臍為口，操干戚以舞。 ——《海外西經》

共工之臣曰相柳氏，九首，以食于九山。相柳之所抵，厥為澤溪。禹殺相柳，其血腥，不可以樹五穀種。禹厥之，三仞三沮，乃以為眾帝之臺。 ——《海外北經》

夸父與日逐走，入日。渴欲得飲，飲于河渭，河渭不足，北飲大澤。未至，道渴而死。棄其杖，化為鄧林。

——《海外北經》

務隅之山，帝顓頊葬于陽，九嬪葬于陰。

——《海外北經》

講述的無一不是死亡，后稷、鑿齒、堯、嚳、吁咽、文王、刑天、相柳、夸父、顓頊、九嬪，講的都是他們的死因或者葬處。這是每個人都所熟知的，也是每個人都所忽略的，《海經》、《荒經》講的就是這些有名有姓的歷史人物的死因或者葬處，它根本不是為地理而著，而是為記載歷史人物所著，為祭祀或者「警示」而著！

這裏應該提到郭璞講的一個故事：在漢宣帝之時，從石室裏挖出了一個人，「跣踝被髮，反縛，械一足」，一問怎麼回事，群臣都不知

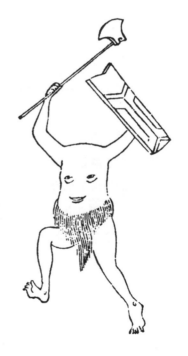

刑天

道，劉向就說《山海經》中貳負就是這麼被帝殺的，當時宣帝大驚，於是人人爭著學《山海經》（《太平御覽》卷五十）。「貳負之臣曰危，

危與貳負殺窫窳。帝乃梏之疏屬之山，桎其右足，反縛兩手與髮，繫之山上木。在開題西北。」（《海內西經》）

《海經》、《荒經》成書的年代較晚，應在夏殷以後，因為《荒經》、《海經》都提到過夏啟，自然不能成書在夏代之前，所以他們的述圖之作必然有訛誤謬傳，所以荒誕不經之處，多是他們自作聰明的「修正」。

二、最古老的連環畫

這是一個很有趣的小標題，但我們不妨假設一下，假設古人要用圖畫來記述一段故事，他該怎麼辦？其實他們就是人類的童年，而童年最大的樂趣只怕就是看連環畫了。

還是以《海外南經》為例，看看他到底在講什麼故事？

《海外南經》中我們最熟悉的故事就是「羿殺鑿齒」，應該怎麼畫呢？至少應該畫上羿彎弓搭箭，還應該畫上鑿齒被射死的模樣，那麼羿的箭射在鑿齒身上的哪個部位呢？腦袋、胳膊、肩膀、大腿，還是胸口？我們就當是射在胸口吧。那就應該在鑿齒胸口上畫一根箭！

貫匈國人

「貫匈國在其東，其為人匈有竅。一曰在載國東。」（《海外南經》）貫匈國其實就是個屍體，胸口的洞就是羿射的，鑿齒被一箭穿心了。這是巧合，還是圖畫

的作者就是在描述這個連貫的故事呢？

描述事件還應該有時間、地點，羿殺鑿齒是在何時何地？白天黑夜？山東山西河南河北？《海外南經》中記述了一大堆羽民國、比翼鳥、二八神、畢方鳥、讙頭國、厭火國、三苗國、蜮民國、交脛國、不死民、歧舌國、周饒國、長臂國，等等。這些都和羿殺鑿齒這個故事有關聯嗎？

先看蜮民國，「載國在其東，其為人黃，能操弓射蛇。一曰載國在三毛東。」射蛇？當然不是，彎弓搭箭的正是羿，他瞄準的是鑿齒，只不過《海荒經》的作者誤會了，可能把畫面上的河流或者蛇當成了目標！把羿附會成了蜮民，其實羿和蜮的發音也很近似，遠古的史官多是口述，那時候沒有文字或者文字不普及，在傳述過程中以訛傳訛也就難免了。

接著看比翼鳥、長羽毛的羽民國、長翅膀有鳥喙的讙頭國，還有一條腿的畢方鳥。其中最奇怪的就是畢方鳥，怎麼只有一條腿呢？《西山經》中也講過這種鳥，「有鳥焉，其狀如鶴，一足，赤文、青質而白喙，名曰畢方」。我們知道鶴類、鸛類、鷺類、鷥類（所有涉禽類）睡覺總是睜一隻眼閉一隻眼，而且是「金雞獨立」，如果畫成圖畫當然只有一隻腳。再聯繫二八神，「為帝司夜於此野」，一群守夜的「官」？這不正好是夜晚鶴類睡覺的情景嗎？

其實羽民、讙頭和畢方鳥並沒有什麼區別，只是圖畫上畢方鳥是一條腿而已！「讙頭，有翼，鳥喙，方捕魚。」讙頭鳥正在捕魚，那麼比翼鳥呢？一條

羽民國人

腿的畢方鳥當然不能飛，只有睡醒了變成兩條腿的時候才能飛，這應該就是比翼鳥的由來。

再確認一下，二八神「為帝司夜於此野」，「此野」是哪裏呢？在《海外南經》中，只提到一個「野」，那就是「羿與鑿齒戰于壽華之野，羿射殺之。在昆侖虛東」。由此可見，每一幅圖畫都緊密的關聯著整個故事情節。

接著分析，彎弓搭箭的羿應該是什麼樣子呢？雙腿並攏還是騎馬蹲襠式？我不會射箭，但是想像一下也知道，一隻腳前一隻腳後，才容易發力，再稍稍的蹲一點？畫出那個樣子來很可能就被認為是「交脛國」了。

那麼饜火國怎麼解釋？「饜火國在其國南，獸身黑色。生火出其口中。一曰在讙硃東。」這委實有點像玩雜技的，其實《海外經》和《大荒經》基本上是對應的，《大荒經》對《海外經》作了很多修正，例如「有盈民之國，於姓，黍食。又有人方食木葉。」（《大荒南經》）饜火國和盈民國看起來沒什麼關聯，但是我們別忘了這是圖畫，圖畫上一個人口中含著樹葉或者吐火，怕是很難分辨出來。事實就是，畫面上畫著一隻猴子正在吃猴麵包，而《海經》的作者誤認為圖畫上畫的是一個人正口中吐火。

樹葉有什麼好吃的？其實也未必是樹葉，非洲人經常吃的猴麵包果實就是橢圓的，畫起來和樹葉也不會相差很遠。果不其然，吃樹葉的畫旁邊便畫著一棵樹，叫「三株樹」，陶淵明應該是看過山海圖的，「泛覽《周王傳》，流觀《山海圖》」可以作個佐證。他描述三株樹有詩云：

饜火國人

「粲粲三珠樹，寄生赤水陰。」很符合這段描述，所以「株」應為「珠」。「三株樹，樹如柏，葉皆為珠。一曰其為樹若彗。」

三株樹在哪裏呢？三株樹就在狄山，聯繫《海內經》、《大荒經》就能知道，狄山、岳山、蒼梧山都是同一座山，帝堯、帝嚳、帝舜都葬在那裏，狄山就在昆侖虛附近，這和羿殺鑿齒有什麼關係？別忘了，羿殺鑿齒的壽華之野，就在昆侖虛東。

猴麵包樹原產地在非洲，那裏自然很熱，而且多是黑人，「不死民在其東，其為人黑色，壽，不死。一曰在穿匈國東」（《海外南經》）。「有不死之國，阿姓，甘木是食」（《大荒南經》）。兩相對照，這種不死民也是吃樹葉或者吃果實的黑人或猴子，完全符合前文厭火國的描述。至於長臂國、周饒國（即侏儒國）雖然不太明瞭，但大意也是可知的。

再看三苗國，「三苗國在赤水東，其為人相隨。一曰三毛國。」這句也不太明白。但是郭璞注「昔堯以天下讓舜，三苗之君非之，帝殺之，有苗之民，叛入南海，為三苗國。」若聯繫「堯與有苗戰於丹水之浦，使敗入南海而為三苗國。」可以把這幅圖理解為戰敗的三苗南遷的情景（袁珂即是此意）。

其實如果把整個《海外南經》當作一個完整的故事來描述的話，應該是羿戰敗了鑿齒，鑿齒的部落戰敗南遷。這就是整個《海外南經》講述的故事，至於歧舌國、三首國不甚明瞭，只能待後來人明查，祝融應為海外南國的地方官。

三、傳說的多重演變

有了連環畫的基本概念以後，解讀《海經》、《荒經》就不會雜亂無章了，但《海荒經》的作者可是一塌糊塗，他們用各種穿鑿附會的傳

說來解釋這幅連環畫，不但使連環畫本意盡失，還使得故事越傳越神，越解釋越荒誕。所以撥亂反正、正本清源是必不可少的。以《海外西經》為例，看看傳說的多種版本。《海外西經》容量很大，故事也很複雜，還是從最經典的部分開始，那就是刑天舞干戚！

「刑天與帝至此爭神，帝斷其首，葬之常羊之山。乃以乳為目，以臍為口，操干戚以舞。」這段描述是那麼動人心魄，所以陶潛有「刑天舞干戚，猛志固長在」之感慨，不過真實情況怕是沒那麼浪漫。在《大荒西經》中也有類似的描述，卻現實得多。「有人無首，操戈盾立，名曰夏耕之尸。故成湯伐夏桀於章山，克之，斬耕厥前。耕既立，無首，走厥咎，乃降於巫山。」（《大荒西經》）

《海外西經》和《大荒西經》這兩段描述是非常相近的，關鍵詞語基本相同，都是無首、操戈盾（操干戚）、常羊山（大巫山在常羊山附近，見《大荒西經》，另外章山與常羊山音近。可以肯定這兩段說的是一件事，只不過主角是誰有了分歧，《海外西經》說是刑天與帝，《大荒西經》則說是成湯與夏桀。要知道，《大荒西經》和《海外西經》描述的是同一幅圖、同一個地點，而且情節基本相同，也就是說必然有一個傳說是衍生的！那麼誰是誰非呢？這個問題暫且放一下，再來看連環畫中另一個經典的故事，那就是女丑之死。

女丑之尸，生而十日炙殺之。在丈夫北。以右手鄣其面。十日居之，女丑居山之上。　　——《海外西經》
海內有兩人，名曰女丑。女丑有大蟹。　——《大荒東經》
有人衣青，以袂蔽面，名曰女丑之尸。——《大荒西經》
大蟹在海中。　　　　　　　　　——《海內北經》

女丑之死在《海荒經》中可算是濃墨重彩，但這是一些令人費解的

話，《大荒東經》說女丑有兩人。兩人？在連環畫上應該怎麼表現呢？
是不是應該頻繁的出現兩個人？畫面上確實如此：

> 女祭、女戚在其北，居兩水間，戚操魚觛，祭操俎。
>
> ——《海外西經》
>
> 女子國在巫咸北，兩女子居，水周之。一曰居一門中。
>
> ——《海外西經》

　　也就是說，連環畫嚴格的遵守了情節必須連貫的要求，女祭、女戚
和女子國就是女丑，只不過《海荒經》作者糊塗的把她們當作了不同的
人。「一曰居一門中」這句話很有趣，因為《海外西經》的作者們搞不
清楚這幅圖畫的是什麼，兩個女子是在水中還是在門裏？這可以看出
《海荒經》的作者有很多，他們可能都是學官，而且對圖畫的理解產生
了歧義，所以就留下了兩種不同的說法。其實女丑在海中，當然在島
上，自然是「水周之」，而不是在門裏。

　　女丑之死似乎很符合十日並出、弈射九日的傳說，但實際上《海荒
經》中死亡景象的描述都是非常樸實的，怎麼會有這麼離奇古怪的神
話？我們不妨再做一個大膽的假設，讓這個故事看起來真實確鑿。那就
是「日」即「鳥」！漢代畫像磚上常有三足鳥，它們在西王母的座旁，
也就是傳說中為西王母取食的青鳥！

　　這個假設成立嗎？

> 女祭、女戚在其北，居兩水間，戚操魚觛，祭操俎。鵸
> 鳥、鶬鳥，其色青黃，所經國亡。在女祭北。鵸鳥人面。居山
> 上。一曰維鳥，青鳥、黃鳥所巢。　　——《海外西經》
>
> 行玄丹之山。有五色之鳥，人面有髮。爰有青鴍、黃鶩，青

鳥、黃鳥，其所集者其國亡。

——《大荒西經》

奇肱國人

毫無疑問，在《海外西經》和《大荒西經》中，女丑身邊的鳥都有青鳥，也就是三足金烏，也就是「日」！而且有「十日」！這是群鳥雲集的情景。注意：戚為篾。「日」即「鳥」，這是一個重要的假設，它將解決以後絕大部分令人費解的難題，例如夸父逐日、羲和浴日等等問題。我們來印證一下：

減蒙鳥在結匈國北，為鳥青，赤尾。　　——《海外西經》

有五彩之鳥，有冠，名曰狂鳥。　　　　——《大荒西經》

《爾雅》釋鳥云：「狂，夢鳥。」夢鳥即孟鳥。（袁珂注，減蒙鳥即孟鳥。狂即皇，夢即鳳，音轉也。）

奇肱之國在其北。其人一臂三目，有陰有陽，乘文馬。有鳥焉，兩頭，赤黃色，在其旁。

有人名曰吳回，奇左，是無右臂。　　　——《大荒西經》

有青鳥，身黃，赤足，六首，名曰鸀鳥。

——《大荒西經》

奇肱國的鳥是兩頭，赤黃色；《大荒西經》是六首、身黃、足赤，這在關鍵詞語上也是相近的。所以它們都是青鳥，也就是三足金烏！《海荒經》的作者能分辨出圖畫上單個的青鳥，但卻把集群的青鳥當作

了「日」。可以猜想一下，女丑死後，必然會招來猛禽在天空盤旋，這很容易形成「十日在其上」的情景，也許把青鳥說成猛禽會讓很多人不愉快，其實滿族人的傳統中就保留著馴鷹的習慣，康熙就比較喜歡海東青，再聯繫青鳥為西王母取食的情節，青鳥為猛禽也就是理所當然的了。

其實只要看看三星堆二號祭坑出土的青銅樹就明白了，這棵樹高三‧九五米，枝幹分三層，每層有三枝，每枝上立著一隻銅鳥，總共應該有十隻銅鳥。這是非常符合《海荒經》「十日」描述的。

> 湯谷上有扶桑，十日所浴，在黑齒北。居水中，有大
> 木，九日居下枝，一日居上枝。　　　——《海外東經》
> 湯谷上有扶木。一日方至，一日方出，皆載于烏。
> 　　　——《大荒東經》

更重要的是，銅樹上鳥是一張鷹嘴，那是絕對的猛禽，完全符合前面「青鳥是猛禽」的推測。

女丑因何而死？《海外西經》並沒有更詳細的說法，我們不妨先放下這個疑問，再看另一段故事，那就是「窫窳之死」。其實《海外西經》中並沒有提到窫窳，只提到了巫咸：

> 巫咸國在女丑北，右手操青蛇，左手操赤蛇。在登葆
> 山，群巫所從上下也。　　　——《海外西經》
> 有靈山，巫咸、巫即、巫盼、巫彭、巫姑、巫真、巫
> 禮、巫抵、巫謝、巫羅十巫，從此升降，百藥爰在。
> 　　　——《大荒西經》
> 大荒之中，又有登備之山。　　　——《大荒南經》

這兩段比較簡單，《海外西經》說群巫，《大荒西經》說十巫，至於升降，簡單理解為上山下山就可以了，沒必要附會成往返天地之間。郭璞注：「登葆山即登備山。」那麼群巫在這兒上上下下的幹什麼呢？是求雨、祭祀，還是治病救人？

《海內西經》給出了答案，「開明東有巫彭、巫抵、巫陽、巫履、巫凡、巫相，夾窫窳之尸，皆操不死之藥以距之。窫窳者，蛇身人面，貳負臣所殺也。」就是一幅群巫圍著窫窳，拿著藥想救他的場景！

我們綜合這幾段情節，就應該有個大致的脈絡，窫窳被殺，群巫來救他，看起來應該沒救活。既然死了，可能就要祭祀一下，這時候兩個女丑出場了，她們的身分自然是祭祀，戚操魚𩵍，祭操俎。

畫面上有一個舞蹈的場面，其具體含義是什麼不甚清楚，也許是群巫在用巫術跳舞，也可能是女丑祭祀跳舞，這本來是平常普通的場面，卻被《海荒經》的作者再次誤解！

> 大運山高三百仞，在滅蒙鳥北。大樂之野，夏后啟于此《九代》，乘兩龍，雲蓋三層。左手操翳，右手操環，佩玉璜。在大運山北。一曰大遺之野。　　——《海外西經》
>
> 西南海之外，赤水之南，流沙之西，有人珥兩青蛇，乘兩龍，名曰夏后開。開上三嬪于天，得《九辯》與《九歌》以下。此天穆之野，高二千仞，開焉得始歌《九招》。
>
> 　　——《大荒西經》

開即啟，漢景帝名啟，這是漢朝人在校注的時候為了避諱改的。從這裏可以看出舞蹈的場面還是不小的，《海荒經》的作者不知道這幅畫畫的是什麼，他們就把夏啟始歌舞的傳說附會了過來。

女丑死了，至於怎麼死的還是不清楚，不過女丑的屍體旁有一個「丈夫國」：

> 丈夫國在維鳥北，其為人衣冠帶劍。 ——《海外西經》
> 有丈夫之國。 ——《大荒西經》
> 有東口之山。有君子之國，其人衣冠帶劍。
> ——《大荒東經》

他就是最大的嫌疑犯，就想羿殺鑿齒一樣，兇手的圖畫應該在被殺者圖畫的旁邊，也就是說，兇手也許就是這個「丈夫」或者「君子」。理由？不清楚，也許是女丑犯罪，也許是壞人作亂，不過我個人從心理上認為這是帝幹的，因為竅窳死了，帝殺了兇手，帝自然應該是衣冠君子！可能是女丑犯罪，帝殺之。當然也有另外一種可能，因為「丈夫國」這幅圖離「帝斬刑天」也比較近，所以帝也可能是殺刑天的兇手，這也符合邏輯。

一臂國在其北，一臂、一目、一鼻孔。有黃馬虎文，一目而一手。
——《海外西經》
有一臂民。
——《大荒西經》
奇肱之國在其北。其人一臂三目，有陰有陽，乘文馬。有鳥焉，兩頭，赤黃色，在其旁。

一臂國人

——《海外西經》

有人名曰吳回，奇左，是無右臂。　——《大荒西經》

　　一臂國、奇肱國肯定是屍體，但是誰的屍體不太好說，有可能是窫窳的，也有可能是刑天的，但死亡景象應該是「丈夫」的劍製造的，似乎被劈成了兩半，一臂國、奇肱國合起來正好是一具完整的屍體，只有三目有些蹊蹺，不好解釋。

　　長股之國在雄常北，披髮。一曰長腳。——《海外西經》

　　西北海之外，赤水東，有長脛之國。　——《大荒西經》

　　白民之國在龍魚北，白身披髮。有乘黃，其狀如狐，其背上有角，乘之壽二千歲。

——《海外西經》

　　有大澤之長山。有白氏之國。

——《大荒西經》

長股國人

　　長股國、白民國似乎都是受刑罰的景象，貳負是殺死窫窳的兇手，帝又殺貳負，「披髮反縛，械一足」，「披髮」這個特徵很顯然不是巧合。「長股」似乎可以理解為鐐銬拴腳，而被《海荒經》作者誤認為是腿長。再則「貳負」與「刑天」字型相去不遠，可能《海荒經》作者傳抄有誤，個人認為「帝殺刑天」即「帝殺貳負」也。

　　至於三身國、肅慎國、並封則不甚了了，未能知其意也。鱉魚似是

《海內經》所說「女丑之大蟹」，讀圖，鱉、蟹怕也是很難分辨。蓐收當為海外西國的長官。

《海外西經》的故事大約就是：「貳負殺窫窳，帝殺貳負，群巫救窫窳，女丑作祭，女丑又死。」

四、最簡單的神話

我們還是以《海外北經》為例來討論這個有趣的話題吧，在《海外北經》中，有幾個非常經典的傳說，如夸父逐日、禹殺相柳、黃帝女魃、鍾山燭陰等等，其中最著名的大概就是夸父逐日，所以先來看看這個傳說。

> 夸父與日逐走，入日。渴欲得飲，飲于河渭，河渭不足，北飲大澤。未至，道渴而死。棄其杖。化為鄧林。
>
> ——《海外北經》
>
> 大荒之中，有山名曰成都載天。有人珥兩黃蛇，把兩黃蛇，名曰夸父。后土生信，信生夸父。夸父不量力，欲追日景，逮之於禺谷。將飲河而不足也，將走大澤，未至，死于此。應龍已殺蚩尤，又殺夸父，乃去南方處之，故南方多雨。
>
> ——《大荒北經》

這兩段說法不太一樣，《海外北經》說夸父是渴死的，《大荒東經》說夸父是被應龍所殺，其實最吸引人的地方就在「與日逐走」上，和太陽賽跑真是件不太量力的事，那麼夸父為什麼要追日呢？夸父死前的目的地就是「大澤」，大澤是個什麼地方？

有大澤方千
里，群鳥所解。
——《大荒北經》
大澤方百里，
群鳥所生及所解。
在雁門北。
——《海內西經》

夸父追日

說得很清楚，大澤就是鳥類生息繁衍的地方，方圓有千百里，上文
說過，在圖畫中，鳥與日的畫法是相近的，夸父是在追日還是追鳥？當
然是追鳥更合邏輯一些。其實夸父也並不一定是在追鳥，也可能是「與
鳥逐走」，其實這很可能只是個隨鳥類遷徙的過程。為什麼要遷徙？這
和羿殺鑿齒是同樣的道理，只不過鑿齒的部落被打敗向南遷，夸父的部
落被打敗向北遷，這完全符合那個歷史時代部落征伐、遷徙的特徵。

　　博父國在聶耳東，其為人大，右手操青蛇，左手操黃
蛇。鄧林在其東，二樹木。一曰博父。

博父就是夸父，不過一手青蛇、一手黃蛇卻很令人費解，似乎在那
個時代操蛇、戴蛇、乘龍是有身分的象徵，例如：

　　雨師妾，人黑，兩手各操一蛇，左耳有青蛇，右耳有赤
蛇。　　　　　　　　　　　　　　　　　　——《海外東經》
　　巫咸，右手操青蛇，左手操赤蛇。在登葆山，群巫所從
上下也。　　　　　　　　　　　　　　　——《海外西經》
　　奢比尸，獸身、人面、大耳，珥兩青蛇。——《海外東經》

有神，人面鳥身，珥兩黃蛇，踐兩黃蛇，名曰禺䝞。

——《大荒東經》

有神，人面鳥身，珥兩青蛇，踐兩赤蛇，名曰弇茲。

——《大荒西經》

有神銜蛇街操蛇，其狀虎首人身，四蹄長肘，名曰強良。

——《大荒東經》

《海外北經》中卻說夸父「棄其杖」，那麼夸父手中到底是杖還是蛇？這在畫面上應該是分辨不出來的。關於杖，恐怕最明顯的證據就是三星堆出土的金杖，它發現於兩個祭祀坑的一號坑，總長度一百四十二厘米，直徑二．三厘米，杖上鑴刻的圖紋包括頭戴皇冠耳掛三角形耳環的人頭像、魚鳥勾雲紋飾以及穗葉形柄等。

這根金杖不但解釋了它代表權位，而且還從側面證明了一件事，那就是三角形耳環，奢比、禺䝞、弇茲、雨師妾耳朵上都戴著蛇。我們可以想像，這些耳環應該是半環型，這樣在畫面上才更像蛇。其實踐蛇、乘龍也可以同樣理解，例如潮汕一帶有的婦女就終生戴玉手鐲和銀腳環，或者是為了顯示身分，或者是為了消災祛邪。而菲律賓的尼格利度人，俗稱矮小黑人，他們至今還保留著用植物的種子串成項鍊、手鍊，用藤蔓做項圈，將木頭或動物的骨骼雕成掛件、手鐲和腳環等風俗。再如新幾內亞西伊里安以南，有一個阿斯芒島，那裏的部落還有這樣的習慣，用人的脊椎和頭蓋骨製作成精美的項鍊、耳環、頭環、腳環、手鐲等裝飾品。當然現在最常見的腳環是金、玉、花環，在遠古，骨頭則是比較優良的材料。

南方祝融，獸身人面，乘兩龍。　——《海外南經》

西方蓐收，左耳有蛇，乘兩龍。　——《海外西經》

北方禺強，人面鳥身，珥兩青蛇。踐兩青蛇。

——《海外北經》

東方句芒，鳥身人面，乘兩龍。　　——《海外東經》

至此，這些令我們無比困惑的龍或蛇就可以有一個清晰的解釋，不過是圖畫上的耳環、腳環而已！耳環嘛，當然有大有小，西藏人喜歡大耳環，有一種「阿龍」，直徑有三寸！再如內蒙古赤峰市興隆窪文化遺址出土的直徑六厘米的玉耳環，這種耳環的歷史距今有七、八千年。問題是把戴這種耳環的人畫成圖畫，我們會看到什麼？八戒一樣的招風耳？

聶耳之國在無腸國東，使兩文虎，為人兩手聶其耳。縣居海水中。

——《海外北經》

有儋耳之國，任姓，禺號子，食穀。　　——《大荒北經》

儋耳國人

郭璞注：「聶耳，言其耳長，行則以手攝持之也。」郭璞是看過《山海圖》的，他說耳長那應該不會假，《漢書》也說，「儋耳者，大耳種也。」也就是說《海外北經》、《大荒北經》描述的都是一個大耳朵的人，這幅圖就在夸父逐日圖的旁邊，所以他很有可能就是戴著大耳環的夸父！《淮南子》說，「夸父耽耳在其北方。」很顯然，儋耳就是耽耳，也就是聶耳！這正好符合了我們的推斷，他應該是戴著一對大耳

共工怒觸不周山

環！「有人珥兩黃蛇，把兩黃蛇，名曰夸父。」一對大耳環就衍生出幾種不同的解釋，這真是不可思議！但還沒結束！

> 拘纓之國在其東，一手把纓。一曰利纓之國。
>
> ——《海外北經》

這句話分歧很多，郭璞說「以一手持冠纓」，袁珂則說「一手扶癭，癭即肉瘤」。其實聯繫上下文就會很清楚，夸父正用手摸他的大耳環，卻被《海經》作者誤認為他在摸他脖子上的腫瘤！於是大耳環又把夸父變成了拘纓。

> 跂踵國在拘纓東，其為人大，兩足亦大。一曰大踵。
>
> ——《海外北經》

聯繫上文，夸父「其為人大」，所以這也是夸父的一個單獨畫像。

在《海外北經》中我們沒有找到夸父是如何被打敗、遷徙、死亡的，只有去尋找別的線索，如禹殺相柳。

> 共工之臣曰相柳氏，九首，以食于九山。相柳之所抵，厥為澤溪。禹殺相柳，其血腥，不可以樹五穀種。禹厥之，三仞三沮，乃以為眾帝之臺。在昆侖之北，柔利之東。相柳者，九首人面，蛇身面青。不敢北射，畏共工之臺。臺在其東。臺四方，隅有一蛇，虎色，首衝南方。 ——《海外北經》
>
> 共工臣名曰相繇，九首蛇身，自環，食于九土。其所歍所尼，即為源澤，不辛乃苦，百獸莫能處。禹湮洪水，殺相繇，其血腥臭，不可生穀；其地多水，不可居也。禹湮之，

三仞三沮，乃以為池，群帝因是以為臺。在昆侖之北。

——《大荒北經》

　　這段描述非常有趣，似乎相柳是個九首蛇身的怪物，其實「九首以食於九山」最簡單的解釋就是他的九個部下分別掌管九座山。至於《海外北經》說「不可以樹五穀種」，《大荒北經》說「百獸莫能處」都不可能是讀圖讀出來的含義，只能是作者以訛傳訛或者附會上去的。其實故事應該非常簡單，禹殺相柳，然後治水，《海外北經》是「禹厥之，三仞三沮」，《大荒北經》是「禹湮之，三仞三沮」，一個是掘，一個是填，多麼可笑的讀圖？答案就是，畫面上禹拿著鏟子，至於他在幹什麼，誰都不知道，總之最後或者有了池子，或者有了臺。

　　我們不知道禹為什麼要殺相柳，傳說中說，相柳是共工的臣子，因為繼續作亂被誅，但在《海外北經》中，還看不出來有這樣的痕跡。我們只好再去看看黃帝女魃和鍾山燭陰的傳說。

　　　鍾山之神，名曰燭陰，視為晝，瞑為夜，吹為冬，呼為夏，不飲，不食，不息，息為風。身長千里。在無臂之東。其為物，人面，蛇身，赤色，居鍾山下。　——《海外北經》

　　　西北海之外，赤水之北，有章尾山。有神，人面蛇身而赤，直目正乘，其瞑乃晦，其視乃明，不食不寢不息，風雨是謁。是燭九陰，是燭龍。　　　　　——《大荒北經》

　　　有鍾山者。有女子衣青衣，名曰赤水女子獻。

——《大荒北經》

　　　有係昆之山者，有共工之臺，射者不敢北射。有人衣青衣，名曰黃帝女魃。蚩尤作兵伐黃帝，黃帝乃令應龍攻之冀州之野。應龍畜水。蚩尤請風伯雨師，縱大風雨。黃帝乃下

天女曰魃，雨止，遂殺蚩尤。魃不得復上，所居不雨。叔均
言之帝，後置之赤水之北。叔均乃為田祖。魃時亡之，所欲
逐之者，令曰：「神北行！」先除水道，決通溝瀆。

——《大荒北經》

這四段很複雜，似乎黃帝女魃與鍾山燭陰毫無關聯，但別忘了，
《海外北經》、《大荒北經》描述的是同一幅圖，也就是說，在鍾山這
個地點上，只可能出現一個故事，你不可能在同一個地點上用圖畫表現
出兩個毫不關聯的故事。《大荒北經》和《海外北經》可以互相印證的
地方很多，如無綮國、一目國、共工臺、夸父逐日，可是在鍾山上，卻
出現了兩個毫不相關的人物，一個是燭陰，一個是赤水青衣黃帝女魃！
只有一個答案，那就是黃帝女魃就是鍾山燭陰！

這看起來太不可思議，但我們仔細分析，就會發現這兩個傳說之間
有著微妙的聯繫，他們都和風雨有關聯！燭陰似乎是個萬能的風雨之
神，但女魃也能止雨。他們在「法力」上看起來不相上下。看起來我們
真的山窮水盡了，到這裏，似乎所有的線索都斷了，《海外北經》這幅
連環畫根本連貫不起來。別急，我們漏掉了一些東西，它們在《大荒北
經》和《海內北經》裏。

有國名曰賴丘。有犬戎國。有神，人面獸身，名曰犬
戎。
——《大荒北經》

大荒之中。有山名曰融父山，順水入焉。有人名曰犬
戎。黃帝生苗龍，苗龍生融吾，融吾生弄明，弄明生
白犬，白犬有牝牡，是為犬戎，肉食。有赤獸，馬狀無首，
名曰戎宣王尸。
——《大荒北經》

犬封國曰犬戎國，狀如犬。有一女子，方跪進杯食。有

文馬，縞身朱鬣，目若黃金，名曰吉量，乘之壽千歲。

——《海內北經》

　　這裏提到了一個被《海外北經》漏掉的細節「犬戎」，這就是《大荒經》至關重要的修正，它告訴我們一個確切的事實，那就是——整幅圖畫的容量非常大，《海外經》有意無意的忽略了一些細節，而這些細節造成了我們的理解障礙。

　　袁珂認為，犬戎國大概是因為犬立了功，而被封為國，其實這解釋不了「狀如犬」，難道說國土形狀如犬？當然不是，是「犬戎」像犬。一種像狗的動物被稱為神，確實是件很可笑的事。更可笑的是《大荒北經》竟然說犬戎是黃帝的直系親屬，這種附會實在是擾人耳目。其實畫上畫的，就是一種像狗的猴子。

　　　　蜪犬如犬，青，食人從首始。　　——《海內北經》
　　　　環狗，其為人獸首人身。一曰蝟，狀如狗，黃色。
　　　　　　　　　　　　　　　　　　——《海內北經》
　　　　戎，其為人，人首三角。　　　——《海內北經》

　　人身獸首的狗，怕是只有一種動物能與之匹配，那就是馬達加斯加的狐猴，狐猴長了一張狐狸臉，有長尾、短尾之分，長尾能達六十厘米，比身體還長，雜食性。《海內北經》數次描繪這種動物，就說明它在圖畫上出現不止一次。那麼畫這種動物是為了表明什麼？

　　　　有人曰大行伯，把戈。其東有犬封國。貳負之尸在大行伯東。　　　　　　　　　　　　　　　　　　——《海內北經》
　　　　北海之內，有反縛盜械、帶戈常倍之佐，各曰相顧之

尸。　　　　　　　　　　　　　　　　——《海內經》

　　我們終於看到了一絲曙光，原來犬戎國的存在就是為了確定「大行伯」和「貳負」的位置。《海外西經》中貳負的故事並沒有結束，《海經》的作者把一幅完整的連環畫寫到了兩個篇章裏，這真是個不小的玩笑。

　　從相顧的屍體來看，他的身邊有一個持戈的士兵或官員。相顧是不是相繇、相柳的訛字，不太好說，但可以確定大行伯就是站在貳負屍體旁的士兵（或官員）。

　　　　一目國在其東，一目中其面而居。一曰有手足。
　　　　　　　　　　　　　　　　　　——《海外北經》
　　　　有人一目，當面中生。一曰是威姓，少昊之子，食黍。
　　　　　　　　　　　　　　　　　　——《大荒北經》
　　　　鬼國在貳負之尸北，為物人面而一目。一曰貳負神在其
　　東，為物人而蛇身。　　　　　　　——《海內北經》

據比之尸

鬼、威音近，所以鬼國應是一目國。「一曰有手足」，疑似柔利國辭條文字。

> 柔利國在一目東，為人一手一足，反䣛，曲足居上。一云留利之國，人足反折。　　　　　——《海外北經》
>
> 有牛黎之國。有人無骨，儋耳之子。　——《大荒北經》
>
> 據比之尸，其為人折頸披髮，無一手。　——《海內北經》

牛黎、柔利發音相近，牛黎國應該就是柔利國。這段描述應該是比較殘酷的刑罰情景，《海外北經》只說手足反折，這可能是打斷了腿，而《大荒北經》卻附會成了「無骨」。

這兩幅畫都在大行伯附近，可以說它們的死都和大行伯有關，而這個牛黎卻是儋耳（夸父）之子，也就是說大行伯很可能就是殺死夸父的人！這時候，我們突然驚奇的發現，夸父（博父）、貳負的發音竟也有些相近，這是巧合嗎？難道夸父就是貳負？

從圖畫的位置上來看，夸父、相柳、燭陰的圖畫緊挨著！另一方面，相柳、相顧的屍體、大行伯、儋耳（夸父）之子也緊挨著，都集中在昆侖虛附近，在這個狹窄的範圍內想要表現如此眾多的不同人物和故事情節，那幾乎是不可能。最好的解釋就是夸父、相柳、相顧之尸、儋耳（夸父）之子都是一個人！那樣畫起來要方便得多。我們還是找找別的證據吧。

> 鍾山。其子曰鼓，其狀如人面而龍身，是與欽䲹殺葆江于昆侖之陽，帝乃戮之鍾山之東曰嶧崖。　——《西山經》

這個故事並不複雜，與危、貳負合謀殺死窫窳的故事如出一轍！不

過是鼓與欽䲹合謀殺死葆江。這也是巧合嗎？

其實可以說，原始傳說的演變都是這樣，只是主角換來換去，而故事情節沒什麼改變，就好比帝殺刑天、成湯斬夏耕，原始的故事只有一個。我們把這個故事再次簡化：

相柳＝相顧＝夸父＝儋耳＝儋耳之子＝貳負＝鼓
燭陰＝女魃
鼓，女魃之子。

歸結起來，就是女魃之子夸父殺窫窳，帝派應龍（大行伯）殺夸父，夸父部落隨鳥北遷。「魃時亡之，所欲逐之者，令曰：『神北行！』」（《大荒北經》）這段話也從側面證明了夸父部落被逐北遷的根源。

> 蛇巫之山，上有人操柸而東向立。一曰龜山。
>
> ——《海內北經》
>
> 犬封國曰犬戎國，狀如犬。有一女子，方跪進柸食。
>
> ——《海內北經》
>
> 西王母梯几而戴勝杖。其南有三青鳥，為西王母取食。
> 在昆侖虛北。　　　　　　　　　　　——《海內北經》

這三幅畫離得非常近，所以畫面上這個女子便應該、也只能是西王母，否則連環畫就會失去連貫。

> 歐絲之野大踵東，一女子跪據樹歐絲。——《海外北經》

很難判斷這個女子是不是西王母，不過她旁邊的樹就是「百仞三桑

樹」。「三桑無枝，在歐絲東，其木長百仞，無枝。」《海外北經》關於三桑樹前文已經詳細的解釋過，這裏略過。

五、浴日傳說

義和浴日的傳說怕是太神奇了，它的存在讓《海荒經》永無翻身之日。這裏便借《海外東經》來探討一下這種傳說的成因，《海外東經》基本上沒有什麼事，這和《東山經》是一脈相承的，《東山經》基本上就是不毛之地，沒什麼人，當然也就沒什麼事。

> 上有湯谷。湯谷上有扶桑，十日所浴，在黑齒北。居水中，有大木，九日居下枝，一日居上枝。 ——《海外東經》
>
> 大荒之中，有山名曰孽搖頵羝。上有扶木，柱三百里，其葉如芥。有谷曰溫源谷。湯谷上有扶木，一曰方至，一曰方出，皆載于鳥。 ——《大荒東經》
>
> 東南海之外，甘水之間，有羲和之國。有女子名曰羲和，方浴日于甘淵。羲和者，帝俊之妻，生十日。 ——《大荒南經》

羿射九日

《大荒東經》說得已經很清楚，扶桑上面的「日」就是金烏，其實也就是青鳥，在《大荒東經》中「五彩之鳥」、「三青鳥」是很普遍

的，這也完全符合「青鳥＝金烏」的繪畫規則。關鍵的問題就在於「浴日」何解？給太陽洗澡？其實在《海荒經》中有一個非常重要的現象，就是浴於「淵」。例如：

> 從淵，舜之所浴也。　　　　　　　　　——《大荒南經》
>
> 丘西有沈淵，顓頊所浴。　　　　　　　——《大荒北經》
>
> 白水山，白水出焉，而生白淵，昆吾之師所浴也。
>
> 　　　　　　　　　　　　　　　　　　——《大荒南經》

這些當然不能簡單的理解為洗澡，老子云：「谷神不死，是謂玄牝。」陸德明注曰：「谷，河上本作浴，云：『浴，養也。』」如果是養日就好解釋多了，養鳥？應該說理解為「養」更貼切，在那個時代，淵、澤應該是絕佳的生活場所，因為有充足的食物，淵澤似乎都已經劃分給諸侯、百官了，那就相當於封地。例如：

> 神耕父處之，常遊清泠之淵。
>
> 少昊生倍伐，倍伐降處緡淵。

這個「降處」用得好，沒有用「遊」，所以少了很多誤解，淵絕不是簡單用來專用洗澡的，那是食物的重要來源。「浴日」理解為馴養鳥很顯然合理得多，但是問題也不是沒有，因為還有一個令人頭疼的問題「常羲浴月」，可以簡單的解釋，說「浴月」是「浴日」的訛誤；或者換種說法，王充《論衡》說：「日中有三足烏，月中有兔、蟾蜍。」這個「月」也可以解釋成一些其他的動物或鳥類。

古人的馴養技術比今人高明得多，馴鷹捕獵，馴狗狩獵，也能馴虎豹熊貔，更不用說馴一些魚鷹之類的，用魚鷹來捕魚那可真是如虎添翼啊。

第七章
對《山海經》的責問

　　前文對《海荒經》的解讀基於一種「讀圖」或「讀連環畫」的原理，把《海荒經》中支離破碎的圖片連綴成完整的故事，這有它的合理性，無論對死亡故事的敘述，還是圖畫之間存在的緊密關聯都顯示了這一點。但反駁的意見也是非常強大的，最有力的莫過於《竹書紀年》了，當年王國維就用甲骨文印證了《海荒經》與《竹書紀年》的緊密聯繫。這幾乎意味著，如果承認《海荒經》是古學官對圖畫的錯誤闡釋，那麼連帶的《竹書紀年》似乎也要遭殃了。我不得不面對《竹書紀年》的強烈責問，至於《海荒經》是「連環畫」的假設能否成立，只能待後來人明查了。

一、《竹書紀年》對《山海經》的責問

　　以《今本竹書紀年疏證》為例，試作逐條辯駁，如：

　　一、「黃帝軒轅氏元年，初製冕服。」（《竹書》）

　　「祈，璆冕舞。」（《中山經》）

　　從這條來看，《竹書》非但沒有反駁《山經》，反兒確鑿印證了《山經》「冕」的記載是真實的，「冕」在《五藏山經》中只出現在《中山經》，其他東南西北都沒有。

　　二、「黃帝軒轅氏五十九年，貫胸氏來賓，長股氏來賓。」（《竹書》）

　　「貫匈國在其東，其為人匈有竅。一曰在戴國東。」（《海外南經》）

　　在《海荒經神話體系綜論》中說過，「貫匈國」是一幅圖畫，是被羿用箭射穿胸膛的死屍的圖畫。而《竹書》很明顯在說「貫胸氏」是一個部落！那麼圖畫上真的是「貫匈國」的活人來晉見了嗎？暫且放下，《竹書》中此類詰問頗多。

　　三、「帝啟八年，帝使孟塗如巴涖訟。」（《竹書》）

「夏后啟之臣曰孟塗，是司神于巴，巴人請訟于孟塗之所。」
（《海內南經》）

孟塗這個故事，在圖畫上是根本無法表現的，《海內經》如何引申
出這段故事，實在是不得而知，不
過「司神于巴」恰恰印證了前文關
於「神」就是「官」的推論。

四、「帝啟十年，帝巡狩，舞
《九韶》于大穆之野。」（《竹
書》）

「大樂之野，夏后啟于此儛
《九代》。一曰大遺之野。」
（《海外西經》）

「夏后開上三嬪于天，得《九
辯》與《九歌》以下，此大穆之
野，高二千仞，開焉得始歌《九招》。」（《大荒西經》）

啟斬有扈

這三段似乎高度吻合，指證了這幅圖畫描述的就是帝啟十年的巡狩
盛會，而在前文《綜論》中說，這可能是女丑祭祀或群巫救窫窳時跳舞
的情景，那麼這又誰是誰非呢？仍然存疑，繼續看下邊。

五、「帝太康元年癸未，羿入居斟尋。」（《竹書》）

此條備用，奧妙盡在其中。

六、「帝仲康五年秋九月庚戌朔，命胤侯帥師征羲和。」（《竹
書》）

七、「帝杼八年，征于東海及三壽，得一狐九尾。」（《竹書》）

這似乎給《山海經》中頻繁提到的九尾狐作了個佐證，不過從字面
上看不出來這隻狐狸真的有九條尾巴。

八、「帝廑八年，天有妖孽，十日並出，其年陟。」（《竹書》）

這個跟女丑之死似乎很有關聯，都是「十日」在上。

九、「帝癸（一名桀）六年，歧踵戎來賓。」（《竹書》）

「歧踵國在拘纓東，其為人大，兩足亦大。」（《海外北經》）

這一辭條又提出一個反證，認為確實有「歧踵」這麼個部落。

十、「帝癸三十一年，商自陑征夏邑。（《尚書序》：『伊尹相湯伐桀，升自陑。』）」（《竹書》）

「有人無首，操戈盾立，名曰夏耕之尸。故成湯伐夏桀于章山，克之，斬耕厥前。耕既立，無首，走厥咎，乃降于巫山。」（《大荒西經》）

這個辭條似乎分歧不大，都是成湯伐夏桀的故事。但前文說過，「夏耕之尸」和「刑天舞干戚」說的是同一個故事，那麼誰是真的？

十一、「大戊十一年，命巫咸禱于山川。」（《竹書》）

「巫咸國在女丑北，右手操青蛇，左手操赤蛇。在登葆山，群巫所從上下也。」（《海外西經》）

十二、「帝辛十七年冬，王游于淇。」（《竹書》）

這個「游」字用得很明白，不是洗澡的意思。解釋為「巡遊」更合理一些。前文頻繁提到的「游于淵」「浴于淵」都是這個道理。

十三、「帝辛四十二年，有女子化為丈夫。」（《竹書》）

這個辭條與《山海經》關聯不大，只是頗有奇趣，暫錄之以作消遣。

十四、「穆王十二年冬十月，王北巡狩，遂征犬戎。」（《竹書》）

「犬封國曰犬戎國，狀如犬。有一女子，方跪進杯食。」（《海內北經》）

這個辭條對「連環畫理論」再一次提出了強烈質疑，他說，周穆王時候征伐過犬戎國，前文說犬戎國是「狀如犬」的狗國，這說法也岌岌可危。

十五、「穆王十七年，壬西
征昆侖丘，見西王母。其年西王
母來朝，賓于昭宮。」（《竹
書》）

西王母在《西山經》和《海
荒經》中都提到過，這種困惑又
該如何解釋？

十六、「夷王六年，王獵于
社林，獲犀牛一以歸。」（《竹
書》）

看起來周夷王的時候，犀牛
還沒絕種。

十七、「宣王二十五年，大旱，王禱于郊廟，遂雨。」（《竹
書》）

這又給《五藏山經》提供了一個例證，周宣王的時候，祈禱祭祀有
「廟」，而在《五藏山經》中根本不知道「廟」為何物。

十八、「幽王十一年春正月，申人、鄫人及犬戎入宗周，弒王及鄭
桓公。犬戎殺王子伯服。」（《竹書》）

與辭條十四類似，犬戎看起來是個很屬害的部落或國家。

十多條詰問，尤其「貫匈氏」、「歧踵氏」、「犬戎」都是部落名
稱這種詰問最有力，面對這麼多言之鑿鑿的部落，似乎我的「連環畫」
理論已經徹底破產了，那麼我該如何反擊呢？

答案就是詰難太多了，多得反而自相矛盾。其實仔細分析這十幾條
證據，竟然涵蓋了從軒轅黃帝到周幽王的整個上古史，那麼《海荒經》
到底在講什麼？它真的在敘述從黃帝到周幽王的幾千年歷史嗎？實際
上，顯然是不可能，講述歷史必須記載時間，《竹書紀年》尚且有模有

樣的記述年代，《海荒經》怎麼毫無時間觀念？

看《竹書》的證據，主要有這些故事，如孟塗訟、夏啟舞、西王母、羿居斟尋、胤侯征羲和、十日並出、成湯伐夏桀、巫咸禱山川。《海荒經》中也有類似的故事，但《竹書》中這些故事跨越了五帝夏商周時代，為什麼用圖畫來記載這些跨越千百年的毫無關聯的故事？這就是關鍵所在。歸根結底就是四個字——牽強附會！

不妨作一個假設，現在我帶你去將軍崖看岩畫，據說那個岩畫被稱為千古之謎，讓你來解讀它的故事，它畫的到底是什麼？我不知道答案，你也不知道，但你會猜，你一會說，這可能是太陽神少昊的故事；一會說，這可能是周王朝的故事；也可能說，這是戰國時期的故事。

你一個人尚且可能有如此之多的猜想，那麼百八十個學者的理論就更是五花八門、百花齊放了，岩畫很簡單，就是那麼簡簡單單的一些線條，故事內容不會超過一百字，但是學者們一爭吵起來，這幅圖畫的含義就很有可能被闡釋成從黃帝到春秋所有可能相關的故事。

每個人都會引經據典，學者們當然不會毫無根據的臆想，他們肯定要翻閱史料典籍，尋找與岩畫內容相似的蛛絲馬跡。一旦有一定的相似內容，那麼一套新的闡釋方案就出籠了，這就是闡釋岩畫的有趣之處。講了這麼久岩畫，想必你也明白了，學官們（史官們）在闡釋《海荒經》的那幅圖的時候，他們也在引經據典，尋找相似之處，例如「刑天舞干戚」這幅圖，上面畫著一個人拿著戈盾，沒有腦袋。

幾個學者一看這圖，立刻拋出幾種不同意見：一種是古典派，認為這是帝殺刑天的樣子；另一種是現代派，認為是成湯斬夏耕。古典派沒啥證據，他們只知道傳說中黃帝殺了刑天；現代派有證據，一翻古籍，找到了史書（《竹書》成書比較晚，但《竹書》之前也是會有史籍的，學者們查的肯定不是《竹書》），史書說「帝癸三十一年，成湯伐夏桀」。

所以你看《海外經》闡釋就說，那是「刑天舞干戚」，而《大荒經》比較晚，他們研究的結果是，這應該是「成湯斬夏耕」。這兩代學者研究的是同一幅畫，卻得出了不同的結論，看起來《大荒經》那幫學者更有證據，但他們太拘泥於「信史」，牽強附會的可能性也就更大。

比如貫匈國，圖畫上就是一個人胸口有個洞，按我的解釋就是被箭射穿了。但是《大荒經》的學者不同意，他們一翻史料，說史書記載，「黃帝軒轅氏五十九年，貫胸氏來朝見過。貫胸氏的人胸口都有一個洞」。所以「貫匈」不是死屍，而是一國。他們這麼解釋看起來有根有據的，我想駁倒他們還真不容易，但他們自己就開始鬧笑話了。

前文講過梟陽國，黑身有毛、反腳後跟，看見人笑他也笑，這擺明了是猩猩或者類人猿之類的動物，這些學者們為了謀求邏輯上的一致，他們認為「這圖上畫的都是國家」，所以他們只能弄出一個梟陽國來自圓其說。這還不算，前文講過氐人國、犬戎國的例子，但這些學者們只能硬撐，「史書上記載過『犬戎氏』，所以這個也應該是一國」。但是沒法解釋「狀如犬」啊，是誰像犬呢？是犬戎國的人像狗，還是犬戎國的國土形狀像狗？

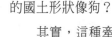

其實，這種牽強附會毫無疑問是非常累的，明明畫上是一條狗或者是一隻狐猴，他非要「意會」成「犬戎國」，那不鬧笑話才怪。

「夏啟舞」也是這樣，畫上畫著一群人手舞足蹈，我解釋說這是女丑或者群巫們的舞蹈，這些學者們又開始引經據典了，史料記載「這是帝啟十年，巡狩時候跳的舞。」「大戊十一年，命巫咸禱于山川。」其實這

兩件事之間相差了不知幾百千年，他們竟然能把這兩個故事捏在一起，也真是天衣無縫。

至於「羿」、「西王母」在《竹書紀年》中也是不同年代的，但我更懷疑它們是部落的名稱，源遠流長，因為《五藏山經》的確是難以反駁的，至於「羿殺鑿齒」之類的典故，可能在禹之前確有其事。

從前面的這一段答辯來看，《竹書》的詰問很有力，但它的詰問多是自相矛盾的，《海荒經》「連環畫理論」仍然禁得住考驗，應該說《竹書》和《竹書》的前身，是一種相對可信的史料，但闡釋《海荒經》的學官、史官錯誤的運用了這種史料，他們牽強附會的用《竹書》中記載的歷史事件來解讀《海荒經》，造成了《海荒經》跨越「五帝夏商周」的大笑話，其實《海荒經》相對簡單，它就是用連環畫來講述一些非常簡單的故事，例如黃帝斬貳負、羿殺鑿齒之類的故事。

二、鐘磬對《山海經》的責問

在《山海經》中，並沒有詳盡的敘述那個時代的樂器，不過在字裏行間之中，仍然有一些蛛絲馬跡，因為《山海經》中對動物叫聲的記載非常詳盡，他們屢屢使用「其音如判木」、「其音如鴛鴦」、「其音如嬰兒」、「其音如吠犬」這樣的類比，最重要的是，他們在形容聲音的時候，使用了樂器作類比對象，例如：

> 神耆童居之，其音常如鐘磬。　　　　　——《西山經》
> 鳴蛇，其狀如蛇而四翼，其音如磬　　——《中山經》
> 東海之外大壑，少昊之國。少昊孺帝顓頊于此，棄其琴瑟。　　　　　　　　　　　　　　　——《大荒東經》
> 帝俊生晏龍，晏龍是為琴瑟。　　　　　——《海內經》

炎帝之孫伯陵，是生鼓、延、殳。鼓、延是始為鐘，為

樂風。　　　　　　　　　　　　　　——《海內經》

　　有獸，其名曰夔。黃帝得之，以其皮為鼓，聲聞五百

里，以威天下。　　　　　　　　　　——《大荒東經》

　　《山海經》中大致提到過鐘、磬、鼓、琴、瑟這幾種樂器，那麼這

些樂器是否真的存在於《山海經》所記載的那個時代呢？先說鐘，人們

都熟知編鐘之類的樂器，一般鐘都是金屬所製，看字型也是如此，而我

們知道，《五藏山經》記載的年代，初民根本不懂得使用青銅器或者鐵

器，那些玉製祭器已經說明了這一點。

　　其實，新石器時代也有鐘，不過這種鐘都是用陶土燒製的，例如廟

底溝陶鐘，屬新石器時代，高九‧三厘米，通長二‧七厘米，一九五六

年河南陝縣廟底溝出土，中國歷史博物館藏，這個遺址年代約為西元前

三九〇〇年左右。陶鐘形製與商代銅鐃相近。「昔者黃帝以其緩急作五

聲，以政五鐘。令其五鐘，一曰青鐘大音；二曰赤鐘重心；三曰黃鐘灑

光；四曰景鐘昧其明；五曰黑鐘隱其常。」（《管子》）這應該是「黃

鐘」一詞的本源。

　　再如磬，磬是一種石製的打擊樂器，可能源於石製的勞動工具。磬

也稱作「石」或「鳴球」，「夏擊鳴球，……擊石拊石，百獸率舞。」

（《尚書‧益稷》）在山西夏縣東下馮夏代文化遺址，發現了一個石

磬，形狀像耕田用的石犁，斜上方有一圓孔用於懸掛，整體非常粗糙，

稜角也有些銳利，敲擊時有清脆的聲音。出土的這個磬年代稍晚，但磬

的製作工藝很簡單，在新石器時代完全可以做到。

　　至於鼓，有土鼓、鼉鼓之分，一九八五年蘭州市永登縣河橋鎮樂山

坪出土了九件新石器時期的彩陶鼓，蘭州市博物館藏，這應該是「以瓦

為框」的土鼓，屬一面蒙革的單皮鼓。鼉鼓則和《大荒東經》中的夔牛

鼓很類似。

透過已出土的鐘、鼓、磬可以看出，在新石器時代，也就是「以玉為兵」的《五藏山經》年代，這些樂器的存在是非常正常的。

《史記》云：「故鐘鼓管磬羽籥干戚，樂之器也。」羽籥是文舞所用的樂器，如「武舞執干楯，文舞執羽籥」，我們知道，《五藏山經》中只有一種舞，那就是武舞，根本不存在文舞，所以也不存在「羽籥」這樣的樂器，在這一點上，《山海經》的記載也是非常符合邏輯的。

《史記》中提到了「管」這種樂器，其實這種樂器也是新石器時代就有的，一九八七年，在河南省舞陽縣賈湖村新石器遺址發掘出了隨葬的至少十六支骨笛，據碳十四測定，這些骨笛距今已有八千到九千年之久！這些骨笛用鶴類尺骨製成，大多鑽有七孔，在有的音孔旁還遺留著鑽孔前刻劃的等分標記，個別音孔旁邊另鑽一小孔，應是調整音高用的。這些情況起碼說明，那時人們已對音高的準確有一定要求，對音高與管長的關係也已具備初步認識。經音樂工作者對其中最完整的一支所作的測音可知，號稱以五聲音階為主的中國，其實早在七、八千年之前，就已具備了有著穩定結構，超出五聲的音階形態了。

從出土文物看，新石器時期的樂器還有骨哨和塤，都有相當悠久的歷史，從側面證明了《五藏山經》所記載的年代，音樂是相當發達的。

至於琴瑟，卻有些難度，因為出土的瑟的年代至多在春秋時期，而典籍記載卻要久遠得多，傳說更紛紜，有伏羲、黃帝、神農為創始者之說，也有《山海經》提到的「晏龍為琴瑟」之說。

《史記》中便記載，素女為黃帝鼓五十弦瑟，悲，帝禁不止，故破其瑟為二十五弦。但由於出土文物匱乏，琴瑟對《山海經》的責問就顯得相對嚴厲了，幸好新石器時代的鐘、磬印證了《五藏山經》的確鑿，這也算是稍有安慰吧。

附：
《山海經》文白對照

卷一·南山經

　　南山之首曰鵲山。其首曰招搖之山，臨于西海之上，多桂，多金玉。有草焉，其狀如韭而青華，其名曰祝餘，食之不饑。有木焉，其狀如穀而黑理，其華四照，其名曰迷穀，佩之不迷。有獸焉，其狀如禺而白耳，伏行人走，其名曰狌狌，食之善走。麗麂之水出焉，而西流注于海，其中多育沛，佩之無瘕疾。

　　又東三百里，曰堂庭之山，多棪木，多白猿，多水玉，多黃金。

　　又東三百八十里，曰猨翼之山，其中多怪獸，水多怪魚，多白玉，多蝮蟲，多怪蛇，多怪木，不可以上。

　　又東三百七十里，曰杻陽之山，其陽多赤金，其陰多白金。有獸焉，其狀如馬而白首，其文如虎而赤尾，其音如謠，其名曰鹿蜀，佩之宜子孫。怪水出焉，而東流注于憲翼之水。其中多玄龜，其狀如龜而鳥首虺尾，其名曰旋龜，其音如判木，佩之不聾，可以為底。

　　又東三百里，曰柢山，多水，無草木。有魚焉，其狀如牛，陵居，蛇尾有翼，其羽在魼下，其音如留牛，其名曰鯥，冬死而夏生，食之無腫疾。

　　又東四百里，曰亶爰之山，多水，無草木，不可以上。有獸焉，其狀如狸而有髦，其名曰類，自為牝牡，食者不妒。

　　又東三百里，曰基山，其陽多玉，其陰多怪木。有獸焉，其狀如羊，九尾四耳，其目在背，其名曰猼訑，佩之不畏。有鳥焉，其狀如雞而三首六目，六足三翼，其名曰鵺鴸，食之無臥。

　　又東三百里，曰青丘之山，其陽多玉，其陰多青臛。有獸焉，其狀如狐而九尾，其音如嬰兒，能食人，食者不蠱。有鳥焉，其狀如鳩，其音若呵，名曰灌灌，佩之不惑。英水出焉，南流注于即翼之澤。其中多

赤鱬，其狀如魚而人面，其音如鴛鴦，食之不疥。

又東三百五十里，曰箕尾之山，其尾踆于東海，多沙石。汸水出焉，而南流注于淯，其中多白玉。

凡鵲山之首，自招搖之山，以至箕尾之山，凡十山，二千九百五十里。其神狀皆鳥身而龍首。其祠之禮：毛用一璋玉瘞，糈用稌米，一璧，稻米、白菅為席。

南次二山之首曰柜山，西臨流黃，北望諸毗，東望長右。英水出焉，西南流注于赤水。其中多白玉，多丹粟。有獸焉，其狀如豚，有距，其音如狗吠，其名曰狸力，見則其縣多土功。有鳥焉，其狀如鴟而人手，其音如痹，其名曰鴸，其名自號也，見則其縣多放士。

東南四百五十里，曰長右之山，無草木，多水。有獸焉，其狀如禺而四耳，其名長右，其音如吟，見則郡縣大水。

又東三百四十里曰堯光之山。其陽多玉，其陰多金。有獸焉，其狀如人而彘鬣，穴居而冬蟄，其名曰猾褢，其音如斲木，見則縣有大繇。

又東三百五十里，曰羽山，其下多水，其上多雨，無草木，多蝮蟲。

又東三百七十里，曰瞿父之山，無草木，多金玉。

又東四百里，曰句餘之山，無草木，多金玉。

又東五百里，曰浮玉之山，北望具區，東望諸毗。有獸焉，其狀如虎而牛尾，其音如吠犬，其名曰彘，是食人。苕水出于其陰，北流注于具區，其中多鮆魚。

又東五百里，曰成山，四方而三壇，其上多金玉，其下多青雘。閼水出焉，而南流注于虖勺，其中多黃金。

又東五百里，曰會稽之山，四方，其上多金玉，其下多砆石。勺水出焉，而南流注于湨。

又東五百里，曰夷山，無草木，多沙石，湨水出焉，而南流注于列

塗。

又東五百里，曰僕勾之山，其上多金玉，其下多草木。無鳥獸，無水。

又東五百里，曰咸陰之山，無草木，無水。

又東四百里，曰洵山，其陽多金，其陰多玉。有獸焉，其狀如羊而無口，不可殺也，其名曰𤞤。洵水出焉，而南流注于閼之澤，其中多茈蠃。

又東四百里，曰虖勺之山，其上多梓柟，其下多荊杞。滂水出焉，而東流注于海。

又東五百里，曰區吳之山，無草木，多沙石。鹿水出焉，而南流注于滂水。

又東五百里，曰鹿吳之山，上無草木，多金石。澤更之水出焉，而南流注于滂水。水有獸焉，名曰蠱雕，其狀如雕而有角，其音如嬰兒之音，是食人。

東五百里，曰漆吳之山，無草木，多博石，無玉。處于東海，望丘山，其光載出載入，是惟日次。

凡南次二山之首，自柜山至于漆吳之山，凡十七山，七千二百里。其神狀皆龍身而鳥首。其祠：毛用一璧瘞，糈用稌。

南次三山之首，曰天虞之山。其下多水，不可以上。

東五百里，曰禱過之山，其上多金玉，其下多犀、兕，多象。有鳥焉，其狀如鵁，而白首、三足、人面，其名曰瞿如，其鳴自號也。浪水出焉，而南流注于海。其中有虎蛟，其狀魚身而蛇尾，其音如鴛鴦，食者不腫，可以已痔。

又東五百里，曰丹穴之山，其上多金玉。丹水出焉，而南流注于渤海。有鳥焉，其狀如雞，五采而文，名曰鳳皇，首文曰德，翼文曰義，背文曰禮，膺文曰仁，腹文曰信。是鳥也，飲食自然，自歌自舞，見則

天下安寧。

又東五百里，曰發爽之山，無草木，多水，多白猿。汎水出焉，而南流注于渤海。

又東四百里至于旄山之尾，其南有谷，曰育遺，多怪鳥，凱風自是出。

又東四百里，至于非山之首，其上多金玉，無水，其下多蝮蟲。

又東五百里，曰陽夾之山，無草木，多水。

又東五百里，曰灌湘之山，上多木，無草；多怪鳥，無獸。

又東五百里，曰雞山，其上多金，其下多丹雘。黑水出焉，而南流注于海。其中有鱄魚，其狀如鮒而彘毛，其音如豚，見則天下大旱。

又東四百里，曰令丘之山，無草木，多火。其南有谷焉，曰中谷，條風自是出。有鳥焉，其狀如梟，人面四目而有耳，其名曰顒，其鳴自號也，見則天下大旱。

又東三百七十里，曰侖者之山，其上多金玉，其下多青雘。有木焉，其狀如穀而赤理，其汗如漆，其味如飴，食者不饑，可以釋勞，其名曰白䓘，可以血玉。

又東五百八十里，曰禺槀之山，多怪獸，多大蛇。

又東五百八十里，曰南禺之山，其上多金玉，其下多水。有穴焉，水春輒入，夏乃出，冬則閉。佐水出焉，而東南流注于海，有鳳皇、鵷雛。

凡南次三山之首，自天虞之山以至南禺之山，凡一十四山，六千五百三十里。其神皆龍身而人面。其祠皆一白狗祈，稌用稌。

右南經之山志，大小凡四十山，萬六千三百八十里。

〔譯文〕

南方的第一大山脈便是鵲山，鵲山為首的一座山是招搖山。招搖山

聳立在西海岸邊，山中有豐富的黃金和玉石等寶藏，還生長著茂密的樹林，其中以桂花樹為最。山的另一邊生長著一種奇異的草，它的形狀像韭，葉子細長扁平而柔軟，開著青色的花朵，這種草的名字叫祝餘，據說，人們若是吃了這種草不吃飯也不會感覺饑餓。林中還有一種樹，它的形狀很像構樹，它的枝幹是黑色的，它的光華照耀四方，這就是迷穀樹。人們若是把迷穀樹的枝葉佩戴在身上，就不會迷路。山中有一種奇怪的野獸，叫猩猩，是一種人面獸，它長得很像猿猴，耳朵卻是白色的，它有時匍伏前行，有時像人一樣站立起來行走，它能記得過去的事，但不能預測未來。它能說人語，而且能知道人的姓名，它還非常喜歡喝酒，土人經常在猩猩常走的路上放置酒和草鞋，猩猩從此而過，見到酒和草鞋，便知道這些東西的主人是誰，還能知道這些土人祖先的名字。據說人們若是吃了這種野獸會步履變快。從這座山上流出一條河，這便是麗麐水，河水滔滔向西流去，注入大海；水中有一種叫做育沛的動物，人們如果佩帶它，便會使肚子不鬧蠱脹病。

由招搖山向東三百里，有一座山叫做堂庭山，山上生長著茂盛的棪樹，樹林裏有很多白色的猿猴，還生長著許多水玉。神農時代的赤松子，服食這種水玉，可以教神農，並能入火自焚而不死，炎帝的小女兒效法赤松子，也成了神仙。另外山中還多產黃金。

堂庭山向東三百八十里是猨翼山。山中生長著許多奇怪的野獸。水中生長著很多奇怪的魚，猨翼山中有豐富的白玉，有很多色如綞紋、鼻子上有針刺反鼻蟲，還有很多奇怪形狀的蛇，以及很多各種各樣的樹木。猨翼山異常陡峭，人們根本無法攀登。

由猨翼山再向東走三百七十里就到了杻陽山。杻陽山的南坡蘊藏著豐富的黃金，山的北坡多產白金。有一種獸，它長得像馬，但它的頭是白色的，身上長著像老虎皮一樣的花紋，尾巴卻是紅色的，它發出的聲音很好聽，很像少女在歌唱，這種野獸的名叫鹿蜀。如果人們飼養了這

樣的野獸，便能保佑他們子孫繁衍不息。從這座山中流出一條河流，名叫怪水，向東流去注入憲翼水。水中生長著很多黑色的烏龜，這種龜的樣子與普通的龜很相似，但它的頭卻像鳥頭，尾巴尖尖的像毒蛇的尾巴，它的名字叫旋龜。旋龜發出的叫聲，像敲破木的聲音。如果能佩帶它，就可以耳朵不聾，還可以使血氣敗逆的人聽了不再血氣堵塞。

再向東三百里，叫做柢山。山中有很多河流湖泊，山光秃秃的，上面沒有生長樹木和雜草。而水中生長著一種魚，形狀像牛，尾巴卻像蛇的尾巴，它的名字叫鯥魚，鯥魚冬天蟄伏，而夏天又會甦醒，就如青蛙一樣，人們吃了這種魚，就不會得癰腫病。

再向東四百里是亶爰山，山間流水很多，但不生長草木，而且陡峭險峻無法攀登。山上有奇特的野獸，形體像野貓，但頭上卻長著長髮，這種野獸就是類。類的身上具有雄、雌兩性器官，人們如果吃了這種野獸的肉，就不會產生妒忌心理。

亶爰山向東三百里是基山，山的南坡遍布著很多的玉石，山的北坡生長著多種奇異的樹林。山中生長著一種獸，形體像羊，但卻有九條尾巴，四隻耳朵，兩隻眼睛長在背上，這種獸名叫猼訑。人們如果把它的皮毛披在身上，可以不畏懼。山上有一種鳥，它長的形狀與雞很相似，卻長著三個頭，六隻眼睛，六隻腳，三支翅膀，它的名字叫鶓鵂，人們倘若吃了它的肉，就會興奮得睡不著。

再向東三百里是青丘山，山南面遍布許許多多的玉石，山北面的背陽坡，盛產一種很好的塗料，叫做青臛。山中生長著一種野獸，它的形狀與狐狸相似，長著九條尾巴，叫做九尾狐，九尾狐啼叫的聲音，如同嬰兒啼哭，這種野獸能吃人，但人們若吃了這種九尾狐的肉，便能不中妖邪之氣。山上還有一種鳥，這種鳥的形狀與鳩相似，它啼叫起來的聲音，像是人們在吵架似的，這種鳥的名叫灌灌，人們若佩戴這種鳥，可以不受迷惑。從山中還流出一條河流，這條河流的名字叫英水，向南流

去注入即翼澤中。水中有很多人魚，這種魚的形體與普通的魚一樣，之所以叫做人魚，是因為它有一副人的面孔，它的聲音很像鴛鴦，人們如果吃了這種魚的肉便不會長疥瘡。

再向東三百五十里是箕尾山，這座山的尾部蹲踞在東海岸上，山中有很多沙石，這裏便是注水的發源地，注水向南流入淯水，水中有許多白色玉石。

總計從鵲山開始，經招搖山，蜿蜒到箕尾山，總共十座大山，延綿二千九百五十里。諸山中的山神的形象，都是鳥身龍頭，祭祀用的精米放在用白茅做的席上。

南方第二列山系的頭一座山，叫做柜山，西邊靠近流黃豈氏、流黃辛氏兩個國家。站在山的最高處，往北可以看到諸毗山和諸毗河，東邊可以望見長右山。英水從山中流出，向西南方向流去，注入赤水。水中有很多白色的玉石，有很多像穀粒一樣的紅色細沙，山中有一種奇特的野獸，叫做狸力，狸力的形體和豬很相似，卻長著像雞一樣的腳；它的叫聲，像狗吠，它出現在什麼地方，什麼地方就要加強治水工程，以防洪汛。柜山還有一種鳥，它的形狀很像鷂鷹，而爪子像人手，它的叫聲像雌鵪鶉，這種鳥的名字叫鴸。傳說鴸是堯帝的兒子變的，因為他不務正業，堯沒有把天下傳給他，他就起兵反堯，因打了敗仗，羞愧投南海而死，化為鴸，它有這個名字是因為它發出「朱」的叫聲。它出現的地方定會有才智之士被放逐。

由柜山向東南四百五十里，便是長右山。山上沒有花草樹木，多的是水。山中經常出沒一種野獸，長得像長尾猿，頭上長四隻耳朵，因山而得名長右，它的叫聲很像人的呻吟聲，它的出現預示著水災的到來。

由長右山向東三百四十里有一座山，叫做堯光山。這座山向陽的南坡遍布著玉石，在背陰的北坡，蘊藏著豐富的金屬礦產。山上生長著一種野獸，它的形體和人很相像，但身上長著像豬身上那樣的長鬃毛，它

居住在洞穴之中，冬季蟄居不出，它的名字叫猾褭，它發出的叫聲，很像人們砍伐樹木的聲音，它出現在哪裏，哪裏就會有大的徭役。

再向東三百五十里的地方，有一座羽山。它位於祝其縣的西南。這座山山下多流水，山上經常下雨，但沒有生長樹木花草，有很多毒蛇，它的俗名叫「草上飛」。

由羽山向東三百七十里的地方，叫做瞿父山。山上光禿，沒有樹木花草，但有豐富的玉石和黃金礦藏。

再向東五百里叫做浮玉山。站在浮玉山頂，向北望可以看到具區澤，向東可以看到諸毗河。山中生長著一種野獸，形狀像老虎，卻長著牛尾巴，叫聲像狗吠，它能吃人，名曰彘。苕水發源於浮玉山的北坡，朝北方向流去，注入具區澤，水中生長著很多魚。這種魚也稱刀魚，魚頭很長，大的一尺以上。

再向東五百里的地方，叫做成山。成山的形狀，像人工修築的四方土壇，高高地聳立著。山上遍布著黃金和美玉，山下盛產色彩鮮豔的青雘。水從山中流出，向南流去，注入虖勺水。河內的沙石中蘊藏著豐富的黃金。

由成山向東五百里的地方，有座會稽山。這座山是四方形的，山上多產金屬礦物和玉石，還有很多像玉石一樣晶瑩的武夫石。勺水從此山中奔湧而出，向南注入湨水。

會稽山東五百里的地方，叫做夷山。山上沒有草木，遍布著沙土、石塊。湨水發源於這座山，向南流去，注入列塗水。

由此向東走五里有一座山，叫做僕勾山。山上遍布豐富的黃金、美玉，山下生長著茂密的花草、樹木，山中沒有鳥獸，也沒有河流和水源。

再向東五百里的地方，有一座咸陰山。山上全是石頭，沒有花草樹木，沒有水源。

　　咸陰山向東四百里的地方，叫做洵山。洵山的南坡，有豐富的金石礦產，山背陰的北坡，多產玉石。山中有一種野獸，它長得和普通的羊很相似，但卻沒有嘴巴，不能吃東西卻能夠生活下去，它的名字叫𩺰。洵水發源於這座山，向南流去，注入閼澤，水中生長著很多紫色的螺。

　　再向東四百里的地方有一座山，叫做虖勺山。山上生長著茂密的梓樹和楠木，山下生長著許多牡荊和苟杞。滂水發源於這裏，向東注入海洋。

　　由虖勺山向東五百里的地方，有一座區吳山。山上光禿禿的，遍布著沙土和石塊。鹿水發源於這座山，向東流去，注入滂水。水中有一種野獸，名字叫蠱鵰，這種水獸的外貌很像猛禽中的大鵰，但頭上卻長著角，它的叫聲，像嬰兒啼哭的聲音，能夠吃人。

　　再向東五百里的地方有一座山，叫做漆吳山。山上沒有花草樹木，也沒有玉石，但有很多的博石。漆吳山靠近東海，遠望是一片起伏的丘陵，光芒時隱時現，這裏是觀日出的好地方。

　　南山第二系山脈，從柜山到漆吳之山，共十七座大山，綿延七千二百里。這些山神的形象都是龍身鳥頭。在祀神靈時，人們將牲畜雞鴨等祭品，放在玉器中埋在地裏，以精選的稻米祀神。

　　南山第三列山系的第一座山，叫天虞山，山下多水。山壁陡峭不能攀登而上。

　　向東五百里的地方，叫做禱過山。山上多產黃金和玉石，山下生長著很多犀牛，還有很多象。山上有一種鳥，它的樣子很像鵁，頭是白色的，三隻腳，長著人臉，名叫瞿如。它的叫聲，如同自己呼喊自己的名字。這裏是浪水的發源地，然後向南注入南海。水中有水獸，名字叫虎蛟，它的身軀如魚，尾巴卻似蛇尾，它的叫聲，同鴛鴦的叫聲一樣。人們如果吃了它，便不會患浮腫病，也可以治癒痔瘡。

　　又往東五百里的地方，有一座丹穴山。山上蘊藏著豐富的黃金和美

玉。丹水從山中流出，向南流去，注入渤海。山中生長著一種鳥，它的樣子很像雞，有五彩花紋，名叫鳳凰。它頭上的花紋成「德」字形，翅膀上的花紋成「義」字形，背上的花紋為「禮」，胸部的花紋成「仁」字形，腹部的花紋是「信」字形。這種稱為鳳凰的鳥，飲食自然界的精華，自己經常一邊唱歌，一邊跳舞，它是吉祥和仁愛的象徵，它一出現就會天下安寧。

從丹穴山往東五百里的地方有座山，叫做發爽山。山上光禿禿的，沒有生長花草樹木，山中流水較多，還生長著白色的猿猴。汛水從山中流出，向南流去，注入渤海。

再向東四百里便到了旄山的盡頭。旄山南邊有一個山谷，這個山谷就是育遺谷，谷中有許多奇異的怪鳥，強勁的南風從山谷中吹出來。

向東四百里，便到了非山的首段，這座山蘊藏著豐富的黃金和玉石，山上缺水，山下很多毒蛇。

再向五百里的地方，有一座陽夾山，山上全是石頭，沒有樹木花草，但水源很豐富。

陽夾山往東五百里的地方有座灌湘山。山上有很多樹木，卻沒有草；有很多奇怪的鳥，卻沒有野獸。

從灌湘山往東五百里有一座山，叫做雞山。山上多產黃金，山下盛產紅色的塗漆。雞山是黑水的發源處，黑水向南流入大海。水中生長著一種魚，名叫鱄魚，它的形體與鯽魚很相似，長著豬的尾巴，它的叫聲，像小豬的叫聲一樣，它一出現，天下就發生大旱災。

再向東四百里的山，就是令丘山。山上光禿禿的，沒有樹木花草，原因是這座山經常噴出火焰。山的南邊有一條很深的山谷，叫做中谷，東北風就是從這裏颳出來的。山谷中有一種鳥，它長得很像鴞鳥。它長著人的面孔，四隻眼睛，還長著耳朵，這種鳥一出現，也會天下大旱。

令丘山向東三百七十里的地方，叫做侖者山。山中有豐富的金礦、

美石寶玉，山下盛產紅色的塗漆。山上生長著一種樹木，它的形狀很像構樹，而裏面是紅色，從樹幹中滲出的水，像漆一樣，它的味道像用麥芽做的稀糖的味道，吃了這種東西，可以永遠不餓，還可以使人忘記憂愁，它名叫白蓉，可以用它來塗染玉石。

再向東五百八十里有一座禹稾山。山中生長著很多怪獸和很多大蛇。

禹稾山向東五百八十里的地方，叫做南禹山。山上多產金屬礦物和美玉，山下有很多溪流。山中有一個洞穴，水在春天流進洞中，夏季水從洞穴中往外流，冬天則自行關閉。這裏有鳳凰和鵷雛。鵷雛這種鳥從南海起飛，往北海飛去，沿途不是梧桐樹不棲止，不是甘泉不飲。它和鳳凰同屬一類鳥。

總計南次三經諸山，從天虞山起，到南禹山止，共十四座大山，蜿蜒六千五百三十里。居住在這些山中的神仙，都是龍身人面。祭祀這些神靈時，都是用白狗作為祭品，祭祀所用的米，是從稻米中選出的精米。

以上所列南山經中的群山，大大小小總共是四十座，蜿蜒長達一萬六千三百八十里。

卷二‧西山經

西山華山之首，曰錢來之山，其上多松，其下多洗石。有獸焉，其狀如羊而馬尾，名曰羬羊，其脂可以已臘。

西四十五里，曰松果之山。濩水出焉，北流注于渭，其中多銅。有鳥焉，其名曰螐渠，其狀如山雞，黑身赤足，可以已膜。

又西六十里，曰太華之山，削成而四方，其高五千仞，其廣十里，鳥獸莫居。有蛇焉，名曰肥𧌒，六足四翼，見則天下大旱。

又西八十里，曰小華之山，其木多荊杞，其獸多柞牛，其陰多磬石，其陽多琈琈之玉。鳥多赤鷩，可以禦火。其草有萆荔，狀如烏韭，而生于石上，亦緣木而生，食之已心痛。

又西八十里，曰符禺之山，其陽多銅，其陰多鐵。其上有木焉，名曰文莖，其實如棗，可以已聾。其草多條，其狀如葵，而赤華黃實，如嬰兒舌，食之使人不惑。符禺之水出焉，而北流注于渭。其獸多蔥聾，其狀如羊而赤鬣。其鳥多鴖，其狀如翠而赤喙，可以禦火。

又西六十里，曰石脆之山，其木多椶柟。其草多條，其狀如韭，而白華黑實，食之已疥。其陽多琈琈之玉，其陰多銅。灌水出焉，而北流注于禺水。其中有流赭，以塗牛馬無病。

又西七十里，曰英山，其上多杻檀，其陰多鐵，其陽多赤金。禺水出焉，北流注于招水，其中多䱡魚，其狀如鱉，其音如羊。其陽多箭䉾，其獸多柞牛、羬羊。有鳥焉，其狀如鶉，黃身而赤喙，其名曰肥遺，食之已癘，可以殺蟲。

又西五十二里，曰竹山，其上多喬木，其陰多鐵。有草焉，其名曰黃蓲，其狀如樗，其葉如麻，白華而赤實，其狀如赭，浴之已疥，又可以已胕。竹水出焉，北流注于渭，其陽多竹箭，多蒼玉。丹水出焉，東南流注于洛水，其中多水玉，多人魚。有獸焉，其狀如豚而白毛，大如笄而黑端，名曰豪彘。

又西百二十里，曰浮山，多盼木，枳葉而無傷，木蟲居之。有草焉，名曰薰草，麻葉而方莖，赤華而黑實，臭如蘼蕪，佩之可以已癘。

又西七十里，曰羭次之山，漆水出焉，北流注于渭。其上多棫檀，其下多竹箭，其陰多赤銅，其陽多嬰垣之玉。有獸焉，其狀如禺而長臂，善投，其名曰囂。有鳥焉，其狀如梟，人面而一足，曰橐𪅃，冬見夏蟄，服之不畏雷。

又西百五十里，曰時山，無草木。逐水出焉，北流注于渭，其中多

水玉。

又西百七十里，曰南山，上多丹粟。丹水出焉，北流注于渭。獸多猛豹，鳥多鳲鳩。

又西百八十里，曰大時之山。上多穀柞，下多杻橿，陰多銀，陽多白玉。涔水出焉，北流注于渭。清水出焉，南流注于漢水。

又西三百二十里，曰嶓冢之山，漢水出焉，而東南流注于沔；囂水出焉，北流注于湯水。其上多桃枝鉤端，獸多犀兕熊羆，鳥多白翰赤鷩。有草焉，其葉如蕙，其本如桔梗，黑華而不實，名曰蓇蓉，食之使人無子。

又西三百五十里，曰天帝之山，上多棕枏，下多菅蕙。有獸焉，其狀如狗，名曰谿邊，席其皮者不蠱。有鳥焉，其狀如鶉，黑文而赤翁，名曰櫟，食之已痔。有草焉，其狀如葵，其臭如蘼蕪，名曰杜衡，可以走馬，食之已癭。

西南三百八十里，曰皋塗之山，薔水出焉，西流注于諸資之水；塗水出焉，南流注入集獲之水。其陽多丹粟，其陰多銀、黃金，其上多桂木。有白石焉，其名曰礜，可以毒鼠。有草焉，其狀如槁茇，其葉如葵而赤背，名曰無條，可以毒鼠。有獸焉，其狀如鹿而白尾，馬腳人手而四角，名曰㺊如。有鳥焉，其狀如鴟而人足，名曰數斯，食之已癭。

又西百八十里，曰黃山，無草木，多竹箭。盼水出焉，西流注于赤水，其中多玉。有獸焉，其狀如牛，而蒼黑大目，其名曰㹈。有鳥焉，其狀如鴞，青羽赤喙，人舌能言，名曰鸚鵡。

又西二百里，曰翠山，其上多棕枏，其下多竹箭，其陽多黃金、玉，其陰多旄牛、麢、麝；其鳥多鸓，其狀如鵲，赤黑而兩首四足，可以禦火。

又西二百五十里，曰騩山，是錞于西海，無草木，多玉。淒水出焉，西流注于海，其中多采石、黃金，多丹粟。

　　凡西經之首，自錢來之山至于騩山，凡十九山，二千九百五十七里。華山冢也。其祠之禮：太牢。羭山神也，祠之用燭，齋百日以百犧，瘞用百瑜，湯其酒百樽，嬰以百珪百璧。其餘十七山之屬，皆毛牷用一羊祠之。燭者百草之未灰，白蓆采等純之。

　　西次二山之首，曰鈐山，其上多銅，其下多玉，其木多杻檀。

　　西二百里，曰泰冒之山。其陽多金，其陰多鐵。浴水出焉，東流注于河，其中多藻玉，多白蛇。

　　又西一百七十里，曰數歷之山，其上多黃金，其下多銀，其木多杻檀，其鳥多鸚鵡。楚水出焉，而南流注于渭，其中多白珠。

　　又西百五十里高山，其上多銀，其下多青碧、雄黃，其木多椶，其草多竹。涇水出焉，而東流注于渭，其中多磐石、青碧。

　　西南三百里，曰女床之山，其陽多赤銅，其陰多石涅，其獸多虎豹犀兕。有鳥焉，其狀如翟而五采文，名曰鸞鳥，見則天下安寧。

　　又西二百里，曰龍首之山，其陽多黃金，其陰多鐵。苕水出焉，東南流注于涇水，其中多美玉。

　　又西二百里，曰鹿臺之山，其上多白玉，其下多銀。其獸多炸牛、羬羊、白豪。有鳥焉，其狀如雄雞而人面，名曰鳧徯，其鳴自叫也，見則有兵。

　　西南二百里，曰鳥危之山，其陽多磐石，其陰多檀楮，其中多女床。鳥危之水出焉，西流注于赤水，其中多丹粟。

　　又西四百里，曰小次之山，其上多白玉，其下多赤銅。有獸焉，其狀如猿，而白首赤足，名曰朱厭，見則大兵。

　　又西三百里，曰大次之山，其陽多堊，其陰多碧，其獸多炸牛、麢羊。

　　又西四百里，曰薰吳之山，無草木，多金玉。

　　又西四百里，曰厎陽之山。其木多㯉、枏、豫章，其獸多犀、兕、

虎、豹、牦牛。

又西二百五十里，曰眾獸之山，其上多璿琈之玉，其下多檀楮，多黃金，其獸多犀兕。

又西五百里，曰皇人之山，其上多金玉，其下多青雄黃。皇水出焉，西流注于赤水，其中多丹粟。

又西三百里，曰中皇之山，其上多黃金，其下多蕙、棠。

又西三百五十里，曰西皇之山。其陽多金，其陰多鐵，其獸多麋鹿、牦牛。

又西三百五十里，曰萊山，其木多檀楮，其鳥多羅羅，是食人。

凡西次二山之首，自鈐山至于萊山，凡十七山，四千一百四十里。其十神者，皆人面而馬身。其七神皆人面牛身，四足而一臂，操杖以行，是為飛獸之神。其祠之，毛用少牢，白菅為席。其十輩神者，其祠之，毛一雄雞，鈐而不糈；毛采。

西次三山之首，曰崇吾之山，在河之南，北望冢遂，南望䍃之澤，西望帝之搏獸之丘，東望螞淵。有木焉，員葉而白柎，赤華而黑理，其實如枳，食之宜子孫。有獸焉，其狀如禺而文臂，豹尾而善投，名曰舉父。有鳥焉，其狀如鳧，而一翼一目，相得乃飛，名曰蠻蠻，見則天下大水。

西北三百里，曰長沙之山。泚水出焉，北流注于泑水。無草木，多青雄黃。

又西北三百七十里，曰不周之山，北望諸毗之山，臨彼嶽崇之山，東望泑澤，河水所潛也，其原渾渾泡泡。爰有嘉果，其實如桃，其葉如棗，黃華而赤柎，食之不勞。

又西北四百二十里，曰峚山，其上多丹木，員葉而赤莖，黃華而赤實，其味如飴，食之不饑。丹水出焉，西流注于稷澤，其中多白玉，是有玉膏。其源沸沸湯湯，黃帝是食是饗。是生玄玉。玉膏所出，以灌丹

木。丹木五歲，五色乃清，五味乃馨。黃帝乃取峚山之玉榮，而投之鍾山之陽。瑾瑜之玉為良，堅粟精密，濁澤而有光。五色發作，以和柔剛。天地鬼神，是食是饗；君子服之，以禦不祥。自峚山至于鍾山，四百六十里，其間盡澤也。是多奇鳥、怪獸、奇魚，皆異物焉。

又西北四百二十里，曰鍾山，其子曰鼓，其狀人面而龍身，是與欽䲹殺葆江于昆侖之陽，帝乃戮之鍾山之東曰崟崖，欽䲹化為大鶚，其狀如雕而黑文白首，赤喙而虎爪，其音如晨鵠，見則有大兵。鼓亦化為鵔鳥，其狀如鴟，赤足而直喙，黃文而白首，其音如鵠，見則其邑大旱。

又西百八十里，曰泰器之山。觀水出焉，西流注于流沙。是多文鰩魚，狀如鯉魚，魚身而鳥翼，蒼文而白首，赤喙，常行西海，游于東海，以夜飛。其音如鸞雞，其味酸甘，食之已狂，見則天下大穰。

又西三百二十里，曰槐江之山，丘時之水出焉，而北流注于泑水。其中多蠃母，其上多青雄黃，多藏琅玕、黃金、玉，其陽多丹粟，其陰多采黃金銀。實惟帝之平圃，神英招司之，其狀馬身而人面，虎文而鳥翼，徇于四海，其音如榴。南望昆侖，其光熊熊，其氣魂魂。西望大澤，后稷所潛也；其中多玉，其陰多榣木之有若。北望諸毗，槐鬼離侖居之，鷹鸇之所宅也。東望恆山四成，有窮鬼居之，各在一搏。爰有淫水，其清洛洛。有天神焉，其狀如牛，而八足二首馬尾，其音如勃皇，見則其邑有兵。

西南四百里，曰昆侖之丘，是實惟帝之下都，神陸吾司之。其神狀虎身而九尾，人面而虎爪；是神也，司天之九部及帝之囿時。有獸焉，其狀如羊而四角，名曰土螻，是食人。有鳥焉，其狀如蜂，大如鴛鴦，名曰欽原，蠚鳥獸則死，蠚木則枯。有鳥焉，其名曰鶉鳥，是司帝之百服。有木焉，其狀如棠，黃華赤實，其味如李而無核，名曰沙棠，可以禦水，食之使人不溺。有草焉，名曰薲草，其狀如葵，其味如蔥，食之

已勞。河水出焉，而南流東注于無達。赤水出焉，而東南流注于氾天之水。洋水出焉，而西南流注于醜塗之水。黑水出焉，而西流于大杅，是多怪鳥獸。

又西三百七十里，曰樂游之山。桃水出焉，西流注于稷澤，是多白玉。其中多鰭魚，其狀如蛇而四足，是食魚。

西水行四百里，曰流沙，二百里至于嬴母之山，神長乘司之，是天之九德也。其神狀如人而豹尾。其上多玉，其下多青石而無水。

又西三百五十里，曰玉山，是西王母所居也。西王母其狀如人，豹尾虎齒而善嘯，蓬髮戴勝，是司天之厲及五殘。有獸焉，其狀如犬而豹文，其角如牛，其名曰狡，其音如吠犬，見則其國大穰。有鳥焉，其狀如翟而赤，名曰胜遇，是食魚，其音如錄，見則其國大水。

又西四百八十里，曰軒轅之丘，無草木。洵水出焉，南流注于黑水，其中多丹粟，多青雄黃。

又西三百里，曰積石之山。其下有石門，河水冒以西流。是山也，萬物無不有焉。

又西二百里，曰長留之山，其神白帝少昊居之。其獸皆文尾，其鳥皆文首。是多文玉石。實惟員神磈氏之宮。是神也，主司反景。

又西二百八十里，曰章莪之山，無草木，多瑤碧。所為甚怪。有獸焉，其狀如赤豹，五尾一角，其音如擊石，其名曰猙。有鳥焉，其狀如鶴，一足，赤文青質而白喙，名曰畢方，其鳴自叫也，見則其邑有譌火。

又西三百里，曰陰山。濁浴之水出焉，而南流注于蕃澤，其中多文貝。有獸焉，其狀如狸而白首，名曰天狗，其音如榴榴，可以禦凶。

又西二百里，曰符惕之山。其上多椶柟，下多金玉，神江疑居之。是山也，多怪雨，風雲之所出也。

又西二百二十里，曰三危之山，三青鳥居之。是山也，廣員百里。

其上有獸焉，其狀如牛，白身四角，其豪如披蓑，其名曰徼𤞃，是食人。有鳥焉，一首而三身，其狀如鸚，其名曰鴟。

又西一百九十里，曰騩山。其上多玉而無石。神耆童居之，其音常如鐘磬，其下多積蛇。

又西三百五十里，曰天山，多金玉，有青雄黃。英水出焉，而西南流注于湯谷。有神焉，其狀如黃囊，赤如丹火，六足四翼，渾敦無面目，是識歌舞，實為帝江也。

又西二百九十里，曰泑山，神蓐收居之。其上多嬰短之玉，其陽多瑾瑜之玉，其陰多青雄黃。是山也，西望日之所入，其氣員，神紅光之所司也。

西水行百里，至于翼望之山，無草木，多金玉。有獸焉，其狀如狸，一目而三尾，名曰讙，其音如奪聲，是可以禦凶，服之已癉。有鳥焉，其狀如烏，三首六尾而善笑，名曰鵸鵌，服之使人不厭，又可以禦凶。

凡西次三山之首，崇吾之山至于翼望之山，凡二十三山，六千七百四十四里。其神狀皆羊身人面。其祠之禮，用一吉玉瘞，糈用稷米。

西次四山之首曰陰山，上多穀，無石，其草多菲蕃。陰水出焉，西流注于洛。

北五十里，曰勞山，多茈草。弱水出焉，而西流注于洛。

西五十里，曰罷父之山。洱水出焉，而西南流注于洛，其中多茈、碧。

北百七十里，曰申山，其上多穀柞，其下多杻檀，其陽多金玉。區水出焉，而東流注于河。

北二百里，曰鳥山，其上多桑，其下多楮，其陰多鐵，其陽多玉。辱水出焉，而東流注于河。

又北百二十里，曰上申之山。上無草木，而多硌石，下多榛楛，獸

多白鹿。其鳥多當扈，其狀如雉，以其髯飛，食之不眴目。湯水出焉，東流注于河。

又北百八十里，曰諸次之山，諸次之水出焉，而東流注于河。是山也，多木無草，鳥獸莫居，是多眾蛇。

又北百八十里，曰號山，其木多漆、棕，其草多藥、虈、芎藭。多汵石。端水出焉，東流注于河。

又北二百二十里，曰孟山，其陰多鐵，其陽多銅，其獸多白狼白虎，其鳥多白雉白翟。生水出焉，而東流注于河。

西二百五十里，曰白於之山。上多松柏，下多櫟檀。其獸多㸲牛、羬羊，其鳥多鴞。洛水出于其陽，而東流注于渭；夾水出于其陰，而東流注于生水。

西北三百里，曰申首之山。無草木，冬夏有雪。申水出于其上，潛于其下，是多白玉。

又西五十五里，曰涇谷之山，涇水出焉，東南流注于渭，是多白金白玉。

又西百二十里，曰剛山，多柒木，多㻬琈之玉。剛水出焉，北流注于渭。是多神魖，其狀人面獸身，一足一手，其音如欽。

又西二百里，至剛山之尾，洛水出焉，而北流注于河。其中多蠻蠻，其狀鼠身而鱉首，其音如吠犬。

又西三百五十里，曰英鞮之山，上多漆木，下多金玉，鳥獸盡白。涴水出焉，而北流注于陵羊之澤。是多冉遺之魚，魚身蛇首六足，其目如馬耳，食之使人不眯，可以禦凶。

又西三百里，曰中曲之山，其陽多玉，其陰多雄黃、白玉及金。有獸焉，其狀如馬而白身黑尾，一角，虎牙爪，音如鼓音，其名曰駮，是食虎豹，可以禦兵。有木焉，其狀如棠，而員葉赤實，實大如木瓜，名曰櫰木，食之多力。

又西二百六十里，曰邽山。其上有獸焉，其狀如牛，蝟毛，名曰窮奇，音如獋狗，是食人。濛水出焉，南流注于洋水，其中多黃貝，蠃魚，魚身而鳥翼，音如鴛鴦，見則其邑大水。

又西二百二十里，曰鳥鼠同穴之山。其上多白虎、白玉。渭水出焉，而東流注于河。其中多鰠魚，其狀如鱣魚，動則其邑有大兵。濫水出于其西，西流注于漢水。多䰽魮之魚，其狀如覆銚，鳥首而魚翼魚尾，音如磬石之聲。是生珠玉。

西南三百六十里，曰崦嵫之山，其上多丹木，其葉如穀，其實大如瓜，赤符而黑理，食之已癉，可以禦火。其陽多龜，其陰多玉。苕水出焉，而西流注于海，其中多砥礪。有獸焉，其狀馬身而鳥翼，人面蛇尾，是好舉人，名曰孰湖。有鳥焉，其狀如鴞而人面，蜼身犬尾，其名自號也，見則其邑大旱。

凡西次四經自陰山以下，至于崦嵫之山，凡十九山，三千六百八十里。其神祠禮，皆用一白雞祈。糈以稻米，白菅為席。

右西經之山，凡七十七山，一萬七千五百一十七里。

〔譯文〕

西方山系第一座山脈名叫華山，華山之首是錢來山。山上多為松樹，山下多產洗石。山中有野獸，它的形狀像羊，卻長著馬一樣的尾巴，名叫羬羊，它的油脂可以滋潤乾皺的皮膚。

往西四十五里，有一座松果山。濩水發源於此山中，向北流注入渭水。渭水產銅。有一種鳥，它的名叫䲧渠，樣子像山雞，黑色的身子，紅爪，可以用它治療皮膚起皺。

松果山向西六十里，叫太華山，此山像被刀削成，並形成四方形，山高四千丈，寬十里，鳥與野獸無法居住。山中有蛇，名叫肥鳢，六條足四個翅膀，它如果出現，天下定會有嚴重的大旱。

　　再向西八十里有一座山，叫小華山，山中多為荊棘和枸杞，野獸多是體型很大的柞牛。山的北面多產磬石，山的南面多產瑸琈之玉。鳥多為赤鷩，可以養著用來防火災。山中有一種草荔草，長得像烏韭（苔蘚類植物），生長在石頭上，也攀緣生長在樹幹上，吃了可治心痛病。

　　小華山向西八十里叫符禺山，山的南面多產銅，山的北面多產鐵。山上有一種樹，名叫文莖，它的果實像棗，可以用它治耳聾。山上的草大多是條草，它的樣子像葵，卻開紅花結黃果，果實像嬰兒的舌頭，吃了讓人不再感到人生的困惑。符禺水發源在這座山中，並向北流注入渭水。這裏的野獸多為蔥聾，它的樣子像羊，卻長著紅色的硬毛。這裏的鳥多為鴖，它的樣子像翠鳥，卻長著紅嘴，可防禦火災。

　　再向西六十里的地方有座山，叫石脆山，山中的樹多是棕櫚樹和栖樹，山中的草多是條草，形狀像韭菜，卻開白花結黑色的果實，吃了它可治疥瘡。山的南面多產瑸琈玉，北面多產銅。灌水發源於山中，並向北流注入禺水，水中有流赭，用它塗在牛馬身上不生疾病。

　　石脆山向西七十里，叫英山，山上多是杻樹和橿樹，山的北面多產鐵，山的南面多產赤金。高水發源於此山中，向北流注入招水，水中多鮮魚，它的樣子像鱉，聲音像羊。山的南面多生有箭竹和䈽竹，野獸多是柞牛與羬羊。有一種鳥，形狀像鶉，黃色的身子，卻長著紅色的嘴，它的名叫肥䖟，吃了它可治惡瘡和麻瘋病，可用它殺死各種寄生蟲。

　　向西五十二里有座山叫竹山，山上多喬木，山的北面多產鐵。山上有一種草，名叫黃雚，形狀像樗，葉子像麻，開白花，結黃果，果實是紫紅色的，用它來洗澡可以治疥瘡，又可治浮腫病。竹水發源於此山中，向北流注入渭水。山的南面多生小竹，多產蒼玉。丹水發源於此山中，向東南流注入洛水，水中多產水玉，多產人魚。有一種野獸，它的樣子像豬，卻長白毛，毛有簪子那麼粗，並且尖端是黑色，名叫豪豬。

　　竹山向西一百二十里的地方有座山，叫浮山，多產盼木，葉子像枳

樹卻沒有刺，有木蟲寄生裏面。有一種香草，名叫薰草，麻似的葉子，方莖，開紅花，結黑果，它的味像蘼蕪一樣，佩戴它能治麻瘋病。

向西七十里，叫瀹次山。漆水發源於此山中，向北流注入渭水。山上多生椶樹和橿樹，山下多生小竹。山的北面多產赤銅，山的南面多產嬰瀹玉。有一種野獸，它的樣子像禺，卻生著長臂，善於投擲，它的名叫䯄。有一種鳥，它的樣子像梟，臉似人面卻只有一隻腳，名叫橐𩇯，冬天出現夏天蟄伏，披上它的羽毛可以不怕打雷。

瀹次山向西一百五十里，叫時山，山中無草和樹。逐水發源於此山中，向北流注入渭水，山中多產水晶。

向西一百七十里的地方，叫南山，山上多是丹粟。丹水發源於此山中，向北流注入渭水。野獸多為兇猛的豹，鳥多是布穀鳥。

又向西一百八十里，叫大時山，山上多是櫧樹和櫟樹，山下多生杻樹和橿樹，山的北面多產銀，南面多產白色玉石。涔水發源於此山，向北流注入渭水。清水也發源於此山，向東南流注入沔水。

大時山向西三百二十里有座山，叫嶓冢山。漢水發源於此，向東南流注於沔水。囂水也發源於此山，向北流注入湯水。山上多生長桃枝竹和鉤端竹，野獸多是犀牛和狗熊、人熊，鳥多是白翰和赤鷩。山上還有一種草，它的葉子像蕙草，它的莖像桔梗，開黑花卻不結果，名叫蓇蓉，人吃了它不生孩子。

向西三百五十里的地方，叫天帝山，山上多生棕樹、枏樹，山下多生蘭草和蕙草。有一種野獸，它長得像狗，名叫谿邊，用它的皮做席墊不受蠱毒。有一種鳥，樣子像鶉，黑色的斑紋，頸部的毛是紅色的，名叫櫟，吃了它可治痔瘡。山上有一種草，它的樣子像葵，氣味像蘼蕪，名叫杜衡，佩帶它能使馬健跑，吃了它可以消除頸部的腫瘤。

又向西南三百八十里，叫皋塗山。薔水發源於此山，向西流注入諸資水。塗水也發源於此山，向南注入集獲水。山的南面多生丹粟，山的

北面多產銀、黃金，山上多桂樹。有一種白色的石頭，它的名叫礜，可以用來毒殺老鼠。有一種草，它的樣子像稾茇，它的葉子像葵，葉的反面是紅色，名叫無條，也可以用來毒殺老鼠。山上還有一種野獸，它的樣子像鹿，卻長著白尾巴，後腳如馬蹄，前腳如人手，並且有四個角，名叫𤜣如。有一種鳥，它的樣子像鴟，卻長著人腳，名叫數斯，吃了它能消除頸上的腫瘤。

再向西一百八十里有座山，叫黃山，山上不生草和樹，多生小竹。盼水發源於此山，向西流注入赤水，水中多產玉。有一種野獸，它的形狀像牛，蒼黑的顏色，大大的眼睛，名叫𡓵牛。山上還有一種鳥，它的樣子像鴞，羽毛是青色，嘴是紅色，有人一樣的舌頭，能夠說話，名叫鸚鵡。

向西二百里的地方，叫翠山，山上有許多棕櫚樹和柟樹，山下有許多小竹叢。山的南面多產黃金、玉石，山的北面多產旄牛、羚羊、香獐。有一種鳥，它的樣子像鵲，全身紅黑色，兩個頭，四隻腳，養它可以禦防火災。

再向西二百五十里，叫䲹山，它聳立在西海岸上，山上不生草和樹，多產玉石。淒水發源於此，向西流注入大海。山中多產彩色石頭和黃金，多產粟粒一樣的細丹沙。

總共西方第一個山系的起始，從錢來山到䲹山，共十九座山，綿延二千九百五十七里。華山是眾山的主脈。祭祀時要行大牢禮，用豬牛羊三牲。羭次山，是一座有神靈感的山，祭祀它要用燭，齋戒一百天，用一百頭毛色純正的牲畜，連同一百塊瑜埋入地裏，還要燙一百杯酒，圍繞在陳放一百塊珪和一百塊璧玉的四周祭祀。其餘十七座山，都用一頭色純而完整的羊祭祀它。燭，就是用百草捆成的火把，它還沒有燒盡的時候的叫法。祭祀時用的坐席是用白茅織成的，再用五種彩色花紋，等差有序地將席子沿邊裝飾起來。

　　西方第二列山脈為首的山，叫鈐山，山上多產銅，山下多產玉石，山中多生杻樹和橿樹。

　　向西二百里有座山，叫泰冒山，山的南面多為金屬礦藏，山的北面多為鐵礦。洛水發源於此山中，向東流注入河水中，水中多產藻玉，白蛇也很多。

　　又向西一百七十里的地方有座山，叫數歷山，山上多產黃金，山下多產白銀，山中生長的樹多為杻樹和橿樹，山中的鳥多為鸚鵡。楚水發源於此山，並且向南流注入渭水，水中多產白珠。

　　數歷山向西一百五十里的高山，山上多產白銀，山下多產青碧、雄黃，山中的樹多是棕櫚樹，山中的草大多是竹子。涇水發源於此山中，並向東流注入渭水，水中多是磬石和青碧。

　　向西南三百里有座山，叫女床山，山的南面多產赤銅，山的北面多產石涅，山中的野獸多是虎、豹、犀牛。有一種鳥，它的樣子像山雞並有五彩羽毛，名叫鸞鳥，它如果出現將天下太平。

　　又向西二百里，叫龍首山，山的南面多產黃金，山的北面多產鐵礦。苕水發源於此山，向東南流入涇水，水中多藏有美玉。

　　龍首山向西二百里，叫鹿臺山，山上多產白玉，山下多藏有銀，山中的野獸多是牦牛、羬羊和白豪豬。有一種鳥，它的樣子像雄雞，卻長著人面，名叫鳧徯，它的叫聲聽起來是叫自己的名字，它如果出現，就一定會有戰爭。

　　向西南二百里有座山，叫鳥危山，山的南面多為磬石，山的北面多為檀樹和構樹，山中多生女腸草。鳥危水發源於此山中，向西流入赤水，水中多產丹粟。

　　又向西四百里的地方有座山，叫小次山，山上多產白玉，山下多產赤銅。山上有一種野獸，它的樣子像猿猴，卻長著白腦袋紅腳，名叫朱厭，它如果出現，天下一定會有大的戰亂。

小次山向西三百里，叫大次山，山的南面多為堊土，山的北面多產碧玉，山中的野獸多為體形很大的㸲牛和羚羊。

向西四百里有座山，叫薰吳山，不生草木，多為金屬礦和玉石。

又向西四百里，叫厎陽山，山中的樹多是水松、栯樹，樟樹。山中的野獸多是犀牛、老虎、豹和㸲牛。

厎陽山向西二百五十里的地方有座山，叫眾獸山，山上多產瑤珛玉，山下多生長檀樹和構樹，多產黃金，山中的野獸多是犀牛。

向西五百里有座山，叫皇人山，山上多藏有金礦和玉石，山下多藏有石青和雄黃。皇水發源於此山中，向西流注入赤水，山中多是丹粟。

又向西三百里，叫中皇山，山中多產黃金，山下多是蕙草和棠梨。

中皇山向西三百五十里的地方有座山，叫西皇山，山的南面多藏有金屬礦，山的北面多藏有鐵礦，山中的野獸多是麋、鹿和㸲牛。

向西三百五十里有座山，叫萊山，山中的樹多是檀樹和構樹，山中的鳥多是羅羅鳥，能吃人。

總共西方第二座山的開始，從鈐山到萊山，計十七座山，蜿蜒四千一百四十里程。各山山神中的十神，都是人面馬身。其他七神都是人面牛身，四隻腳，一條臂膊，拄著手杖行走，這就是所謂「飛獸之神」。祭祀他們，帶毛的祭品用羊和豬為少牢，放在白茅編織的席上。其他十神，祭祀他們，帶毛的祭品用一隻雜色雄雞，祈禱時天須用精米。

西方第三座山系的最東端的山，叫做崇吾山，位於河水的南岸，北面可看見冢遂山，南面可以看見㳉澤，西面可看見天帝的搏獸丘，東面可看見螞淵。山上有一種樹，圓的葉子，白色的花萼，紅色的花，花瓣上有黑色的紋理，它的果實像枳，吃了它有利於繁衍子孫。有一種野獸，它的樣子像禺，臂上長有紋斑，長著豹一樣的尾巴，卻善於投擲，名叫舉父。有一種鳥，它的樣子像野鴨，卻只生有一個翅膀一隻眼睛，要兩隻鳥配合才能飛起來，名叫蠻蠻，只要它一現，天下一定發大水。

　　向西北三百里有座山，叫長沙山，泚水發源於此，向北流入泑水。不生草和樹，多產石青、雄黃。

　　又向西北三百七十里的地方有座山，叫不周山，山的北面能看見諸毗山，踞於嶽崇山上。向東可看見泑澤，泑澤是河水潛藏的地方，它的源上湧出渾渾泡泡的水聲。山上有一種好果樹，它的果實像桃，它的葉像棗樹的葉，開黃花，卻生長紅色的花萼，吃了它可以忘掉煩憂。

　　不周山向西北一百二十里，叫峚山，山上多丹木，葉是圓的，莖是紅的，開黃花，結紅果，果實的味像糖飴，吃了不餓。丹水發源於此，向西流入稷澤。山中多產白玉，玉膏從山中湧出，原野一片沸騰的景象，黃帝便拿這些玉膏服食享用。這些玉膏中又生出黑玉來。用地下湧出的玉膏來澆灌丹木，丹木生長五年，開出五種顏色清香的花，結出五種美味的果實。黃帝於是採摘峚山玉的精品，投放到鍾山的南坡。這就生出瑾瑜這樣的美玉，玉的質地堅粟精密，潤厚且有光澤，發出五彩光色，剛柔相兼，分外美麗。天地鬼神都是拿它來享用。有道德修養的人佩戴它，可以防不祥之物的侵害。從峚山到鍾山，相距四百六十里，中間都是水澤。這裏有許多奇怪的鳥、獸和魚，都是些世上少見的生物。

　　向西北四百二十里有座山，叫鍾山。山神的兒子叫鼓，他的樣子是人面，卻長著龍身，他和欽䲹密謀，在昆侖山的南面殺了葆江。天帝知道後，在鍾山東面叫崦岸的地方殺了他們。欽䲹變成大鶚，他的樣子像鵰，身上長著黑色的斑紋，白色的頭，長著紅嘴，老虎的爪，它的叫聲像晨鵠，如果它出現，一定會有兵亂。鼓也變成鳥，它長得像鷂，長著紅爪直嘴，身上有黃色花紋，卻長著白色的頭，它的叫聲像鴻鵠，如果它出現，那個地方一定會有大旱災。

　　又向西一百八十里，叫泰器山。觀水發源於此山，向西流入流沙。水中多為文鰩魚，形狀像鯉魚，長著魚的身體，鳥一樣的翅膀，蒼色花紋，卻又長著白頭紅嘴，經常從西海游到東海，在晚上飛行而去，它的

叫聲像鸞雞一樣，它的味酸而甜，吃了它能治瘋癲病，它如果出現，天下一定會五穀豐登。

再向西三百二十里，叫槐江山，丘時水從這裏起源，並向北流入泑水，山中多產蠵螺。山上多產石青、雄黃，多藏有琅玕、黃金、玉石礦物，山的南坡多是丹粟，山的北面多藏有紋彩的黃金和白銀。這座山就是天帝懸在空中的園圃，神英招主管著它。英招的形狀是馬身而人面，身上有虎一樣的花紋，卻長著鳥一樣的翅膀。他巡行四海，傳達天帝的詣命，叫聲像榴一樣。槐江山向南可看見昆侖山，它的光耀熊熊，氣象宏大；向西可看見大澤，這是后稷神所潛藏的地方，澤中多玉石，大澤的北面多生長像若木一樣靈應的檣木；向北可看見諸毗山，這是槐鬼離侖住的地方，也是鷹和鸇的窩巢；向東可看見桓山，有四重高，有窮鬼在那裏居住，它們各住在不同的山窪中。槐江山有瑤水，也就是瑤池，它清澈而蕩蕩流動。有一天神，他的形狀像牛，卻生有八隻足兩個腦袋馬尾巴，他的聲音像勃皇，他出現的地方會發生戰爭。

向西南四百里的地方有座山，叫昆侖山，其實它便是天帝在人間的都邑，由神陸吾主管它。這神的形狀是虎一樣的身子，卻長著九條尾巴，還有人一樣的臉，虎一樣的爪。這個神，主管天上的九郡和天帝的園圃。有一種野獸，它的形狀像羊卻長著四個角，名叫土螻，能吃人。山上有一種鳥，它的形狀像蜂，大小像鴛鴦，名叫欽原，它螫了鳥和野獸就一定會死，若螫了樹也會枯死。還有一種鳥，它的名叫鶉鳥，它主管天帝的生活用品和服飾。有一種樹，它的形狀像棠梨，開黃色的花，結紅的果實，它的味道像李子卻沒有核，名叫沙棠，可以禦水，吃了它使人不沉溺。有一種草，名叫蘋草，它的形狀像葵，它的味道像蔥一樣，吃了能解除憂愁。黃河從這裏發源，並且向南流，再向東注於無達。赤水也發源於此，並且向東南流注入氾天水中。洋水也發源在這裏，並且向西南流注入醜塗水中。黑水也發源在這裏，並且向西流注入

大杅山旁的水中，水中多怪鳥和怪獸。

又向西三百七十里，叫樂游山。桃水發源於此，向西流入稷澤，水中多產白玉。稷澤中產鰼魚，它的形狀像蛇，卻長著四隻足，專門吃魚。

樂游山向西從水路行四百里，馳過二百里流沙河，到了嬴母山，山神長乘主管此山，他是天的九德之氣所生，他長得像人卻生有豹尾，也就是類似豹一樣的尾巴。山上藏有玉石，山下多產青石，卻沒有水。

向西三百五十里的地方有座山，叫玉山，這是西王母居住的地方。西王母的樣子像人，長著豹尾虎牙，善於咆嘯，她蓬頭亂髮，頭上戴著玉勝，她主管上天的災曆和五種殘酷的刑殺。山上有一種野獸，它的形狀像狗，卻長著豹子的斑紋，它頭上的角像牛，名叫狡，它的聲音像狗叫，它如果出現，這個國家一定會五穀豐收。有一種鳥，它的形狀像野雞，全身為紅色，名叫胜遇，它吃魚，叫聲像鹿，它如果出現，這個國家會有水災。

又向西四百八十里，叫軒轅丘，丘中不生草和樹。洵水發源於此，向南流入黑水，水中多產丹粟，多產石青和雄黃。

軒轅丘向西三百里，叫積石山，山下有石門，河水漫過它向西南流。這座山可以說是萬物莫不具有。

向西二百里是長留山，是山神白帝少昊居住的地方。山中的野獸都是花尾巴，山中的鳥都是花腦袋。山中多是帶花紋的玉石。其實這裏是員神磈氏——少昊的宮殿。這山神主管太陽西落時光線向東方反射的事。

又向西二百八十里有座山，叫章莪山，山上不生草和樹，多產瑤、碧玉石。山中常有奇怪的動物。有一種野獸，形狀像赤豹，長著五個尾巴一個角，它叫的聲音像敲擊石頭，名叫猙。有一種鳥，它的形狀像鶴，一個足，身體是青色的質地紅色花紋並長著白色的嘴，名叫畢方，它的叫聲好像是在叫自己的名字，它如果出現，那個地方就會發生怪火。

章莪山向西二百里有座陰山。濁浴水發源在此山，並向南流注入蕃

澤，水中多產花紋貝殼。有一種野獸，它的樣子像野貓，頭是白色，名叫天狗，它的叫聲像「榴榴」，養它可以防禦凶邪。

向西二百里的地方有座山，叫符惕山，山上多是棕櫚樹和柟樹，山下多藏有金屬礦和玉石，神江疑住在此山。這座山多下奇怪的雨，這是風雲興起之處。

又向西二百二十里有座三危山，三青鳥住在這裏。這座山方圓一百里。山上有野獸，它的形狀像牛，白色的身體四個角，身上的毛就像披著的蓑衣，它的名叫傲狠，能吃人。山上有一種鳥，長了一個腦袋三個身子，形狀像鷫，它的名字叫鴟。

再向西一百九十里有座騩山，山上多是玉石，沒有普通石頭，山神耆童住在這裏，他的聲音常常像用錘子敲擊磬。山下有很多積蛇。

向西三百五十里，叫天山，山上多藏有金屬礦物和玉石，還有石青、雄黃。英水發源於此，並且向西流注入湯谷。山上有一個神，他的形狀像黃口袋，紅得像一團火，長著六隻腳四個翅膀，渾渾沌沌沒有臉和眼睛，他是善於唱歌跳舞的神，他其實就是帝江。

又向西二百九十里的地方有座山，叫泑山，神蓐收居住在這裏。山上多藏有嬰脰玉，山的南面多藏瑾瑜玉，山的北面多藏有石青、雄黃。這座山啊，向西可以看見太陽落下的地方，那就是神蓐收在巡察啊。

向西從水路行一百里，到了翼望山，山上沒有草和樹，多藏有金屬礦和玉石。有一種野獸，它的形狀像野貓，長著一隻眼睛三條尾巴，名叫讙，它的叫聲就像有一百種動物鳴叫，養它可以禦防凶邪之事，佩戴上它能治黃疸病。有一種鳥，形狀像烏鴉，長著三個腦袋六條尾巴，卻喜歡笑，名叫鵸鵌鵒，佩戴上它，能使人不做惡夢，又能禦防凶邪。

總計西方第三座山系的開始，從崇吾山到翼望山，共二十三座山，綿延六千七百四十四里。它們的山神形狀都是羊的身子人的臉。祭祀他們的辦法是將一塊吉玉埋到地裏，所需的精米用稷米。

　　西方第四座山系的頭一座山，叫做陰山，山上多生長構樹，沒有石頭，山上的草大多是鳧葵和青薔。陰水發源於此山，向西流注入洛水。

　　向北五十里有座山，叫勞山，山中多生紫草。弱水發源在此山，並且向西流注入洛水。

　　往西五十里有座山，叫罷父山。洱水發源於此山，並向西流注入洛水，山中多生長茈石和碧玉。

　　再往北一百七十里，叫做申山，山上多為構樹和柞樹，山下多杻樹和橿樹。山的南面多藏有金屬礦和玉石。區水發源在山中，並向東流注入河水。

　　向北二百里有座山，叫做鳥山，山上多生桑樹，山下多生楮樹，山的北面多藏有鐵礦，山的南面多為玉石，辱水發源於此山，並向東流注入河水。

　　再向北一百二十里的地方有座山，叫上申山，山上不生草木，並且多為大石，山下多為榛樹和楛樹，山中的野獸多是白鹿。山中的鳥主要是當扈，它的樣子像野雞，用它脖頸下的毛當翅膀飛，吃了它能治眨眼病。湯水發源於此，向東流注入河水。

　　上申山向北一百八十里，叫諸次山。諸次水發源於山中，並向東流注入河水。這座山啊，都是樹沒有草，鳥和野獸不在此山上居住，多的是大大小小的蛇。

　　向北一百八十里有座山，叫號山，山中的樹多是漆樹和棕櫚樹，山中生長的草多是芍藥、白芷、江蘺。山上還有柔軟的泠石。端水發源於此山，並向東流注入河水。

　　又向北二百二十里的地方有座山，叫盂山，山的北面多藏有鐵礦，山的南面多藏有銅礦，山中的野獸多是白狼和白虎，山中的鳥多是白雉和白翠。生水發源於此，並向東流注入黃河。

　　盂山向西二百五十里，叫白於山，山上多是松樹和柏樹，山下多生

長櫟樹和檀樹，山中的野獸多是牦牛、羬羊，山中的鳥多鴞鳥。洛水發源於山南，並向東流注入渭水；夾水發源於山北，並向東流注入生水。

向西北三百里有座山，叫申首山，山中沒有草和樹，冬天和夏天山上都有雪。申水發源於山上，潛流到山下，水中多是白色玉石。

再向西五十五里有座涇谷山。涇水發於山中，向東南流注入渭水，水中多藏有白金、白玉。

涇谷山向西一百二十里，叫剛山，山中多為柒樹，多出產瑰玞玉。剛水發源於山中，向北流注入渭水。山中有神魖，它的形狀是人面獸身，一隻足，一隻手，它的聲音像是人打哈欠。

向西二百里，到剛山的末尾。洛水發源在山中，並向北流注入河水，山中多叫蠻蠻的野獸，它的形狀是老鼠身子，甲魚似的腦袋，它的聲音像狗叫。

又向西三百五十里，叫英鞮山，山上多產漆樹，山下多藏有金礦和玉石，鳥和野獸都是白色。涴水發源於此山，並且向北流注入陵羊澤。水中多為冉遺魚，這種魚是魚身蛇頭，六隻足，它的眼睛的形狀像馬的耳朵，吃了使人不做惡夢，並能禦凶邪之事。

英鞮山向西三百里，叫中曲山，山的南面多產玉石，山的北面多產雄黃、白玉和金礦。有一種野獸，形狀像馬，卻長著白色的身子黑色的尾巴，一隻角，老虎的牙和爪，叫聲像擊鼓，它的名叫駁，能吃虎和豹，馴養它可以禦防兵亂。山中有一種樹，它的樣子像棠梨，並且有圓圓的葉子紅紅的果實，果實的大小像木瓜，名叫懷樹，吃了它能壯身強體增添許多力氣。

又向西二百六十里，叫邦山。山上有一種野獸，它的樣子像牛，渾身長著像刺蝟一樣的毛，名叫窮奇，聲音像嗥叫的狗，能吃人。濛水發源於山中，向南流注入洋水，水中多黃貝和嬴魚，嬴魚是魚身，鳥一樣的翅膀，叫聲像鴛鴦，它如果出現，那個地方一定會有水災。

又向西二百二十里，叫鳥鼠同穴山，山上多產白虎和白玉。渭水發源於此山中，並向東流注入河水。水中多是鰠魚，它的樣子像鱣魚，只要它一動那個地方就會出現兵亂。濫水發源於山的西面，並向西流注入漢水。水中多絮魮魚，它的樣子像覆銚，長著鳥一樣的頭，魚一樣的鰭和尾巴，叫聲像敲擊磬石，它叫的時候，會有珍珠和玉石從身上流瀉下來。

又向西南三百六十里，叫崦嵫山。山上產丹木，它的葉子像構樹，它的果實像大瓜，紅色的花萼及黑色的紋理，吃了它能治黃疸病，還能禦防火災。山南有很多烏龜，山北藏玉石。苕水發源於山中，並向西流注入大海，水中多是磨刀石。有一種野獸，它的樣子像馬的身子，鳥的翅膀，人的臉，蛇的尾巴，它喜歡把人舉起來，名叫孰湖。有一種鳥，它的樣子像鴞鳥，卻長著人的臉，獼猴的身子，狗尾巴，它的名是從它的叫聲中自己叫出來的，它如果出現，那個地方一定會發生旱災。

總計西方第四座山系，從陰山往下，一直到崦嵫山，共十九座山，三千六百八十里。各山山神祭祀的典禮，都是用一隻白毛雞來取血塗祭，精米用稻米，用白茅做墊席。

以上所記，西方的山系總計七十七座山，一萬七千五百一十七里。

卷三·北山經

北山之首，曰單狐之山，多机木，其上多華草。逢水出焉，而西流注于泑水，其中多芘石文石。

又北二百五十里，曰求如之山，其上多銅，其下多玉，無草木。滑水出焉，而西流注于諸毗之水。其中多滑魚，其狀如鱓，赤背，其音如梧，食之已疣。其中多水馬，其狀如馬，文臂牛尾，其音如呼。

又北三百里，曰帶山，其上多玉，其下多青碧。有獸焉，其狀如馬，一角有錯，其名曰臞疏，可以辟火。有鳥焉，其狀如烏，五采而赤

文，名曰䳩鵌，是自為牝牡，食之不疽。彭水出焉，而西流注于芘湖之水。其中多儵魚，其狀如雞而赤毛，三尾、六足、四首，其音如鵲，食之可以已憂。

又北四百里，曰譙明之山，譙水出焉，西流注于河。其中多何羅之魚，一首而十身，其音如吠犬，食之已癰。有獸焉，其狀如貆而赤豪，其音如榴榴，名曰孟槐，可以禦凶。是山也，無草木，多青雄黃。

又北三百五十里，曰涿光之山，囂水出焉，而西流注于河。其中多鰼鰼之魚，其狀如鵲而十翼，鱗皆在羽端，其音如鵲，可以禦火，食之不癉。其上多松柏，其下多椶橿。其獸多麢羊，其鳥多蕃。

又北三百八十里，曰虢山，其上多漆，其下多桐椐，其陽多玉，其陰多鐵。伊水出焉，西流注于河。其獸多橐駝，其鳥多寓，狀如鼠而鳥翼，其音如羊，可以禦兵。

又北四百里，至于虢山之尾，其上多玉而無石。魚水出焉，西流注于河，其中多文貝。

又北二百里，曰丹熏之山，其上多樗柏，其草多韭䪥，多丹雘。熏水出焉，而西流注于棠水。有獸焉，其狀如鼠，而菟首麋身，其音如獆犬，以其尾飛，名曰耳鼠，食之不脿，又可以禦百毒。

又北二百八十里，曰石者之山，其上無草木，多瑤碧。泚水出焉，西流注于河。有獸焉，其狀如豹，而文題白身，名曰孟極。是善伏，其鳴自呼。

又北百一十里，曰邊春之山，多蔥、葵、韭、桃、李。杠水出焉，而西流注于泑澤。有獸焉，其狀如禺而文身，善笑，見人則臥，名曰幽鴳，其鳴自呼。

又北二百里，曰蔓聯之山，其上無草木。有獸焉，其狀如禺而有鬣，牛尾、文臂、馬蹄，見人則呼，名曰足訾，其鳴自呼。有鳥焉，群居而朋飛，其毛如雌雉，名曰䴈，其鳴自呼，食之已風。

又北百八十里，曰單張之山，其上無草木。有獸焉，其狀如豹而長尾，人首而牛耳，一目，名曰諸犍，善吒，行則銜其尾，居則蟠其尾。有鳥焉，其狀如雉，而文首、白翼、黃足，名曰白鵺，食之已嗌痛，可以已癡。櫟水出焉，而南流注于杠水。

又北三百二十里，曰灌題之山。其上多樗柘，其下多流沙，多砥。有獸焉，其狀如牛而白尾，其音如訆，名曰那父。有鳥焉，其狀如雌雉而人面，見人則躍，名曰竦斯，其鳴自呼也。匠韓之水出焉，而西流注于泑澤，其中多磁石。

又北二百里，曰潘侯之山，其上多松柏，其下多榛楛，其陽多玉，其陰多鐵。有獸焉，其狀如牛，而四節生毛，名曰旄牛。邊水出焉，而南流注于櫟澤。

又北二百三十里，曰小咸之山，無草木，冬夏有雪。

北二百八十里，曰大咸之山，無草木，其下多玉。是山也，四方，不可以上。有蛇名曰長蛇，其毛如彘豪，其音如鼓柝。

又北三百二十里，曰敦薨之山，其上多椶枏，其下多茈草。敦薨之水出焉，而西流注于泑澤。出于昆侖之東北隅，實惟河原。其中多赤鮭，其獸多兕、旄牛，其鳥多鳲鳩。

又北二百里，曰少咸之山，無草木，多青碧。有獸焉，其狀如牛，而赤身、人面、馬足，名曰窫窳，其音如嬰兒，是食人。敦水出焉，東流注于鴈門之水，其中多䱼䱼之魚，食之殺人。

又北二百里，曰獄法之山。瀤澤之水出焉，而東北流注于泰澤。其中多鱲魚，其狀如鯉而雞足，食之已疣。有獸焉，其狀如犬而人面，善投，見人則笑，其名山㹺，其行如風，見則天下大風。

又北二百里，曰北嶽之山，多枳棘剛木。有獸焉，其狀如牛，而四角、人目、彘耳，其名曰諸懷，其音如鳴雁，是食人。諸懷之水出焉，而西流注于囂水。其中多鮨魚，魚身而犬首，其音如嬰兒，食之已狂。

又北百八十里，曰渾夕之山，無草木，多銅玉。囂水出焉，而西北流注于海。有蛇一首兩身，名曰肥蟥，見則其國大旱。

又北五十里，曰北單之山，無草木，多蔥韭。

又北百里，曰罴差之山，無草木，多馬。

又北百八十里，曰北鮮之山，是多馬。鮮水出焉，而西北流注于涂吾之水。

又北百七十里，曰隄山，多馬。有獸焉，其狀如豹而文首，名曰狕。隄水出焉，而東流注于泰澤，其中多龍龜。

凡北山經之首，自單狐之山至于隄山，凡二十五山，五千四百九十里。其神皆人面蛇身，其祠之，毛用一雄雞彘瘞，吉玉用一珪，瘞而不糈。其山北人，皆生食不火之物。

北次二經之首，在河之東，其首枕汾，其名曰管涔之山。其上無木而多草，其下多玉。汾水出焉，而西流注于河。

又北二百五十里，曰少陽之山，其上多玉，其下多赤銀。酸水出焉，而東流注于汾水，其中多美赭。

又北五十里，曰縣雍之山，其上多玉，其下多銅。其獸多閭麋，其鳥多白翟白鶺。晉水出焉，而東南流注于汾水。其中多鮆魚，其狀如儵而赤鱗，其音如叱，食之不騷。

又北二百里，曰狐岐之山，無草木，多青碧。勝水出焉，而東北流注于汾水，其中多蒼玉。

又北三百五十里，曰白沙山，廣員三百里，盡沙也，無草木鳥獸。鮪水出于其上，潛于其下，是多白玉。

又北四百里，曰爾是之山。無草木，無水。

又北三百八十里，曰狂山，無草木。是山也，冬夏有雪。狂水出焉，而西流注于浮水，其中多美玉。

又北三百八十里，曰諸餘之山，其上多銅玉，其下多松柏。諸餘之

水出焉，而東流注于㳘水。

又北三百五十里，曰敦頭之山，其上多金玉，無草木。㳘水出焉，而東流注于印澤。其中多騂馬，牛尾而白身，一角，其音如呼。

又北三百五十里，曰鉤吾之山，其上多玉，其下多銅。有獸焉，其狀羊身人面，其目在腋下，虎齒人爪，其音如嬰兒，名曰狍鴞，是食人。

又北三百里，曰北嚻之山，無石，其陽多碧，其陰多玉。有獸焉，其狀如虎，而白身犬首，馬尾彘鬣，名曰獨狢。有鳥焉，其狀如烏，人面，名曰鶹鶚，宵飛而晝伏，食之已暍。涔水出焉，而東流注于邛澤。

又北三百五十里，曰梁渠之山，無草木，多金玉。脩水出焉，而東流注于雁門。其獸多居暨，其狀如彙而赤毛。其音如豚。有鳥焉，其狀如夸父，四翼、一目、犬尾，名曰嚻，其音如鵲，食之已腹痛，可以止衕。

又北四百里，曰姑灌之山，無草木。是山也，冬夏有雪。

又北三百八十里，曰湖灌之山，其陽多玉，其陰多碧，多馬。湖灌之水出焉，而東流注于海，其中多䱤。有木焉，其葉如柳而赤理。

又北水行五百里，流沙三百里，至于洹山，其上多金玉。三桑生之，其樹皆無枝，其高百仞。百果樹生之。其下多怪蛇。

又北三百里，曰敦題之山，無草木。多金玉。是錞于北海。

凡北次二經之首，自管涔之山至于敦題之山，凡十七山，五千六百九十里。其神皆蛇身人面。其祠：毛用一雄雞彘瘞；用一璧一珪，投而不糈。

北次三經之首曰太行之山。其首曰歸山，其上有金玉，其下有碧。有獸焉，其狀如麢羊而四角，馬尾而有距，其名曰䮝，善還，其名自訆。有鳥焉，其狀如鵲，白身、赤尾、六足，其名曰䴅，是善驚，其鳴自詨。

又東北二百里，曰龍侯之山，無草木，多金玉。決決之水出焉，而

東流注于河。其中多人魚，其狀如䲮魚，四足，其音如嬰兒，食之無癡疾。

又東北二百里，曰馬成之山，其上多文石，其陰多金玉。有獸焉，其狀如白犬而黑頭，見人則飛，其名曰天馬，其鳴自詨。有鳥焉，其狀如烏，首白而身青、足黃，是名曰鶌鶋，其鳴自詨，食之不饑，可以已寓。

又東北七十里，曰咸山，其上有玉，其下多銅，是多松柏，草多茈草。條菅之水出焉，而西南流注于長澤。其中多器酸，三歲一成，食之已癘。

又東北二百里，曰天池之山，其上無草木，多文石，有獸焉，其狀如兔而鼠首，以其背飛，其名曰飛鼠。澠水出焉，潛于其下，其中多黃堊。

又東三百里，曰陽山，其上多玉，其下多金銅。有獸焉，其狀如牛而赤尾，其頸臂，其狀如句瞿，其名曰領胡，其鳴自詨，食之已狂。有鳥焉，其狀如雌雉，而五采以文，是自為牝牡，名曰象蛇，其名自詨。留水出焉，而南流注于河。其中有鮊父之魚，其狀如鮒魚，魚首而彘身，食之已嘔。

又東三百五十里，曰貫聞之山，其上多蒼玉，其下多黃堊，多涅石。

又北百里，曰王屋之山，是多石。㳈水出焉，而西北流于泰澤。

又東北三百里，曰教山，其上多玉而無石。教水出焉，西流注于河。是水冬乾而夏流，實惟乾河。其中有兩山。是山也，廣員三百步，其名曰發丸之山，其上有金玉。

又南三百里，曰景山。南望鹽販之澤，北望少澤。其上多草、藷藇，其草多秦椒，其陰多赭，其陽多玉。有鳥焉，其狀如蛇，而四翼、六目、三足，名曰酸與，其鳴自詨，見則其邑有恐。

又東南三百二十里，曰孟門之山，其上多蒼玉，多金，其下多黃堊，多涅石。

又東南三百二十里，曰平山。平水出其上，潛于其下，是多美玉。

又東三百里，曰京山，有美玉，多漆木，多竹。其陽有赤銅，其陰有玄礵。高水出焉，南流注于河。

又東二百里，曰蟲尾之山，其上多金玉，其下多竹，多青碧。丹水出焉，南流注于河，薄水出焉，而東南流注于黃澤。

又東三百里，曰彭毗之山，其上無草木，多金玉，其下多水。蚤林之水出焉，東南流注于河。肥水出焉，而南流注于床水，其中多肥蟥之蛇。

又東百八十里，曰小侯之山。明漳之水出焉，南流注于黃澤。有鳥焉，其狀如烏而白文，名曰鴣鵑，食之不灂。

又東三百七十里，曰泰頭之山。共水出焉，南注于虖池。其上多金玉，其下多竹箭。

又東北二百里，曰軒轅之山，其上多銅，其下多竹。有鳥焉，其狀如梟而白首，其名曰黃鳥，其鳴自詨，食之不妒。

又北二百里，曰謁戾之山，其上多松柏，有金玉。沁水出焉，南流注于河。其東有林焉，名曰丹林。丹林之水出焉，南流注于河。嬰侯之水出焉，北流注于汜水。

東三百里，曰沮洳之山，無草木，有金玉。濩水出焉，南流注于河。

又北三百里，曰神囷之山，其上有文石，其下有白蛇，有飛蟲。黃水出焉，而東流注于洹。滏水出焉，而東流注于歐水。

又北二百里，曰發鳩之山，其上多柘木。有鳥焉，其狀如烏，文首、白喙、赤足，名曰精衛，其名自詨。是炎帝之少女名曰女娃。女娃游于東海，溺而不返，故為精衛，常銜西山之木石，以堙于東海。漳水

出焉，東流注于河。

又東北百二十里，曰少山，其上有金玉，其下有銅。清漳之水出焉，東流于濁漳之水。

又東北二百里，曰錫山，其上多玉，其下有砥。牛首之水出焉，而東流注于滏水。

又北二百里，曰景山，有美玉。景水出焉，東南流注于海澤。

又北百里，曰題首之山，有玉焉，多石，無水。

又北百里，曰繡山，其上有玉、青碧。其木多枸，其草多芍藥、芎藭。洧水出焉，而東流注于河。其中有鳡、黽。

又北百二十里，曰松山。陽水出焉，東北流注于河。

又北百二十里，曰敦與之山，其上無草木，有金玉。溹水出于其陽，而東流注于泰陸之水；泜水出于其陰，而東流注于彭水。槐水出焉，而東流注于泜澤。

又北百七十里，曰柘山，其陽有金玉，其陰有鐵。歷聚之水出焉，而北流注于洧水。

又北三百里，曰維龍之山，其上有碧玉，其陽有金，其陰有鐵。肥水出焉，而東流注于皋澤，其中多磐石。敞鐵之水出焉，而北流注于大澤。

又北百八十里，曰白馬之山，其陽多石玉，其陰多鐵，多赤銅。木馬之水出焉，而東北流注于滹沱。

又北二百里，曰空桑之山，無草木，冬夏有雪。空桑之水出焉，東流注于滹沱。

又北三百里，曰泰戲之山，無草木，多金玉。有獸焉，其狀如羊，一角一目，目在耳後，其名曰辣辣，其鳴自訆。滹沱之水出焉，而東流注于漊水。液女之水出于其陽，南流注于沁水。

又北三百里，曰石山，多藏金玉。濩濩之水出焉，而東流注于滹

沱；鮮于之水出焉，而南流注于滹沱。

又北二百里，曰童戎之山。皋涂之水出焉，而東流注于溇溢水。

又北三百里，曰高是之山。滋水出焉，而南流注于滹沱。其木多椶，其草多條。滱水出焉，東流注于河。

又北三百里，曰陸山，多美玉。𨚐水出焉，而東流注于河。

又北二百里，曰沂山。般水出焉，而東流注于河。

北百二十里，曰燕山，多嬰石。燕水出焉，東流注于河。

又北山行五百里，水行五百里，至于饒山。是無草木，多瑤碧，其獸多橐駝，其鳥多鶹。歷虢之水出焉，而東流注于河。其中有師魚，食之殺人。

又北四百里，曰乾山，無草木，其陽有金玉，其陰有鐵而無水。有獸焉，其狀如牛而三足，其名曰獂，其鳴自詨。

又北五百里，曰倫山。倫水出焉，而東流注于河。有獸焉，其狀如麋，其州在尾上，其名曰羆。

又北五百里，曰碣石之山。繩水出焉，而東流注于河，其中多蒲夷之魚。其上有玉，其下多青碧。

又北水行五百里，至于雁門之山，無草木。

又北水行四百里，至于泰澤。其中有山焉，曰帝都之山，廣員百里，無草木，有金玉。

又北五百里，曰錞于毋逢之山。北望雞號之山，其風如䬅。西望幽都之山，浴水出焉。是有大蛇，赤首白身，其音如牛，見則其邑大旱。

凡北次三經之首，自太行之山至錞于毋逢之山，凡四十六山，萬二千三百五十里。其神狀皆馬身而人面者廿神。其祠之，皆用一藻茝瘞之。其十四神狀皆彘身而載玉。其祠之，皆玉，不瘞。其十神狀皆彘身而八足蛇尾。其祠之，皆用一璧瘞之。大凡四十四神，皆用稌糈米祠之，此皆不火食。

右北經之山志，凡八十七山，二萬三千二百三十里。

〔譯文〕

北方第一列山系的開頭一座山，叫做單狐山。山上生長著與榆樹相似的机樹，還生長著茂盛的花草叢。漨水發源於這座山，向西流去，注入泑水，水中多產紫石和文石。

單狐山向北二百五十里的地方，有座求如山。山上蘊藏著豐富的銅，山下遍布著很多美玉。山頂光禿沒有生長花木雜草。這裏是滑水的發源地，滑水向西流去，注入諸毗水。水中生長著很多滑魚，形狀像鱔魚，紅色的脊背，它的叫聲如人呿唔聲，吃了這種魚，能夠治療贅瘤。水中還生長著很多水馬，它長的形狀與普通馬相似，前腳上有花紋，尾巴像牛的尾巴，它發出的叫聲很像人的叫喊聲。

由求如山向北三百里的地方有座山，叫做帶山。山上遍布著許許多多的美玉，山下遍布著青碧一類的玉石。山中生長著一種獸，它的形體與馬相似，頭上長著一隻角，角的尖端猶如磨刀石，這種獸的名字叫臛疏，可以飼養它來防禦火災。山中生長著一種鳥，長得很像烏鴉，身披五彩羽毛，還有紅色的花紋，它的名字叫鵸鵨，這種鳥集雌雄於一身，人們若吃了這種鳥，不生癰疽病。彭水由此山發源，向西流去，注入芘湖。水中生長著很多鯈魚，這種魚的外貌奇特，像家養的雞，長著紅色的羽毛，有三條尾巴，六隻腳，四個頭，它的叫聲和喜鵲的聲音差不多，人們吃了這種魚的肉，可以忘掉煩憂。

由帶山往北四百里的地方有座讙明山，這是讙水的發源地，讙水向西流去，注入河水。水中生長著很多何羅魚，這種魚長著一個頭，卻有十個身子，其叫聲如狗叫。人們如果吃了這種魚，便能治好癰腫。山中生長著一種獸，它長得像豪豬，渾身長著紅色的毛，它的叫聲像榴榴，名字叫孟槐。帶著這種獸，可以逢凶化吉。這個山上不生草木，但遍布

著青色雄黃。

再向北三百五十里的地方，有一座涿光山。囂水發源於這座山，向西流去，注入河水。水中生長著許許多多的鰼鰼魚，它的身子很像喜鵲，身上有十隻翅膀，魚鱗長在羽毛的尖端。聲音像喜鵲叫一樣。飼養它可以防止火災。如果吃了這種魚，可以不害疸病。山上生長著茂密的松樹和柏樹，山下生長著很多棕櫚樹和橿樹。生長在山中的野獸，以羚羊為主；生長在山林的鳥中，以鴞鳥為最多。

再往北三百八十里的地方有座虢山。山上遍布著漆樹，山下生長著茂盛的梧桐樹。山的南面盛產美玉，山背陰的北坡，蘊藏著豐富的鐵。伊水發源於這座山，向西流去，注入河水。山中生長的野獸中，多是駱駝，山間生長的飛鳥以寓鳥為最多，它的形體像老鼠，卻長著鳥一樣的翅膀，它的叫聲像羊，這種鳥可以用來防禦兵禍。

再向北四百里就到了虢山的尾部，山中遍布著許多美玉，卻沒有石頭。魚水發源於這座山，向西流去，注入河水。水中有很多花斑貝。

虢山尾向北二百里，叫做丹熏山。山上生長著茂密的樗樹和柏樹，草叢中都是山韭和山薤之類的植物，還盛產紅色的脂。熏水從這座山中流出，向西流去，注入棠水。山中有一種獸，形體像老鼠，但長著兔子頭，麋鹿的身子，它的聲音像狗叫，用它的尾巴當作翅膀，可以飛翔，它的名叫耳鼠，吃了它的肉，人不會得脹鼓病，還可以防禦百毒之害。

再向北二百八十里的地方，有一座石者山。山上沒有樹木花草，卻有很多叫做瑤碧的美玉。這裏是泚水的發源地，泚水由此，向西流去，注入河水。山中生長著一種獸，它的形體很像豹子，但額頭皮毛成斑紋，身上的毛皮則是白色的，這種野獸名叫孟極。這種獸善於埋伏隱藏，它的叫聲像是自呼其名。

石者山向北一百一十里的地方，叫做邊春山。山上生長著茂盛的蔥、葵、韭、桃樹和李樹等。杠水發源於這座山，向西流去，注入泑

澤。山中生長著一種獸，它的形體像獼猴，但身上的皮毛有很多斑紋，善於嬉笑，見人就裝死。它名叫幽鴳。它的鳴叫聲也像是自呼其名。

再向北二百里的地方，有一座蔓聯山。山上不生長樹木花草。山中生長著一種獸，它的形體與猿猴相似，卻沒有鬣毛，尾巴像牛尾巴，前腳有花紋，還長著馬蹄一樣的腳掌。它見到人就呼叫，這種野獸名叫足訾，它鳴叫的聲音像喊自己的名字。山中生長著一種鳥，這種鳥喜歡成群地居住在一起，而且結隊飛翔，它的身上的羽毛與雌野雞羽毛差不多，它名叫䴅，它的鳴叫像是喊自己的名字，人們如果吃了這種鳥肉，便能治癒風癲病。

再向北一百八十里的地方有座山，叫做單張山。山上光禿，沒有花草樹木。山中生長著一種獸，它的形體很像豹，長長的尾巴，長著人的腦袋，牛的耳朵，只有一隻眼睛，它名叫諸犍。它善於大聲嚎叫，走起來用嘴銜著尾巴，停下時，尾則盤蜷著。山中生長著一種鳥，它的形體與野雞相似，但頭上的羽毛呈各種花紋，翅膀的羽毛是白色的，腳是黃色的，它的名字叫白鵺，人們吃了這種鳥肉，可以治療慢性咽炎，還能醫治好癡呆病。櫟水發源於這座山，向南流去，注入杠水。

單張山向北三百二十里的地方，有一座灌題山。山上生長著茂密的樗樹和柘樹。山下沉積著很多的流沙，多產磨刀石。山中生長著一種獸，它的形體和牛相似，而尾巴則是白色的，叫的聲音好像人在呼喚，它的名叫那父。這裏有一種鳥，它的形體似雌野雞，但長著人的面孔，見到人就跳躍，它的名叫竦斯，它叫的聲音就是喊自己的名字。匠韓水發源於這座山，向西流去，注入泑澤，澤中有很多磁石。

再向北二百里的地方有座潘侯山。山上生長著茂密的松樹和柏樹，山下生長著茂密的榛樹和楛樹。山向陽的南坡遍布著玉石，山背陰的北坡蘊藏豐富的鐵。有一種獸生活在這裏，它的形體和牛相似，四條腿關節上都生著長毛，它名叫旄牛。邊水發源於這座山，向南流入櫟澤。

　　再往北二百三十里，叫做小咸山。山上沒有草木，一年四季都覆蓋著白雪。

　　小咸山向北二百八十里的地方，叫做大咸山。山上光禿禿的，沒有生長樹木花草，山下遍布著各色美玉。大咸山為方形大山，無法攀登上去。山中生長著一種蛇，名叫長蛇，它身上長著毛，如豬毛，它的叫聲像和尚敲擊的木魚聲。這種蛇後來被后羿殺死在洞庭，它的墓在巴陵的巴丘一帶。

　　再向北三百二十里的地方，有一座敦薨山。山上多生長棕櫚樹和枏樹，山下多生長紫草。敦薨水發源於這座山，向西流去，注入泑澤。這條河位於昆侖山的東北角，這裏實際上就是黃河的發源地。水中生長著很多赤鮭。在這裏的野獸中，以兕、旄牛為最多。在生長的鳥中，以布穀鳥為最多。

　　再向北二百里的地方有座少咸山，山上光禿禿的，沒有樹木花草，遍布著青碧的名貴玉石。山中生長著一種獸，它的形體很像牛，全身深紅色的毛、人面、馬足，名叫窫窳，它的叫聲很像嬰兒啼哭，這種獸會吃人。敦水從此山中流出，向東流去，注入雁門水，水中生活著很多䲠魚，這種魚有毒，人們如果吃了它，就會被毒死。

　　少咸山向北二百里，叫做獄法山。瀤澤水發源於此山，向東北方向流去，注入泰澤。水中生長很多鱲魚，它的形體與鯉魚相似，但卻在腹下生長著一雙雞足，人們若吃了這種魚的肉，可以治療疣腫。山中還生長著一種獸，它的形體與狗相似，面部很像人，善於投擲，見到人就笑，名叫山渾，它行走神速，能捲起一陣大風，只要它一出現，天下便會陰風怒號。

　　由獄法山再向北二百里的地方，叫做北嶽山，山上多生長枳、棗以及木質堅硬的樹。山中生長著一種獸，它長得像牛但長著四隻角，長著人眼和豬耳，名叫諸懷。它發出的聲音如雁鳴，這種獸能吃人。諸懷

水發源於此山，向西流去，注入囂水，水中生長著很多鮨魚，這種魚，長著魚的身子，狗一樣的頭，它發出的叫聲像嬰兒啼哭，吃了這種魚肉，可以治療瘋癲病。

再向北一百八十里的地方，有一座渾夕山。山上不生長樹木花草，山上遍布著黃銅和美玉。器水發源於此，向西北流去，注入大海。山中有很多蛇，長著一個頭，兩個身子，它名叫肥蟲。只要它一出現，天下就會發生旱災。

再向北五十里的地方，叫做北單山，山上光禿禿的，沒有花草樹木，卻生長著很多蔥和韭。

北單山向北一百里的地方，叫做罴差山，山上光禿禿的，沒有花草樹木，山中生活著許多野馬。

再向北一百八十里的地方，有一座北鮮山，這座山上有很多野馬。鮮水從這座山發源流出的，向西北流入涂吾水。

由北鮮山再向北一百七十里的地方有座山，叫做隄山。山中有很多野馬。隄山中還生長著一種獸，它的形體和豹子相似，而頭上有花紋，它名叫狪。隄水發源於這座山，向東流去，注入泰澤，其中生長著很多龍龜。

總計北方第一列山脈，從單狐山開始，到堤山為止，總共二十五座山，蜿蜒五千四百九十里，這些山中的神仙，都是人面蛇身。在神祠中祭祀時，把完整的帶毛的雄雞和豬埋葬在土裏，祭祀時的玉團用一塊珪，只需要埋藏牲畜和玉，不需要精米祭神。這些山的北面居住的人都吃未經燒煮過的食物。

北方第二列山系的第一座山，在黃河的東面，山的頭部緊靠著汾水，這座山叫管涔山。山上沒有樹木，只生長著茂密的草叢，山下遍布著美玉。汾水發源於這座山向西流去，注入河水。

管涔山往西北二百五十里，叫做少陽山。山上多產玉石，山下多產

赤銀。酸水從這裏發源，向東流入汾水，水中多產美赭。

再向北五十里的地方有座山，叫做縣雍山。山上遍布著美玉，山下遍布著赤銅。山中生長的獸，以山驢和麋為最多；山中生長的鳥類，以白翟和白鶹為主。晉水發源於這座山，從山澗流出後便向東南流去，注入汾水。水中生長著很多紫魚，這種魚的形體與儵魚相似，而魚鱗是紅色的，它發出的叫聲好像人的呵斥聲，人們如果吃了這種魚肉，可以醫治狐臭。

由縣雍山再向北二百里的地方，叫做狐岐山。山上光禿禿的，沒有生長花草樹木，山上有很多名貴的青玉和碧玉。勝水發源於這座山，向東北流去，注入汾水，水中有很多蒼玉。

再向北三百五十里的地方，有一座白沙山。這座山方圓三百餘里，沙石遍地，沒有花草樹木，也沒有飛禽和走獸，鮪水發源於這座山，然後潛流於山下，在水裏面有很多的白色玉石。

白沙山向北四百里的地方，叫做爾是山，山上沒有花草樹木，山中乾燥無水。

由此再向北三百八十里的地方，叫做狂山。山上光禿禿的，沒有生長花草樹木。這座山上，一年四季都有積雪。狂水發源於這座山，向西流入浮水，沿水多產美玉。

再向北三百八十里的地方，叫做諸餘山，山上有很多銅和美玉，山下生長著茂密的松柏樹。諸餘水發源於這座山，向東流去，注入施水。

諸餘山向北三百五十里的地方是敦頭山，山上多產黃金和美玉，山上光禿，沒有樹木花草。旄水發源於這座山，然後向東南流入印澤，沿旄水中多產駛馬。馬是白色，尾巴像牛尾巴，長著一隻角，其叫聲好像人的呼聲。

由敦頭山往北三百五十里的地方有座鉤吾山。山上遍布著美玉，山下蘊藏著豐富的銅礦。山中生長著一種野獸，它的身體與羊相似，頭卻

像人頭，可眼睛不在面部，長在腋下，口中的牙齒像老虎，腳上的爪子又有些像人的指甲，它的叫聲像嬰兒啼哭，這種獸叫狍鴞，能吃人。

再向北三百里的地方，叫做北囂山。山上沒有石頭，山向陽的南坡，遍布著碧玉，山背陰的北坡，遍布著許多晶瑩的玉石。這裏有一種野獸，它的形體很像老虎，身上是白色的毛皮，腦袋像狗的腦袋，尾巴卻像馬，又長著豬毛，名叫獨狢。山中生長著一種鳥，它的形體很像烏鴉，長著人的面孔，它名叫做鸃鵑，它晚上從巢中飛出，白天潛伏巢中。人們如果吃了這種鳥肉，就可以解暑散熱。涔爾發源於這座山，向東流去，注入邛澤。

再向北三百五十里的地方，有一座梁渠山。山上光禿禿的，沒有生長花草樹木，山上遍布著黃金和美玉。脩水發源於這座山，然後向東流入雁門。這裏的野獸大多是居暨，它長得很像彙（鼠的一種）渾身長著紅色毛皮，它的叫聲很像小豬叫。另外，山中生長一種鳥，它的形體很像夸父，長著四隻翅膀，一隻眼睛，尾巴像狗尾巴，名字叫做囂，這種鳥的叫聲像喜鵲，人們如果吃了這種鳥肉，可以醫治肚子疼，還可以止腹瀉。

由梁渠山再向北四百里的地方，叫做姑灌山，山上光禿禿的，沒有花草樹木，這座山，一年四季都是積雪。

再向北三百八十里有一座湖灌山，山的南坡遍布著玉石，山的北坡遍布著碧玉，山上生活著很多馬，湖灌水發源於這座山，向東流去，注入大海。水中生活著很多鱔魚。山中生長著一種樹，樹葉與柳葉相似，葉子上面有紅色的紋理。

由湖灌山再向北行五百里水路，通過三百里的流沙，就到達了洹山。山上遍布著黃金和美玉。山中有很多三桑樹，這種樹不長樹枝，只有樹幹，樹幹高達八十丈。各種果樹也生長在這座山中。關於三桑的傳說，一個叫化民的人，以桑葉為食，生活了二十七年，便吐絲把自己的

身體裹了起來，又九年而生出翅膀，再十年而死亡。山的下面樹叢裏有很多奇異的蛇。

再向北三百里的地方有一座山，叫做敦題山。山上不生樹木花草，滿山遍布著黃金和美玉。這座山緊靠北海岸邊。

總計北方第二列山脈的群山從管涔山起，到敦題山止，共有十七座山，蜿蜒五千六百九十里。這些山中的神仙，就是蛇身人面。祭祀他們的典禮是，毛物用一隻雄雞和一隻豬，把它們同埋在地裏，再用一塊璧玉和一塊珪投向水中，不用精米。

北方第三列山系叫做太行山，這列山脈的第一座山叫做歸山。山上遍布著黃金和美玉，山下盛產精美的碧玉。山中生長著一種奇異的獸，它長得與羚羊很相似，但頭部卻長著四隻角，尾巴像馬尾，腳像雞爪，它的名字叫做䮝，它善於盤旋舞蹈，它的叫聲就像是呼喊它自己的名字。山中還生長著一種鳥，它的形體和喜鵲相似，身上長著白色的羽毛，尾巴上的羽翎是紅色的，身上有六隻腳，它名叫做鶺，這種鳥十分靈敏驚覺，它的叫聲也是自呼其名。

再向東北二百里的地方，有一座龍侯山。山頂沒有生長花草樹木，遍布著黃金和美玉。決決水發源於這座山，向東流入河水。水中生長著很多人魚，它的體形很像鯑魚，長著四隻腳，它的叫聲很像嬰兒啼哭。人們如果吃了這種魚，可以治療癡呆症。

從龍侯山再向東北二百里的地方有座山，叫做馬成山。山上有許多具有花紋的石頭，山背陰的北面，遍布著黃金和美玉。山中生活著一種獸，它的形體很像白狗，而頭卻是黑色的，它長著翅膀，看到人，便會騰空而起，展翅飛去，它的名字叫天馬，它的叫聲是叫自己的名字。山中生活著一種鳥，這種鳥的形體與烏鴉相似，頭部卻是白色羽毛，身上青色羽毛，腳是黃色，它名叫鵰鵰，它的啼叫聲也像是叫自己的名字。人們如果吃了這種鳥，就會永遠不感到饑餓，還可以治療頭腦昏花、記

憶力衰退之症。

　　再向東北七十里的地方，叫做咸山。山上有很多晶瑩的玉石，山下蘊藏著豐富的銅礦。這座山上，松柏蔥蘢茂密。在草叢之中，以紫草最多。條菅水發源於這座山，向西南入長澤。水中盛產器酸，三年可以收成一次，人們如果吃了器酸，可以治好麻瘋病。

　　由咸山再向東北二百里的地方，叫做天池山。天池山沒有花草樹木，但遍布著有紋的石頭。山中生活著一種獸，它的形體與兔子相似卻長著鼠頭，它的背上長著茂密的長毛，背毛揚起，便能騰空起飛，所以它的名叫飛鼠，澠水發源於這座山，潛流在山下，水中有很多黃堊。

　　再向東三百里的地方有一座山，叫做陽山，山上多產晶瑩的玉石，山下蘊藏著豐富的金礦和銅礦。山中生活著一種野獸，它的身子很像牛，而尾巴是紅色的，脖子上長著肉瘤，肉瘤的形狀像個斗，它的名叫領胡，它的叫聲就是自己的名字。吃了它的肉，可以醫治癲狂症。這裏生長著一種鳥，它的體形酷似雌野雞，身上長著五彩花紋，雌雄集於一體，它名叫像蛇，它叫的聲音也像自呼其名。留水發源於這座山，向南流去，注入河水。水中生長著很多鮥父魚，它的形體好像鮒魚，這種魚長著魚頭，豬身子，人們如果吃了這種魚肉，可以醫治嘔吐病。

　　再向東三百五十里的地方有座賁聞山。山上到處都是蒼玉，山下布滿著黃堊，還有很多的涅石。

　　由賁聞山再向北一百里的地方，叫做王屋山，這座山有很多石塊。㶍水發源於這座山，向西北流去，注入泰澤。

　　向東北三百里的地方，叫做教山，山上遍布著五顏六色的晶瑩的美玉，卻沒有石頭。這裏是教水的源頭，教水向西流去，注入河水。教水冬季乾涸，夏季有水流，一年很少有水的時候，實際上是一條乾涸的河床。教水流經的地方矗立著兩座山，其中有一座叫做發丸山的，方圓三百步，山上蘊藏著豐富的黃金和美玉。

由此山再向南三百里的地方有座景山，站在景山的峰巔，向南可望鹽販澤，向北可望少澤。山上生長著很多草和山藥，在草叢中，以秦椒最多。山背陰的北坡，遍布著赭石，山向陽的南坡，遍布著各色美玉。山中生活著一種身形似蛇的鳥，但長著四隻翅膀，六隻眼睛，三隻腳，名字叫酸與。這種鳥的啼叫聲像是自呼其名，這種鳥所出現的地方，就會發生恐慌。

向東南三百二十里的地方，叫做孟門山，山上遍布了蒼石，又蘊藏著很多金礦石。山下有很多黃堊，還有很多涅石。

平山向東南三百二十里的地方有一座山，叫做平山。平水自山頂奔瀉而下，潛流到山下。水中盛產美玉。

再向東二百里的地方，叫做京山，山中遍布著美玉。山上生長著茂密的漆樹林，還生長著許多竹子。山向陽的南坡，遍布著赤銅，山背陰的北坡，有一種黑色的磨刀石。高水發源於這座山，向南流去，然後注入河水。

由京山再向東二百里的地方，叫做蟲尾山，山上遍布著黃金和美玉，山下生長著竹林，還有很多精美的青玉和碧玉。蟲尾山是丹水的發源地，它向南流去，注入河水。薄水也源於這座山中，向東南流去，注入黃澤。

向東三百里的地方有座彭毗山。山頂沒有花草樹木，但卻遍布著黃金、美玉，山下有好多河流。蚤林水發源於這座山，水從山中流出，向東南方向流去，注入河水。肥水發源於這座山，蜿蜒向南流去，注入床水，沿水多產肥蟡蛇。

再向東一百八十里的地方，叫做小侯山。小侯山是明漳水的發源地，水流從山中奔湧而出，向南流去，注入黃澤。小侯山有一種鳥，它長得很像烏鴉，但身上全是白色羽毛所織成的花紋，這種鳥名叫做鴣鸐，人們吃了這種鳥的肉，到老眼睛也不昏花。

　　由小侯山再向東三百七十里的地方有座山，叫做泰頭山。共水發源於這座山，水從山中流出，向南流去，最後注入虖池。泰頭山多產黃金、美玉，山下生長著茂密的小竹叢。

　　向東北二百里的地方有一座山，叫做軒轅山。山上蘊藏著豐富的銅礦，山下生長著茂盛的竹林。竹林中飛翔著一種奇異的鳥，這種鳥的身子像梟鳥，頭是白色的，叫做黃鳥，它的叫聲就像是喊自己的名字。人們如果吃了這種黃鳥的肉，就不會產生嫉妒的念頭。

　　再向北二百里有一座山，叫做謁戾山。山上生長著松樹和柏樹，山坡上還遍布黃金和美玉。沁水發源於這座山，向南流去，注入河水。在謁戾山的東邊，有茂密的一片樹林，名字叫做丹林。這裏是丹林水的發源地，丹林水向北流去，注入汜水。

　　謁戾山東三百里的地方，叫做沮洳山。山頂光禿禿，沒有樹木花草，但遍布著黃金和美玉。濝水發源於這座山，向南流去，最後注入河水。

　　向北三百里的地方有座山，叫做神囷山。山上遍布著帶有各種花紋的石頭，山下有很多白色的蛇，還有很多小飛蟲。黃水發源於這座山，向東流去，注入洹水。滏水也發源於這座山，向東流去，注入歐水。

　　再向北二百里的地方有一座山，叫做發鳩山，山上生長著茂密的柘木林。山中有一種鳥，形狀像烏鴉，頭部有花紋，嘴是白色的，足是紅色的，這種鳥名叫精衛。它鳴叫的聲音像是自呼其名。精衛鳥，是炎帝的最小的女兒女娃，女娃到東海遊玩，被淹死海中，沒有返回，之後變成了精衛鳥。精衛常常銜著西山上的小樹枝和碎石，去填東海。漳水發源於這座山，向東流去，注入黃河。

　　由發鳩山再向東北一百二十里的地方，叫做少山。山上有豐富的金礦和精美的玉石，山下有豐富的銅礦。清漳水從這裏發源，向東流入濁漳水。

　　從少山往東北走二百里，有一座山叫做錫山。錫山上面多產美玉，

山下到處都是磨刀石，牛首水發源於這座山，向東流去，注入滏水。

由錫山折而向北二百里的地方有座景山，山中遍布著各種精美的玉石。景山是景水的發源地，景水向東南流去，最後注入海澤。

再向北一百里的地方，叫做題首山，山中許多晶瑩的美玉，還有五顏六色的石塊，山上乾燥無河無水。

由題首山向北一百里的地方，叫做繡山，山中有許多精美的白玉，還有很多青玉和碧玉，在茂密蔥蘢的樹林中，以枸樹為最多。在叢生的雜草中，夾雜著芍藥和芎藭。清水從這裏發源向東流去，注入河水。在水中生長著很多的鱯魚和青蛙。

再往北一百二十里，有一座山叫做松山。松山是陽水的發源地，陽水向東北流入河水。

松山向北一百二十里的地方，叫做敦與山，山上光禿禿的，沒有生長花草樹木，但蘊藏著豐富的金礦和玉石。溹水發源於這座山的南麓，向東流去，注入泰陸水；泜水發源於這座山的北麓，向東流去，最後注入彭水。槐水也發源於這座山，水流滔滔東流，最後注入泜澤。

由敦與山向北一百七十里的地方有座山，叫做柘山。山向陽的南坡，遍布著金礦和玉石，山背陰的北坡，蘊藏著豐富的鐵。歷聚水發源於這座山，滔滔向北流去，注入洧水。

再向北三百里的地方，叫做維龍山，山上多產碧玉，山向陽的南坡多黃金，山背陰的北坡蘊藏著豐富的鐵。肥水從山中發源，向東流去，注入皋澤，水中有很多大石頭。敝鐵水發源於這座山，往北注入大澤。

由維龍山向北一百八十里的地方，叫做白馬山，山向陽的南坡遍布著各種精美的石頭和碧玉，山背陰的北坡蘊藏著豐富的鐵礦，還有很多赤銅。這裏是木馬水的發源地，木馬水向東北流去，注入虖沱河。

由白馬山再向北二百里的地方，叫做空桑山。這座山光禿禿的，沒有花草樹木，山頂氣候寒冷，一年四季雪花紛飛，空桑水從這座山中流

出，向東流去，注入虖沱河。

由空桑山再向北三百里的地方有座山，叫做泰戲山，山上沒有花草樹木，卻遍布著許多黃金和美玉。山中生長著一種野獸，它的形貌很像羊，但卻只有一隻角，一隻眼睛，眼睛長在耳朵的後面，它名叫辣㺆，它鳴叫的聲音像是叫自己的名字。虖沱水發源於這座山，向東奔流而去，注入漊水。液女水發源於這座山的南麓，向南流去，注入沁水。

向北三百里的地方有座石山，山中蘊藏著豐富的黃金和精美的玉石。濩濩水發源於這座石山，向東流去，注入虖沱河；鮮于水發源於這座山中，向南流去，注入虖沱河。

再向北二百里的地方，有一座童戎山。皋涂水從這裏發源，奔流而去，向東流入漊液水。

童戎山向北三百里的地方，叫做高是山，滋水發源於這座山，奔騰向南流去，然後注入鱧沱水。山中生長著鬱鬱蔥蔥的樹林，其中以棕櫚樹為最多，還有茂密的草叢，其中以條草最多。滱水發源於這座山，奔騰向東流去，注入黃河。

向北三百里的地方，叫做陸山，山中有豐富的金礦。邦水發源於這座山，洶湧向東奔流，注入黃河。

再向北二百里的地方有座山，叫做沂山，般水發源於這座山，水流滔滔東去，注入黃河。

由沂山向北一百二十里，叫做燕山。山上有許多嬰石。據傳說，宋之愚人，得嬰石於梧臺之東，就把它藏起來，以為是奇寶。周客見後，告訴主人，這是嬰石，與瓦塊差不多。主人大怒，藏之更加隱密了。此事後來一直傳為笑料。燕水從這座山中流出，向東流去注入黃河。

由燕山向北走五百里的山路和五百里的水路，便到達饒山。這座山沒有生長花草樹木，但卻遍布著名貴的瑤和碧一類的美玉。山中生長著很多獸，其中以駱駝為最多，山中還生長著很多飛鳥，其中以鴟鳥為最

多。歷虢水發源於這座山，奔流東去，注入黃河。水中生長著一種魚，叫做鱲魚，也叫鯢魚，是人魚的一種，它的毒性很大，人們如果吃了這種魚，便會中毒而死。

由饒山向北四百里的地方，叫做乾山。這座山光禿禿的，山中沒有花草樹木。山向陽的南坡遍布著黃金和玉石，山背陰的北坡，蘊藏著豐富的鐵礦，山中沒有水和河流。山中生長著一種獸，它的形體很像牛，卻有著三隻腳，它的名字叫做獂，是野豬中的一種。它吼叫的聲音，就像是自呼其名。

由乾山向北五百里的地方，叫做倫山。倫山是倫水的發源地，倫水奔流向東，注入河水。山中有一種獸，它的形體像麋，肛門長在尾巴上，它的名字叫做羆。

再向北五百里的地方，叫做碣石山。繩水發源於碣石山，蜿蜒向東流去，注入河水。在繩水中生長著蒲夷魚。它的形體似蛇，有六隻足，它的眼睛像馬的眼睛，人們吃了這種魚的肉，就不會做惡夢。山上遍布著晶瑩的玉石，山下多產青玉和碧玉。

由碣石山再向北走五百里的水路，便到了雁門山，山上光禿禿的，沒有生長樹木花草。

由雁門山再向北行四百里水路，便到達泰澤。泰澤浩淼無際，碧波萬頃。在泰澤裏面，聳立著一座宏偉的大山，叫做帝都山。這座山方圓一百里，但山上光禿禿的，沒有生長花草樹木。山中蘊藏著豐富的金礦，山上還遍布著精美絢麗的玉石。

再向北五百里的地方，有一座大山，叫做錞于毋逢山。這座山挺拔險峻，巍然聳立，在其山巔，向北望去，雞號山的景色，盡收眼底，從北面吹來強勁的風使人寒顫；向西望去，幽都山景色一覽無餘。浴水發源於幽都山，水流奔湧而出。在錞于毋逢山中，生長著一種大蛇，紅頭白身，它叫起來很像牛吼，這種蛇只要一出現，就預示著將出現大旱災。

　　總計北方第三列山脈的群山，從太行山起，至錞于毋逢山止，共有四十六座大山，蜿蜒曲折達一萬二千三百五十里。在這些山中所居住的二十位神靈，都是馬身人面。在祠堂中祭祀神靈時，皆用聚藻、香草作祭品，埋於地下。另外還有十四個神靈，形狀都像豬身子，頭上戴著用精美的玉石所製成的各種玉器。在祭祀這十四個神靈時，祭品應當用玉器，但不埋掉。還有十個神靈，身形似豬，但長著八隻腳，長著像蛇一樣的尾巴。在這些神靈的祠堂祭祀，都用一塊精美的玉石，埋於地下。以上總共四十四個神靈，在祭祀時，都用精米，這些神明，都吃生食，不吃火食。

　　以上所記載的北經中的群山，共是八十七座大山，蜿蜒長達二萬三千二百三十里。

卷四‧東山經

　　東山之首，曰樕䗬之山，北臨乾昧。食水出焉，而東北流注于海。其中多　之魚，其狀如犁牛，其音如彘鳴。

　　又南三百里，曰藟山，其上有玉，其下有金。湖水出焉，東流注于食水，其中多活師。

　　又南三百里，曰枸狀之山，其上多金玉，其下多青碧石。有獸焉，其狀如犬，六足，其名曰從從，其鳴自詨。有鳥焉，其狀如雞而鼠毛，其名曰蚩鼠，見則其邑大旱。況水出焉，而北流注于湖水。其中多箴魚，其狀如儵，其喙如箴，食之無疫疾。

　　又南三百里，曰勃㕡之山，無草木，無水。

　　又南三百里，曰番條之山，無草木，多沙。減水出焉，北流注于海，其中多鱤魚。

　　又南四百里，曰姑兒之山，其上多漆，其下多桑柘。姑兒之水出

焉，北流注于海，其中多鱤魚。

又南四百里，曰高氏之山。其上多玉，其下多箴石。諸繩之水出焉，東流注于澤，其中多金玉。

又南三百里，曰嶽山，其上多桑，其下多樗。濼水出焉，東流注于澤，其中多金玉。

又南三百里，曰犲山，其上無草木，其下多水，其中多堪㐨之魚。有獸焉，其狀如夸父而彘毛，其音如呼，見則天下大水。

又南三百里，曰獨山，其上多金玉，其下多美石。末塗之水出焉，而東南流注于沔，其中多偹蟰，其狀如黃蛇，魚翼，出入有光，見則其邑大旱。

又南三百里，曰泰山，其上多玉，其下多金。有獸焉，其狀如豚而有珠，名曰狪狪，其鳴自詨。環水出焉，東流注于江，其中多水玉。

又南三百里，曰竹山，錞于江，無草木，多瑤碧。激水出焉，而東南流注于娶檀之水，其中多茈羸。

凡東山經之首，自樕𧐐之山以至于竹山，凡十二山，三千六百里。其神狀皆人身龍首。祠毛用一犬祈，衈用魚。

東次二經之首，曰空桑之山，北臨食水，東望沮吳，南望沙陵，西望湣澤。有獸焉，其狀如牛而虎文，其音如欽，其名曰軨軨，其鳴自叫，見則天下大水。

又南六百里，曰曹夕之山，其下多穀而無水，多鳥獸。

又西南四百里，曰嶧皋之山，其上多金玉，其下多白堊。嶧皋之水出焉，東流注于激女之水，其中多蜃珧。

又南水行五百里，流沙三百里，至于葛山之尾，無草木，多砥礪。

又南三百八十里，曰葛山之首，無草木。澧水出焉，東流注于余澤，其中多珠鱉魚，其狀如胏而有目，六足有珠，其味酸甘，食之無癘。

又南三百八十里，曰餘峨之山，其上多梓枏，其下多荊芑。雜余之水出焉，東流注于黃水。有獸焉，其狀如菟而鳥喙，鴟目蛇尾，見人則眠，名曰犰狳，其鳴自詨，見則蟲蝗為敗。

又南三百里，曰杜父之山，無草木，多水。

又南三百里，曰耿山，無草木，多水碧，多大蛇。有獸焉，其狀如狐而魚翼，其名曰朱獳，其鳴自詨，見則其國有恐。

又南三百里，曰盧其之山，無草木，多沙石。沙水出焉，南流注于涔水，其中多鵹鶘，其狀如鴛鴦而人足，其鳴自詨，見則其國多土功。

又南三百八十里，曰姑射之山，無草木，多水。

又南水行三百里，流沙百里，曰北姑射之山。無草木，多石。

又南三百里，曰南姑射之山，無草木，多水。

又南三百里，曰碧山，無草木，多大蛇，多碧、水玉。

又南五百里，曰緱氏之山，無草木，多金玉。原水出焉，東流注于沙澤。

又南三百里，曰姑逢之山，無草木，多金玉。有獸焉，其狀如狐而有翼，其音如鴻雁，其名曰獙獙，見則天下大旱。

又南五百里，曰鳧麗之山，其上多金玉，其下多箴石。有獸焉，其狀如狐而九尾、九首、虎爪，名曰蠪蛭，其音如嬰兒，是食人。

又南五百里，曰磹山，南臨磹水，東望湖澤。有獸焉，其狀如馬，而羊目、四角、牛尾，其音如獠狗，其名曰峳峳，見則其國多狡客。有鳥焉，其狀如鳧而鼠尾，善登木，其名曰絜鉤，見則其國多疫。

凡東次二經之首，自空桑之山至于磹山，凡十七山，六千六百四十里。其神狀皆獸身人面載觡。其祠：毛用一雞祈，嬰用一璧瘞。

又東次三經之首，曰尸胡之山，北望𦍙山，其上多金玉，其下多棘。有獸焉，其狀如麋而魚目，名曰妴胡，其鳴自詨。

又南水行八百里，曰岐山，其木多桃李，其獸多虎。

又南水行五百里，曰諸鉤之山，無草木，多沙石。是山也，廣員百里，多寐魚。

又南水行七百里，曰中父之山，無草木，多沙。

又東水行千里，曰胡射之山，無草木，多沙石。

又南水行七百里，曰孟子之山，其木多梓桐，多桃李，其草多菌蒲，其獸多麋鹿。是山也，廣員百里。其上有水出焉，名曰碧陽，其中多鱣鮪。

又南水行五百里，曰流沙，行五百里，有山焉，曰跂踵之山，廣員二百里，無草木，有大蛇，其上多玉，有水焉，廣員四十里皆湧，其名曰深澤，其中多蠵龜。有魚焉，其狀如鯉，而六足鳥尾，名曰鮯鮯之魚，其鳴自叫。

又南水行九百里，曰踇隅之山，其上多草木，多金玉，多赭。有獸焉，其狀如牛而馬尾，名曰精精，其鳴自叫。

又南水行五百里，流沙三百里，至于無皋之山，南望幼海，東望榑木，無草木，多風。是山也，廣員百里。

凡東次三經之首，自尸胡之山至于無皋之山，凡九山，六千九百里。其神狀皆人身而羊角。其祠：用一牡羊，糈用黍。是神也，見則風雨水為敗。

又東次四經之首，曰北號之山，臨于北海。有木焉，其狀如楊，赤華，其實如棗而無核，其味酸甘，食之不瘧。食水出焉，而東北流注于海。有獸焉，其狀如狼，赤首鼠目，其音如豚，名曰猲狙，是食人。有鳥焉，其狀如雞而白首，鼠足而虎爪，其名曰鬿雀，亦食人。

又南三百里，曰旄山，無草木。蒼體之水出焉，而西流注于展水。其中多鱃魚，其狀如鯉而大首，食者不疣。

又南三百二十里，曰東始之山，上多蒼玉。有木焉，其狀如楊而赤理，其汁如血，不實，其名曰芑，可以服馬。泚水出焉，而東北流注于

海，其中多美貝，多茈魚，其狀如鮒，一首而十身，其臭蘼蕪，食之不
糟。

又東南三百里，曰女烝之山，其上無草木。石膏水出焉，而西注于
鬲水，其中多薄魚，其狀如鱣魚而一目，其音如歐，見則天下大旱。

又東南二百里，曰欽山，多金玉而無石。師水出焉，而北流注于皋
澤，其中多鱣魚，多文貝。有獸焉，其狀如豚而有牙，其名曰當康，其
鳴自叫，見則天下大穰。

又東南二百里，曰子桐之山，子桐之水出焉，而西流注于餘如之
澤。其中多𩶽魚，其狀如魚而鳥翼，出入有光，其音如鴛鴦，見則天下
大旱。

又東北二百里，曰剡山，多金玉。有獸焉，其狀如彘而人面，黃身
而赤尾，其名曰合窳，其音如嬰兒。是獸也，食人，亦食蟲蛇，見則天
下大水。

又東二百里，曰太山，上多金玉、楨木。有獸焉，其狀如牛而白
首，一目而蛇尾，其名曰蜚，行水則竭，行草則死，見則天下大疫。鉤
水出焉，而北流注于勞水，其中多鱣魚。

凡東次四經之首，自北號之山至于太山，凡八山，一千七百二十
里。

右東經之山志，凡四十六山，萬八千八百六十里。

〔譯文〕

東方第一列山系的第一座山，叫樕𧝋山，北面靠近乾昧山。食水發
源在山中，並向東北流注入大海。水中多產鱅鱅魚，它的樣子像犁牛，
聲音卻像豬叫。

向南三百里有座山，叫藟山，山上有玉石，山下有金屬礦藏。湖水
發源在山中，向東流注入食水，水中有許多青蛙的幼蟲——蝌蚪。

再向南三百里的地方有座山，叫枸狀山，山上多藏有金礦和玉石，山下多有青碧石頭。有一種野獸，它的樣子像狗，六足，它的名叫從從，它的叫聲像是自己叫自己。山中有一種鳥，它的樣子像雞，卻長著老鼠似的毛，它的名叫蚩鼠，它如果出現，那個地方會有大旱災。汜水發源在山中，並向北流注入湖水。水中多是箴魚，它的樣子像鯈魚，它的嘴像針，吃了可以不感染瘟疫。

枸狀山向南三百里，叫勃㶊山，山中不生草和樹，沒有水。

向南三百里有座山，叫番條山，山中不生草和樹，多是沙。減水發源在山中，向北流注入大海，水中多的是鱤魚。

又向南四百里的地方有座山，叫姑兒山，山上多產漆樹，山下多生桑樹和柘樹。姑兒水發源在山中，向北流注入大海，海中有許多鱤魚。

姑兒山向南四百里，叫高氏山，山上多產玉石，山下多為箴石。諸繩水發源在山中，向東流注入湖澤，沿水多有金礦和玉石。

再向南三百里，叫嶽山，山上多生桑樹，山下多生樗樹。濼水發源在山中，向東流注入湖澤，沿水多有金屬礦物和玉石。

再向南三百里有座犲山，山上沒有草和樹，山下多的是水，水中多的是堪㐭魚。有種野獸，它的樣子像夸父，卻長著豬一樣的毛，它的叫聲像人呼叫，它如果出現天下一定會發大水。

犲山向南三百里，叫獨山，山上多有金礦和玉石，山下多是美觀的石頭。末塗水發源在山中，卻向東南流注入沔水，水中多鯈蟮，它的樣子像黃蛇，卻長著魚翼，出入水中有光，它如果出現，那個地方會發生嚴重的旱災。

再往南三百里，叫泰山，山上多有玉石，山下多有金礦。山中有種野獸，它的樣子像豬，身體內含有珠子，名叫狪狪，它的叫聲是自己叫自己。環水發源在山中，向東流注入汶水，沿水多產水晶。

又向南三百里的地方有座山，叫竹山，它聳立在汶水岸上，沒有草

和樹，多有瑤、碧兩種玉。激水發源在這裏，並向東南流入娶檀水，水中多的是紫色螺。

總計東方第一列山系的開始，從樕蠡山到竹山，共十二座山，綿延三千六百里。各山山神都是人的身子龍的腦袋。祭祀他們的辦法，毛物用一條狗，將狗的血塗到魚身上，放到祭器裏祭祀。

東方第二座山系的第一座山，叫空桑山，北面靠近食水，東面能看見沮吳，南面能看見沙陵，西面能看見湣澤。有一種野獸，它的樣子像牛，卻長著虎一樣的花紋，它的叫聲像人在呻吟，它的名叫軨軨，它的叫聲像是自呼其名，它如果出現，天下會發生大的水災。

向南六百里的地方有座山，叫曹夕山，山下多生構樹，卻沒有水，多是鳥和野獸。

又向西南四百里有座嶧皋山，山上多有金礦和玉石，山下多是白土。嶧皋水發源在山中，向東流注入激女水，水中有許多蜃和珧。

由嶧皋山向南走水路五百里，流沙三百里，到達葛山的末尾，不生草和樹，多為能磨刀用的砥礪兩種石頭。

向南三百八十里的地方，叫葛山首，不生草和樹。澧水發源在山中，向東流注入余澤。水中多是珠蟞魚，它的樣子像肺葉，卻長著四隻眼睛，六條足，腳爪子嵌珠子，它的味道是酸中帶甜，吃了它可以預防麻瘋病。

再向南三百八十里，叫餘峨山，山上多生梓樹和枏樹，山下多生荊棘和枸杞。雜余水發源在山中，向東流注入黃水。山上有一種野獸，它的樣子像兔子，卻生有鳥嘴，鴟的眼睛蛇的尾巴，看見人就躺下裝死，名叫犰狳，它的叫聲像是叫自己的名字，它如果出現，蝗蟲就會成災，吃光莊稼。

又向南三百里，叫杜父山，山中沒有草和樹，多的是水。

由杜父山向南三百里，叫耿山，山中沒有草和樹，多是碧色的水

晶，山中多的是大蛇。有一種野獸，它的樣子像狐狸，卻長著魚的翼，它的名叫朱獳，它的叫聲像是叫自己的名字，它如果出現，那個國家的人就會有水土工程的勞役。

向南三百里，叫盧其山，山上沒有草和樹，多為沙和石頭。沙水發源在山中，向南流注入涔水。水中多是鵹，樣子像鴛鴦，卻長著人的腳，它的叫聲像叫自己的名字，它出現的國家會有水土工程的勞役。

又向南三百八十里的地方有座姑射山，沒有草和樹，多的是水。

姑射山向南走水路三百里，流沙一百里，叫北姑射山，山中沒有草和樹，多的是石頭。

向南三百里有座南姑射山，山中沒有草和樹，水很多。

又向南三百里的地方有座山，叫碧山，山中沒有草和樹，有許多大蛇，還有很多碧玉和水晶。

由碧山向南五百里有一座山，叫緱氏山，山中沒有草和樹，多有金屬礦和玉石。原水發源在山中，並向東流注入沙澤。

向南三百里的地方有座山，叫姑逢山，山中沒有草和樹，多藏有金屬礦和玉石。有一種野獸，它的樣子像狐狸，卻長著翅膀，它的叫聲像鴻雁，它的名叫獙獙，它如果出現，天下就會大旱。

又向南五百里有一座山，叫鳧麗山，山上多藏有金礦和玉石，山下多是箴石。山上有種野獸，它的樣子像狐狸，卻長了九條尾巴，九個腦袋、虎爪，名叫蠪蛭，它的聲音像嬰兒啼哭，能吃人。

由鳧麗山向南五百里，叫磹山，南面靠近磹水，東面可望見湖澤。山上有一種野獸，它的樣子像馬，卻長了羊的眼睛、四隻角、牛的尾巴，它的聲音像狗叫，它的名叫峳峳，它出現的那個國家多會出現奸臣。山上有一種鳥，它的樣子像野鴨，卻長了老鼠的尾巴，善於攀樹，它的名叫絜鉤，它出現的那個國家將會發生瘟疫。

總計東方第二列山系的開始，從空桑山到磹山，共十七座山，綿延

六千六百四十里。各山山神的樣子都是獸身人面，頭上戴著糜的角。祭祀他們：毛物用一隻雞血塗祭，玉將一塊璧玉埋在地裏。

東方第三列山系的第一座山，叫尸胡山，北邊能看見殍山，山上多有金礦和玉石，山下多是小酸棗樹。山上有一種野獸，它的樣子像糜鹿，卻長著魚的眼睛，名叫婁胡，它的叫聲像是自呼其名。

向南走水路八百里有座岐山，山中的樹多是桃樹和李樹，山中的野獸多是老虎。

再向南走水路五百里，叫諸鉤山，山中沒有草和樹，多是沙和石頭。這座山方圓一百里，山周圍的水中多產寐魚——鯀魚。

由諸鉤山向南走水路七百里，叫中父山，山中沒有草和樹，多是沙和石頭。

向東走水路一千里的地方有座山，叫胡射山，山中沒有草和樹，多是沙和石頭。

再向南走水路七百里有座孟子山，山中多是梓樹、桐樹、桃樹和李樹，山中的草多是菌、蒲兩種山菜，山中的野獸多是糜和鹿。這座山方圓一百里。山上有水流出，名叫碧陽，碧陽水中有許多鱣魚和鮪魚。

由孟子山向南走水路五百里，再過流沙五百里的地方，有座山，叫跂踵山，方圓二百里，山上沒有草和樹，有很多大蛇，山上多藏有玉石。山上有一湖水，約方圓四十里，整個湖水都向上湧，它的名字叫深澤，水中有很多帶紋彩的大龜。有種魚，它的樣子像鯉魚，卻生有六足，鳥的尾巴，名叫鮯鮯魚，它的叫聲好像自呼其名。

向南走水路九百里，叫踇隅山，山上多是草和樹，多藏有金屬礦和玉石，多為赭石。有一種野獸，它的樣子像牛，卻長著馬尾巴，名叫精精，它叫起來好像在自呼其名。

再向南走水路五百里，再通過三百里流沙，到達無皋山，它南面能看見幼海，東面能看見榑木——也就是扶桑。無皋山中沒有草和樹，

經常颱風。這座山方圓約一百里。

總計東方第三列山系的開始，從尸胡山到無皋山，共九座山，蜿蜒六千九百里。各山山神的樣子都是人身，卻長著羊的角。祭祀他們的辦法：毛物用一隻公羊，精米用黍。只要一出現這些神，風、雨、水就會危害莊稼。

東方第四列山的開始，叫北號山，此山靠近北海岸邊。山上有一種樹，它的形狀像楊樹，開紅花，它的果實像棗卻沒有核，它的滋味是酸甜，吃了它能預防瘧疾。食水發源在此山中，並向東北流注入大海。山上有一種野獸，它的樣子像狼，紅腦袋老鼠眼睛，它的叫聲像豬一樣，名叫獦狚，能吃人。有一種鳥，它的樣子像雞，卻長著白腦袋，老鼠一樣的足，卻又長著虎爪，它的名叫鬿雀，也吃人。

向南三百里的地方有座山，叫旄山，沒有草和樹。蒼體水發源在此山中，並向西流注入展水。水中有許多鱃魚，它的樣子像鯉魚，卻長著大腦袋，吃了它不生贅疣。

再向南三百二十里的地方有座山，叫東始山，山上多藏有蒼玉。有一種樹，它的樣子像楊樹，卻有紅色的紋理，它的汁液像血，沒有果實，它的名叫芑，能用它的汁來馴服馬。泚水發源在山中，並向東北流注入大海，海中有許多美麗的貝殼生物，還有許多茈魚，它的樣子像鮒魚一樣，長著一個腦袋十個身子，它的香味像蘼蕪，吃了它能讓人少放屁。

東始山向東南三百里，叫女烝山，山上沒有草和樹。石膏水發源在此山中，並向西流注入泉水，水中有許多薄魚，它的樣子像鱣魚卻只有一隻眼睛，它的叫聲像人嘔吐時的聲音，它如果出現就會發生大旱災。

向東南三百里，叫欽山，山中多有金礦和玉石，卻沒有普通石頭。師水發源在此山中，並向北流注入皋澤，水中有許多鱃魚，還有許多帶花紋的貝。山上有種野獸，它的樣子像豬卻長著長牙，它的名叫當康，

它發出的聲音像自呼其名，它如果出現，天下就會大豐收。

再向東南二百里的地方有座子桐山。子桐水發源在此山中，並向西流注入餘如澤，水中有許多鮆魚，它的樣子像魚卻長著鳥一樣的翅膀，出入水中有光，它發出鴛鴦一樣的叫聲，它如果出現就會天下大旱。

由子桐山向東北二百里，叫剡山，山中多有金礦和玉石。有種野獸，它的樣子像豬，卻長著人的臉，黃色的身體，紅色的尾巴，它的名叫合窳，它的叫聲像嬰兒啼哭。這種野獸能吃人，也吃蟲和蛇，它如果出現，天下就會發生大水災。

再向東二百里的地方，叫太山，山上多有金屬礦和玉石，還有木質堅硬的女楨樹。有一種野獸，它的樣子像牛，卻長著白腦袋，一隻眼睛，長著蛇尾巴，它的名字叫蜚，它走過的水就會乾枯，它走過的草就會枯死，它如果出現，天下就會發生大瘟疫。鉤水發源在此山中，並向北流注入勞水，水中多產鱃魚。

總共東方第四列山的開始，從北號山到太山，共是八座山，綿延一千七百二十里。

以上所記東方的山系，共是四十六座山，蜿蜒一萬八千八百六十里。

卷五·中山經

中山經薄山之首，曰甘棗之山。共水出焉，而西流注于河。其上多枏木，其下有草焉，葵本而杏葉，黃華而莢實，名曰蘀，可以已瞢。有獸焉，其狀如蚘鼠而文題，其名曰㔌，食之已癭。

又東二十里，曰歷兒之山，其上多橿，多櫔木，是木也，方莖而員葉，黃華而毛，其實如楝，服之不忘。

又東十五里，曰渠豬之山，其上多竹。渠豬之水出焉，而南流注于

河。其中多豪魚，其狀如蚹，赤喙尾赤羽，可以已白癬。

又東三十五里，曰蔥聾之山，其中多大谷，是多白堊，黑、青、黃堊。

又東十五里，曰湊山，其上多赤銅，其陰多鐵。

又東七十里，曰脫扈之山。有草焉，其狀如葵葉而赤華，莢實，實如棕莢，名曰植楮，可以已癙，食之不眯。

又東二十里，曰金星之山，多天嬰，其狀如龍骨，可以已痤。

又東七十里，曰泰威之山，其中有谷，曰梟谷，其中多鐵。

又東十五里，曰橿谷之山，其中多赤銅。

又東百二十里，曰吳林之山，其中多蕙草。

又北三十里，曰牛首之山。有草焉，名曰鬼草，其葉如葵而赤莖，其秀如禾，服之不憂。勞水出焉，而西流注于潏水。是多飛魚，其狀如鮒魚，食之已痔衕。

又北四十里，曰霍山，其木多榖。有獸焉，其狀如狸而白尾有鬣，名曰朏朏，養之可以已憂。

又北五十二里，曰合谷之山，是多薝棘。

又北三十五里，曰陰山，多礪石、文石。少水出焉，其中多彫棠，其葉如榆葉而方，其實如赤菽，食之已聾。

又東北四百里，曰鼓鐙之山，多赤銅。有草焉，名曰榮草。其葉如柳，其本如雞卵，食之已風。

凡薄山之首，自甘棗之山至于鼓鐙之山，凡十五山，六千六百七十里。歷兒，冢也，其祠禮：毛，太牢之具，縣以吉玉。其餘十三山者，毛用一羊，縣嬰用藻珪，瘞而不糈，藻珪者，藻玉也，方其下而銳其上，而中穿之加金。

中次二經濟山之首，曰輝諸之山，其上多桑，其獸多閭麋，其鳥多鵯。

又西南二百里，曰發視之山，其上多金玉，其下多砥礪。即魚之水出焉，而西流注于伊水。

又西三百里，曰豪山，其上多金玉而無草木。

又西三百里，曰鮮山，多金玉，無草木。鮮水出焉，而北流注于伊水。其中多鳴蛇，其狀如蛇而四翼，其音如磬，見則其邑大旱。

又西三百里，曰陽山，多石，無草木。陽水出焉，而北流注于伊水。其中多化蛇，其狀如人面而豺身，鳥翼而蛇行，其音如叱呼，見則其邑大水。

又西二百里，曰昆吾之山，其上多赤銅。有獸焉，其狀如彘而有角，其音如號，名曰蠪蚳，食之不眯。

又西百二十里，曰葌山。葌水出焉，而北流注于伊水，其上多金玉，其下多青雄黃。有木焉，其狀如棠而赤葉，名曰芒草，可以毒魚。

又西一百五十里，曰獨蘇之山，無草木而多水。

又西二百里，曰蔓渠之山，其上多金玉，其下多竹箭。伊水出焉，而東流注于洛。有獸焉，其名曰馬腹，其狀如人面虎身，其音如嬰兒，是食人。

凡濟山之首，自輝諸之山至于蔓渠之山，凡九山，一千六百七十里。其神皆人面而鳥身。祠用毛，用一吉玉，投而不糈。

中次三經萯山之首，曰敖岸之山，其陽多㻬琈之玉，其陰多赭、黃金。神熏池居之。是常出美玉。北望河林，其狀如蒨如舉。有獸焉，其狀如白鹿而四角，名曰夫諸，見則其邑大水。

又東十里，曰青要之山，實惟帝之密都。是多駕鳥。南望墠渚，禹父之所化，是多僕纍、蒲盧。魁武羅司之，其狀人面而豹文，小要而白齒，而穿耳以鐻，其鳴如鳴玉。是山也，宜女子。畛水出焉，而北流注于河。其中有鳥焉，名曰鴢，其狀如鳧，青身而朱目赤尾，食之宜子。有草焉，其狀如葌，而方莖黃華赤實，其本如藁本，名曰荀草，服之美

人色。

又東十里，曰騩山，其上有美棗，其陰有琈琈之玉。正回之水出焉，而北流注于河。其中多飛魚，其狀如豚而赤文，服之不畏雷，可以禦兵。

又東四十里，曰宜蘇之山，其上多金玉，其下多蔓居之木。滽滽之水出焉，而北流注于河，是多黃貝。

又東二十里，曰和山，其上無草木而多瑤碧，實惟河之九都。是山也，五曲，九水出焉，合而北流注于河，其中多蒼玉。吉神泰逢司之，其狀如人而虎尾，是好居于萯山之陽，出入有光。泰逢神動天地氣也。

凡萯山之首，自敖岸之山至于和山，凡五山，四百四十里。其祠泰逢、熏池、武羅皆一牡羊副，嬰用吉玉。其二神用一雄雞瘞之，糈用稌。

中次四經釐山之首，曰鹿蹄之山，其上多玉，其下多金。甘水出焉，而北流注于洛，其中多泠石。

西五十里，曰扶豬之山，其上多礝石。有獸焉，其狀如貉而人目，其名曰麢。虢水出焉，而北流注于洛，其中多瓀石。

又西一百二十里，曰釐山，其陽多玉，其陰多蒐。有獸焉，其狀如牛，蒼身，其音如嬰兒，是食人，其名曰犀渠。滽滽之水出焉，而南流注于伊水。有獸焉，名曰頡，其狀如獳犬，而有鱗，其毛如彘鬣。

又西二百里，曰箕尾之山，多谷，多塗石，其上多琈琈之玉。

又西二百五十里，曰柄山，其上多玉，其下多銅。滔雕之水出焉，而北流注于洛。其中多羬羊。有木焉，其狀如樗，其葉如桐而莢實，其名曰茇，可以毒魚。

又西二百里，曰白邊之山，其上多金玉，其下多青雄黃。

又西二百里，曰熊耳之山，其上多漆，其下多棕。浮濠之水出焉，而西流注于洛，其中多水玉，多人魚。有草焉，其狀如蘇而赤華，名曰

葶苧，可以毒魚。

又西三百里，曰牡山，其上多文石，其下多竹箭竹籟。其獸多㸰牛、羬羊，鳥多赤鷩。

又西三百五十里，曰讙舉之山，洛水出焉，而東北流注于玄扈之水，其中多馬腸之物。此二山者，洛間也。

凡釐山之首，自鹿蹄之山至于玄扈之山，凡九山，千六百七十里。其神狀皆人面獸身。其祠之，毛用一白雞，祈而不糈，以采衣之。

中次五經薄山之首，曰苟林之山，無草木，多怪石。

東三百里，曰首山。其陰多穀柞，其草多茉芫，其陽多琈琈之玉，木多槐。其陰有谷，曰机谷，多䮹鳥，其狀如梟而三目，有耳，其音如錄，食之已墊。

又東三百里，曰縣斸之山，無草木，多文石。

又東三百里，曰蔥聾之山，無草木，多𥕢石。

東北五百里，曰條谷之山，其木多槐桐，其草多芍藥、虋冬。

又北十里，曰超山，其陰多蒼玉，其陽有井，冬有水而夏竭。

又東五百里，曰成侯之山，其上多櫄木，其草多芃。

又東五百里，曰朝歌之山，谷多美堊。

又東五百里，曰槐山，谷多金錫。

又東十里，曰歷山，其木多槐，其陽多玉。

又東十里，曰尸山，多蒼玉，其獸多 。尸水出焉，南流注于洛水，其中多美玉。

又東十里，曰良餘之山，其上多穀柞，無石。餘水出于其陰，而北流注于河；乳水出于其陽，而東南流注于洛。

又東南十里，曰蠱尾之山，多礪石、赤銅。龍餘之水出焉，而東南流注于洛。

又東北二十里，曰升山，其木多穀柞棘，其草多諸葕蕙，多寇脫。

黃酸之水出焉，而北流注于河，其中多璇玉。

又東十二里，曰陽虛之山，多金，臨于玄扈之水。

凡薄山之首，自苟林之山至于陽虛之山，凡十六山，二千九百八十二里。升山，冢也，其祠禮：太牢，嬰用吉玉。首山魁也，其祠用稌、黑犧、太牢之具、蘗釀、干儛、置鼓，嬰用一璧。尸水，合天也，肥牲祠之，用一黑犬于上，用一雌雞于下，刉一牝羊，獻血。嬰用吉玉，采之，饗之。

中次六經縞羝山之首，曰平逢之山，南望伊洛，東望穀城之山，無草木，無水，多沙石。有神焉，其狀如人面二首，名曰驕蟲，是為螫蟲，實惟蜂蜜之廬。其祠之：用一雄雞，禳而勿殺。

西十里，曰縞羝之山，無草木，多金玉。

又西十里，曰廆山，其陰多琈㻬之玉。其西有谷焉，名曰雚谷，其木多柳楮。其中有鳥焉，狀如山雞而長尾，赤如丹火而青喙，名曰鴒鵅，其鳴自呼，服之不眯。交觴之水出于其陽，而南流注于洛，俞隨之水出于其陰，而北流注于穀水。

又西三十里，曰瞻諸之山，其陽多金，其陰多文石。謝水出焉，而東南流注于洛；少水出其陰，而東流注于穀水。

又西三十里，曰婁涿之山，無草木，多金玉。瞻水出于其陽，而東流注于洛。陂水出于其陰，而北流注于穀水，其中多茈石、文石。

又西四十里，曰白石之山。惠水出于其陽，而南流注于洛，其中多水玉。澗水出于其陰，西北流注于穀水，其中多麋石、櫨丹。

又西五十里，曰穀山，其上多穀，其下多桑。爽水出焉，而西北流注于穀水，其中多碧綠。

又西七十二里，曰密山，其陽多玉，其陰多鐵。豪水出焉，而南流注于洛，其中多旋龜，其狀鳥首而鱉尾，其音如判木。無草木。

又西百里，曰長石之山，無草木，多金玉。其西有谷焉，名曰共

谷，多竹。共水出焉，西南流注于洛，其中多鳴石。

又西一百四十里，曰傅山，無草木，多瑤碧。厭染之水出于其陽，而南流注于洛，其中多人魚。其西有林焉，名曰墦冢。穀水出焉，而東流注于洛，其中多珚玉。

又西五十里，曰橐山，其木多樗，多楠木。其陽多金玉，其陰多鐵、多蕭。橐水出焉，而北流注于河。其中多修辟之魚，狀如黽而白喙，其音如鴟，食之已白癬。

又西九十里，曰常烝之山，無草木，多垔。潐水出焉，而東北流注于河，其中多蒼玉。潐水出焉，而北流注于河。

又西九十里，曰夸父之山，其木多椶柟，多竹箭。其獸多㸲牛、羬羊，其鳥多鷩，其陽多玉，其陰多鐵。其北有林焉，名曰桃林，是廣員三百里，其中多馬。湖水出焉，而北流注于河，其中多珚玉。

又西九十里，曰陽華之山，其陽多金玉，其陰多青雄黃，其草多藷藇，多苦辛，其狀如楙，其實如瓜，其味酸甘，食之已瘧。楊水出焉，而西南流注于洛，其中多人魚。門水出焉，而東北流注于河，其中多玄䃤。緒姑之水出于其陰，而東流注于門水，其上多銅。門水出于河，七百九十里入洛水。

凡縞羝山之首，自平逢之山至于陽華之山，凡十四山，七百九十里。嶽在其中，以六月祭之，如諸嶽之祠法，則天下安寧。

中次七經苦山之首，曰休與之山。其上有石焉，名曰帝臺之棋，五色而文，其狀如鶉卵。帝臺之石，所以禱百神者也，服之不蠱。有草焉，其狀如蓍，赤葉而本叢生，名曰夙條，可以為簳。

東三百里，曰鼓鐘之山，帝臺之所以觴百神也。有草焉，方莖而黃華，員葉而三成，其名曰焉酸，可以為毒。其上多礪，其下多砥。

又東二百里，曰姑媱之山。帝女死焉，其名曰女尸，化為䔄草，其葉胥成，其華黃，其實如菟丘，服之媚于人。

又東二十里，曰苦山。有獸焉，名曰山膏，其狀如逐，赤若丹火，善詈。其上有木焉，名曰黃棘，黃華而員葉，其實如蘭，服之不字。有草焉，員葉而無莖，赤華而不實，名曰無條，服之不癭。

又東二十七里，曰堵山，神天愚居之，是多怪風雨。其上有木焉，名曰天楄，方莖而葵狀，服者不噎。

又東五十二里，曰放皋之山。明水出焉，南流注于伊水，其中多蒼玉。有木焉，其葉如槐，黃華而不實，其名曰蒙木，服之不惑。有獸焉，其狀如蜂，枝尾而反舌，善呼，其名曰文文。

又東五十七里，曰大𦤀之山，多㻬琈之玉，多麋玉。有草焉，其狀如榆，方莖而蒼傷，其名曰牛傷，其根蒼文，服者不厥，可以禦兵。其陽狂水出焉，西南流注于伊水，其中多三足龜，食者無大疾，可以已腫。

又東七十里，曰半石之山，其上有草焉，生而秀，其高丈餘，赤葉赤華，華而不實，其名曰嘉榮，服之者不霆。來需之水出于其陽，而西流注于伊水，其中多鯩魚，黑文，其狀如鮒，食者不睡。合水出于其陰，而北流注于洛，多鰧魚，狀如鱖，居逵，蒼文赤尾，食者不癰，可以為 。

又東五十里，曰少室之山，百草木成囷。其上有木焉，其名曰帝休，葉狀如楊，其枝五衢，黃華黑實，服者不怒。其上多玉，其下多鐵。休水出焉，而北流注于洛，其中多䱻魚，狀如盩蜼而長距，足白而對，食者無蠱疾，可以禦兵。

又東三十里，曰泰室之山。其上有木焉，葉狀如梨而赤理，其名曰栯木，服者不妒。有草焉，其狀如茉，白華黑實，澤如蘡薁，其名曰䔄草，服之不昧。上多美石。

又北三十里，曰講山，其上多玉，多柘，多柏。有木焉，名曰帝屋，葉狀如椒，反傷赤實，可以禦凶。

又北三十里，曰嬰梁之山，上多蒼玉，錞于玄石。

又東三十里，曰浮戲之山。有木焉，葉狀如樗而赤實，名曰亢木，食之不蠱。汜水出焉，而北流注于河。其東有谷，因名曰蛇谷，上多少辛。

又東四十里，曰少陘之山。有草焉，名曰𦬊草，葉狀如葵，而赤莖白華，實如蘡薁，食之不愚。器難之水出焉，而北流注于役水。

又東南十里，曰太山。有草焉，名曰梨，其葉狀如荻而赤華，可以已疽。太水出于其陽，而東南流注于役水；承水出于其陰，而東北流注于役。

又東二十里，曰末山，上多赤金。末水出焉，北流注于役。

又東二十五里，曰役山，上多白金，多鐵。役水出焉，北注于河。

又東三十五里，曰敏山。上有木焉，其狀如荊，白華而赤實，名曰葪柏，服者不寒。其陽多㻬琈之玉。

又東三十里，曰大騩之山。其陰多鐵、美玉、青堊。有草焉，其狀如蓍而毛，青華而白實，其名曰莨，服之不夭，可以為腹病。

凡苦山之首，自休與之山至于大騩之山，凡十有九山，千一百八十四里。其十六神者，皆豕身而人面。其祠：毛牷用一羊羞，嬰用一藻玉瘞。苦山、少室、太室皆冢也，其祠之：太牢之具，嬰以吉玉。其神狀皆人面而三首，其餘屬皆豕身人面也。

中次八經荊山之首，曰景山，其上多金玉，其木多杼檀。雎水出焉，東南流注于江，其中多丹粟，多文魚。

東北百里，曰荊山，其陰多鐵，其陽多赤金，其中多犛牛，多豹虎，其木多松柏，其草多竹，多橘櫾。漳水出焉，而東南流注于雎，其中多黃金，多鮫魚，其獸多閭麋。

又東北百五十里，曰驕山，其上多玉，其下多青雘，其木多松柏，多桃枝鉤端。神𧕦圍處之，其狀如人面，羊角虎爪，恆游于雎漳之淵，

出入有光。

又東北百二十里，曰女几之山，其上多玉，其下多黄金。其獸多豹虎，多閭麋麖，其鳥多白鷮，多翟，多鴆。

又東北二百里，曰宜諸之山，其上多金玉，其下多青雘。洈水出焉，而南流注于漳，其中多白玉。

又東北三百五十里，曰綸山，其木多梓楠，多桃枝、多柤栗橘櫾，其獸多閭麈麢奐。

又東二百里，曰陸郇之山，其上多㻬琈之玉，其下多垩，其木多杻檀。

又東百三十里，曰光山，其上多碧，其下多木。神計蒙處之，其狀人身而龍首，恆游于漳淵，出入必有飄風暴雨。

又東百五十里，曰岐山，其陽多赤金，其陰多白，其上多金玉，其下多青雘，其木多樗。神涉鼉處之，其狀人身而方面三足。

又東百三十里，曰銅山，其上多金銀鐵，其木多穀柞柤栗橘櫾，其獸多豹。

又東北一百里，曰美山，其獸多兕牛，多閭麈，多豕鹿，其上多金，其下多青雘。

又東北百里，曰大堯之山，其木多松柏，多梓桑，多机，其草多竹，其獸多豹虎麢奐。

又東北三百里，曰靈山，其上多金玉，其下多青雘，其木多桃李梅杏。

又東北七十里，曰龍山，上多寓木，其上多碧，其下多赤錫，其草多桃枝鉤端。

又東南五十里，曰衡山，上多寓木穀柞，多黄垩白垩。

又東南七十里，曰石山，其上多金，其下多青雘，多寓木。

又南百二十里，曰若山，其上多㻬琈之玉，多赭，多邽石，多寓

木，多柘。

又東南一百二十里，曰虒山，多美石，多柘。

又東南一百五十里，曰玉山，其上多金玉，其下多碧鐵，其木多柏。

又東南七十里，曰灌山，其木多檀，多封石，多白錫。郁水出于其上，潛于其下，其中多砥礪。

又東北百五十里，曰仁舉之山，其木多穀柞，其陽多赤金，其陰多赭。

又東五十里，曰師每之山，其陽多砥礪，其陰多青雘，其木多柏，多檀，多柘，其草多竹。

又東南二百里，曰琴鼓之山，其木多穀柞椒柘，其上多白，其下多洗石，其獸多豕鹿，多白犀，其鳥多鴆。

凡荊山之首，自景山至琴鼓之山，凡二十三山，二千八百九十里，其神狀皆鳥身而人面。其祠：用一雄雞祈瘞，嬰用一藻圭，糈用稌。驕山，冢也，其祠：用羞酒少牢祈瘞，嬰毛一璧。

中次九經岷山之首，曰女几之山，其上多石涅，其木多杻檀，其草多菊荣。洛水出焉，東注于江。其中多雄黃，其獸多虎豹。

又東北三百里，曰岷山，江水出焉，東北流注于海，其中多良龜，多鼉。其上多金玉，其下多白，其木多梅棠，其獸多犀象，多夔牛，其鳥多翰鷩。

又東北一百四十里，曰崍山，江水出焉，東流注于大江。其陽多黃金，其陰多麋塵，其木多檀柘，其草多䕭韭，多藥空奪。

又東一百五十里，曰崌山，江水出焉，東流注于大江，其中多怪蛇，多鰲魚，其木多栖杻，多梅梓，其獸多夔牛麢臭犀兕。有鳥焉，狀如鴞而赤身白首，其名曰竊脂，可以禦火。

又東三百里，曰高梁之山，其上多堊，其下多砥礪，其木多桃枝鉤

端。有草焉，狀如葵而赤華，莢實白柎，可以走馬。

又東四百里，曰蛇山，其上多黃金，其下多堊，其木多枸，多豫章，其草多嘉榮、少辛。有獸焉，其狀如狐，而白尾長耳，名狚狼，見則國內有兵。

又東五百里，曰鬲山，其陽多金，其陰多白　。蒲鸏之水出焉，而東流注于江，其中多白玉。其獸多犀象熊羆，多猨蜼。

又東北三百里，曰隅陽之山，其上多金玉，其下多青雘。其木多梓桑，其草多茈。徐之水出焉，東流注于江，其中多丹粟。

又東二百五十里，曰岐山，其上多白金，其下多鐵，其木多梅梓，多杻楢。減水出焉，東南流注于江。

又東三百里，曰勾檷之山，其上多玉，其下多黃金。其木多櫟柘，其草多芍藥。

又東一百五十里，曰風雨之山，其上多白金，其下多石涅，其木多椒椐，多楊。宣余之水出焉，東流注于江，其中多蛇。其獸多閭麋，多麈豹虎，其鳥多白鷮。

又東北二百里，曰玉山，其陽多銅，其陰多赤金，其木多豫章楢杻，其獸多豕鹿麢臭，其鳥多鴆。

又東一百五十里，曰熊山。有穴焉，熊之穴，恆出入神人。夏啟而冬閉，是穴也，冬啟乃必有兵。其上多白玉，其下多白金，其木多樗柳，其草多寇脫。

又東一百四十里，曰騩山，其陽多美玉赤金，其陰多鐵，其木多桃枝荊芑。

又東二百里，曰葛山，其上多赤金，其下多瑊石。其木多柤栗橘櫾楢杻，其獸多麢臭，其草多嘉榮。

又東一百七十里，曰賈超之山，其陽多黃堊，其陰多美赭，其木多柤栗橘櫾，其中多龍脩。

　　凡岷山之首,自女几山至于賈超之山,凡十六山,三千五百里。其神狀皆馬身而龍首。其祠:毛用一雄雞瘞,糈用稌。文山、勾檷、風雨、騩之山,是皆冢也,其祠之:羞酒,少牢具,嬰用一吉玉。熊山,帝也,其祠:羞酒,太牢具,嬰毛一璧。干儛,用兵以禳;祈,璆冕舞。

　　中次十經之首,曰首陽之山,其上多金玉,無草木。

　　又西五十里,曰虎尾之山,其木多椒㮈,多封石,其陽多赤金,其陰多鐵。

　　又西南五十里,曰繁繢之山,其木多楢杻,其草多枝勾。

　　又西南二十里,曰勇石之山,無草木,多白金,多水。

　　又西二十里,曰復州之山,其木多檀,其陽多黃金。有鳥焉,其狀如鴞,而一足彘尾,其名曰跂踵,見則其國大疫。

　　又西三十里,曰楮山,多寓木,多椒㮈,多柘,多堊。

　　又西二十里,曰又原之山,其陽多青雘,其陰多鐵,其鳥多鸜鵒。

　　又西五十里,曰涿山,其木多榖柞杻,其陽多㻬琈之玉。

　　又西七十里,曰丙山,其木多梓檀,多弞杻。

　　凡首陽山之首,自首山至于丙山,凡九山,二百六十七里。其神狀皆龍身而人面。其祠之:毛用一雄雞瘞,糈用五種之糈。堵山,冢也,其祠之:少牢具,羞酒祠,嬰毛一璧瘞。騩山,帝也,其祠羞酒,太牢其,合巫祝二人儛,嬰一璧。

　　中次一十一經荊山之首,曰翼望之山。湍水出焉,東流注于濟;貺水出焉,東南流注于漢,其中多蛟。其上多松柏,其下多漆梓。其陽多赤金,其陰多 。

　　又東北一百五十里,曰朝歌之山。潕水出焉,東南流注于滎,其中多人魚。其上多梓枏,其獸多麢麋。有草焉,名曰莽草,可以毒魚。

　　又東南二百里,曰帝囷之山,其陽多㻬琈之玉,其陰多鐵。帝囷之

水出于其上，潛于其下，多鳴蛇。

又東南五十里，曰視山，其上多韭。有井焉，名曰天井，夏有水，冬竭。其上多桑，多美堊金玉。

又東南二百里，曰前山。其木多櫧，多柏，其陽多金，其陰多赭。

又東南三百里，曰豐山。有獸焉，其狀如蝯，赤目、赤喙、黃身，名曰雍和，見則國有大恐。神耕父處之，常游清泠之淵，出入有光，見則其國為敗。有九鐘焉，是知霜鳴。其上多金，其下多穀柞杻橿。

又東北八百里，曰兔床之山，其陽多鐵，其木多薯芋，其草多雞穀，其本如雞卵，其味酸甘，食者利于人。

又東六十里，曰皮山，多堊，多赭，其木多松柏。

又東六十里，曰瑤碧之山，其木多梓柟，其陰多青雘，其陽多白金。有鳥焉，其狀如雉，恆食蜚，名曰鴆。

又東四十里，曰支離之山。濟水出焉，南流注于漢。有鳥焉，其名曰嬰勺，其狀如鵲，赤目、赤喙、白身，其尾若勺，其鳴自呼。多牦牛，多羬羊。

又東北五十里，曰祑簡之山，其上多松柏机桓。

又西北一百里，曰堇理之山，其上多松柏，多美梓，其陰多丹雘，多金，其獸多豹虎。有鳥焉，其狀如鵲，青身白喙，白目白尾，名曰青耕，可以禦疫，其鳴自叫。

又東南三十里，曰依軲之山，其上多杻橿，多苴。有獸焉，其狀如犬，虎爪有甲，其名曰獜，善駚𤗡，食者不風。

又東南三十五里，曰即谷之山，多美玉，多玄豹，多閭麈，多麢臭。其陽多　，其陰多青雘。

又東南四十里，曰雞山，其上多美梓，多桑，其草多韭。

又東南五十里，曰高前之山，其上有水焉，甚寒而清，帝臺之漿也，飲之者不心痛。其上有金，其下有赭。

又東南三十里，曰遊戲之山，多枏檀榖，多玉，多封石。

又東南三十五里，曰從山，其上多松柏，其下多竹。從水出于其上，潛于其下，其中多三足鱉，枝尾，食之無蠱疫。

又東南三十里，曰嬰硬之山，其上多松柏，其下多梓櫄。

又東南三十里，曰畢山。帝苑之水出焉，東北流注于視，其中多水玉，多蛟。其上多㻬琈之玉。

又東南二十里，曰樂馬之山。有獸焉，其狀如彙，赤如丹火，其名曰㺄。見則其國大疫。

又東南二十五里，曰葴山。視水出焉，東南流注于汝水，其中多人魚，多蛟，多頡。

又東四十里，曰嬰山，其下多青䨼，其上多金玉。

又東三十里，曰虎首之山，多苴椆椐。

又東二十里，曰嬰侯之山，其上多封石，其下多赤錫。

又東五十里，曰大孰之山。殺水出焉，東北流注于視水，其中多白堊。

又東四十里，曰卑山，其上多桃李苴梓，多纍。

又東三十里，曰倚帝之山，其上多玉，其下多金。有獸焉，狀如鼣鼠，白耳白喙，名曰狙如，見則其國有大兵。

又東三十里，曰鯢山，鯢水出于其上，潛于其下，其中多美堊。其上多金，其下多青䨼。

又東三十里，曰雅山。澧水出焉，東流注于視水，其中多大魚。其上多美桑，其下多苴，多赤金。

又東五十五里，曰宣山。淪水出焉，東南流注于視水，其中多蛟。其上有桑焉，大五十尺，其枝四衢，其葉大尺餘，赤理黃華青柎，名曰帝女之桑。

又東四十五里，曰衡山，其上多青䨼，多桑，其鳥多鸜鵒。

又東四十里，曰豐山，其上多封石，其木多桑，多羊桃，狀如桃而方莖，可以為皮張。

又東七十里，曰嫗山，其上多美玉，其下多金，其草多雞穀。

又東三十里，曰鮮山，其木多楢杻苴，其草多蘴冬，其陽多金，其陰多鐵。有獸焉，其狀如膜犬，赤喙、赤目、白尾，見則其邑有火，名曰狗即。

又東三十里，曰章山，其陽多金，其陰多美石。皋水出焉，東流注于澧水，其中多脆石。

又東二十五里，曰大支之山，其陽多金，其木多穀柞，無草木。

又東五十里，曰區吳之山，其木多苴。

又東五十里，曰聲匈之山。其木多穀，多玉，上多封石。

又東五十里，曰大騩之山，其陽多赤金，其陰多砥石。

又東十里，曰踵臼之山，無草木。

又東北七十里，曰歷石之山。其木多荊芑，其陽多黃金，其陰多砥石。有獸焉，其狀如狸，而白首虎爪，名曰梁渠，見則其國有大兵。

又東南一百里，曰求山。求水出于其上，潛于其下，中有美赭。其木多苴，多𥱼。其陽多金，其陰多鐵。

又東二百里，曰丑陽之山。其上多椆椐。有鳥焉，其狀如烏而赤足，名曰䴔鸃，可以禦火。

又東三百里，曰奧山，其上多柏杻檀，其陽多㻬琈之玉。奧水出焉，東流注于視水。

又東三十五里，曰服山，其木多苴，其上多封石，其下多赤錫。

又東百十里，曰杳山，其上多嘉榮草，多金玉。

又東三百五十里，曰几山，其木多楢檀杻，其草多香。有獸焉，其狀如彘，黃身、白頭、白尾，名曰聞獜，見則天下大風。

凡荊山之首，自翼望之山至于几山，凡四十八山，三千七百三十二

里。其神狀皆龍身人首。其祠：毛用一雄雞祈，瘞用一珪，糈用五種之精。禾山，帝也，其祠：太牢之具，羞瘞，倒毛；用一璧，牛無常。堵山、玉山冢也，皆倒祠，羞毛少牢，嬰毛吉玉。

中次十二經洞庭山之首，曰篇遇之山，無草木，多黃金。

又東南五十里，曰雲山，無草木。有桂竹，甚毒，傷人必死。其上多黃金，其下多琦琈之玉。

又東南一百三十里，曰龜山，其木多穀柞椆椐，其上多黃金，其下多青雄黃，多扶竹。

又東七十里，曰丙山，多筀竹，多黃金銅鐵，無木。

又東南五十里，曰風伯之山，其上多金玉，其下多酸石文石，多鐵，其木多柳杻檀楮。其東有林焉，名曰莽浮之林，多美木鳥獸。

又東一百五十里，曰夫夫之山，其上多黃金，其下多青雄黃，其木多桑楮，其草多竹、雞鼓。神于兒居之，其狀人身而身操兩蛇，常游于江淵，出入有光。

又東南一百二十里，曰洞庭之山，其上多黃金，其下多銀鐵，其木多柤梨橘櫾，其草多葌蘪蕪芍藥芎藭。帝之二女居之，是常游于江淵。澧沅之風，交瀟湘之淵，是在九江之間，出入必以飄風暴雨。是多怪神，狀如人而載蛇，左右手操蛇。多怪鳥。

又東南一百八十里，曰暴山，其木多棕枏荊芑竹箭䉬箘，其上多黃金玉，其下多文石鐵，其獸多麋鹿麞就。

又東南二百里，曰即公之山，其上多黃金，其下多琦琈之玉，其木多柳杻檀桑。有獸焉，其狀如龜，而白身赤首，名曰蜧，是可以禦火。

又東南一百五十九里，曰堯山，其陰多黃堊，其陽多黃金，其木多荊芑柳檀，其草多藷藇𦬸。

又南一百里，曰江浮之山，其上多銀砥礪，無草木，其獸多豕鹿。

又東二百里，曰真陵之山，其上多黃金，其下多玉，其木多穀柞柳

杻，其草多榮草。

又東南一百二十里，曰陽帝之山，多美銅，其木多檀杻櫟楮，其獸多麢麝。

又南九十里，曰柴桑之山，其上多銀，其下多碧，多汾石赭，其木多柳芑楮桑，其獸多麋鹿，多白蛇飛蛇。

又東二百三十里，曰榮余之山，其上多銅，其下多銀，其木多柳芑，其蟲多怪蛇怪蟲。

凡洞庭山之首，自篇遇之山至于榮余之山，凡十五山，二千八百里。其神狀皆鳥身而龍首。其祠：毛用一雄雞，一牝豚刉，糈用稌。凡夫夫之山、即公之山、堯山、陽帝之山皆冢也，其祠：皆肆瘞，祈用酒，毛用少牢，嬰毛一吉玉。洞庭、榮余山神也，其祠：皆肆瘞，祈酒太牢祠，嬰用圭璧十五，五采惠之。

右中經之山志，大凡百九十七山，二萬一千三百七十一里。大凡天下名山五千三百七十，居地，大凡六萬四千五十六里。

禹曰：天下名山，經五千三百七十山，六萬四千五十六里，居地也。言其《五藏》，蓋其餘小山甚眾，不足記云。天地之東西二萬八千里，南北二萬六千里，出水之山者八千里，受水者八千里，出銅之山四百六十七，出鐵之山三千六百九十。此天地之所分壤樹穀也，戈矛之所發也，刀鎩之所起也，能者有餘，拙者不足。封于太山，禪于梁父，七十二家，得失之數，皆在此內，是謂國用。

右《五藏山經》五篇，大凡一萬五千五百三字。

〔譯文〕

中央第一列山系為薄山山脈，其最西端的山叫做甘棗山。共水發源於此，往西流注入河水。山上多產杻樹。山下產有一種草，葵的莖，杏的葉子，開黃花，結莢果，這種草叫蘀，可以用來治療眼睛昏花的疾

病。山上有一種獸，形狀像蚖鼠，額頭上長有花紋，它的名字叫難，吃了它可以治頸脖上的肉瘤。

由此往東二十里，叫做歷兒山，山上多產欓樹和櫪樹，櫪樹有方方的莖幹，圓圓的葉子，黃色的花，花瓣上有絨毛，它的果實像楝樹的果實，吃了它可以醫治健忘症。

再往東十五里有座山，叫做渠豬山，山上多產竹。渠豬水發源於此山，往南流注入河水。水中多產豪魚，形狀像鮪魚，紅的嘴，紅的尾巴，紅的鰭，吃了它可以醫治白癬。

由渠豬山往東三十五里的地方有座山，叫做蔥聾山，山間多有大谷，谷裏多產白堊，也產黑堊、青堊和黃堊。

往東十五里，叫做湋山，山上多產赤銅，山的北面多產鐵。

再往東七十里有座脫扈山。山上有一種草，形狀像葵葉，卻開紅花，結莢果，果莢像棕櫚樹的莢，名字叫植楮，可以拿它來醫治憂鬱症，而且不做惡夢。

由脫扈山往東二十里，叫做金星山，多產天嬰這種植物，形狀像另一種生在山岩水岸上的叫做龍骨的植物，可以拿它來治療痤瘡。

往東七十里的地方有座山，叫做泰威山，山間有一山谷，叫做梟谷，谷裏多產鐵。

再往東十五里有座橿谷山，山裏多產赤銅。

由橿谷山往東一百二十里，叫做吳林山，山裏生長著許多蘭草。

往北三十里，叫做牛首山。山上有一種草，名叫鬼草，葉子像葵葉，莖幹卻是紅的，它的花像禾苗吐秀時開的花，吃了它可以使人消除煩惱。勞水發源在這座山，往西流注入潏水。水中多產飛魚，形狀像鮒魚，吃了它可以治痔瘡、止瀉痢。

再往北四十里的地方有座山，叫做霍山，所產木多是構樹。山上有一種獸，形狀像狸貓卻長著白色的尾巴，還長有鬃毛，名字叫朏朏，畜

養它可以消除憂愁。

由霍山往北五十二里，叫做合谷山，山間多產蒼棘——或者就是別名顛棘作為藥用的天門冬。

往北三十五里的地方有座山，叫做陰山，多產磨刀石和有文彩的石頭。少水發源在這座山，沿水多產彫棠樹，葉子像榆樹的葉子，但形狀呈方形，果實像紅豆，吃了它可以治耳聾病。

再往東北四百里有座鼓鐙山，多產赤銅。山上有一種草，叫做榮草，葉子像柳葉，根像雞蛋，吃了它可以消除風痹病。

總計薄山的開始，從甘棗山到鼓鐙山，共是十五座山，行經六千六百七十里。歷兒，是眾山的宗主，祭祀它要行大禮，毛物要用豬、牛、羊三牲具備的太牢，並且要用美玉環繞陳列祭祀。其餘十三座山的祭禮，毛物用一隻羊，環繞陳列的玉用藻珪，祭祀完畢便將它們埋進地裏，無須用精米祀神。藻珪就是藻玉——一種有符彩的玉，下面是方的，上面是尖銳的，中間穿個孔，用金屬薄片貼在上面作為裝飾。

中央第二列山系是濟山。濟山的第一座山，叫做煇諸山，山上多產桑樹。山中的獸多是山驢和麋，鳥多是鶡，這是一種好勇喜鬥的鳥。

再往西南二百里的地方，叫做發視山，山上多產金屬礦物和玉石，山下多產可以用來磨刀的砥石和礪石。即魚水發源在這座山，往西流注入伊水。

由發視山往西三百里，叫做豪山，山上產金礦和玉石，卻寸草不生。

往西三百里的地方，叫做鮮山，多產金礦和玉石，不生草木。鮮水發源於此，往北流注入伊水。沿水多產鳴蛇，形狀像蛇卻生有四隻翅膀，鳴叫的聲音好像擊磬，它一出現，那個地方就會發生大旱災。

再往西三百里有座陽山，滿山是石頭，沒有草木。陽水發源於此山，往北流注入伊水。沿水多產化蛇，形狀是人的臉，豺狼的身子，鳥的翅膀，蛇一樣地蜿蜒爬行，它發出像人一樣的叱責聲，它一出現，那

237

個地方就會發生大水。

由陽山往西二百里，叫做昆吾山，山上多產赤銅。山上有一種獸，形狀像豬卻長有角，聲音像人號哭，名字叫蠱蛭，吃了它就不會發夢癲。

往西一百二十里的地方有座山，叫做蓲山。蓲水就發源於此，往北流注入伊水，山上多產金礦和玉石，山下多產石青和雄黃。有一種灌木狀的草，形狀像棠樹卻長著紅色的葉，名字叫芒草，會毒死魚。

再往西一百五十里有座獨蘇山，不生草木，卻多水。

由獨蘇山往西二百里，叫做蔓渠山，山上多產金礦和玉石，山下多產小竹叢。伊水發源在這座山，往東流注入洛水。山上有一種獸，名字叫馬腹，形狀是人的臉，老虎的身子，聲音像嬰兒啼哭，會吃人。

總計濟山的開始，從輝諸山到蔓渠山，共是九座山，行經一千六百七十里。諸山山神都是人面鳥身。祭祀用毛物，還用一塊吉玉投往山間，不用精米。

中央第三列山系是萯山。它的第一座山，叫做敖岸山，山的南面多產琇琈玉，山的北面多產赭石和黃金。神熏池在這裏居住。因而常常有美玉出現。北邊可以望見河邊的林木，遠看好像是茜草和櫸柳。山上有一種獸，形狀像白鹿卻長有四隻角，名字叫夫諸，它一出現，那個地方就會發生大水。

敖岸山東鄰青要山，相距僅十里，這裏實際上是天帝隱密深邃的都邑。北邊可以看見河水彎曲處，常常有野鵝群飛。南邊可以望見墠渚，是禹的父親在那裏化作異物的地方。山上山下有很多蝸牛和螺螄。武羅神在這裏作主管，她的形狀是人的臉，豹子的斑紋，小腰身，潔白的牙齒，耳朵上掛著金環，她的鳴聲像佩玉般地叮咚響。這座山比較適合女子居住。畛水發源在這座山，往北流注入河水。沿水產有一種鳥，名字叫鴢鳥，形狀像野鴨，青色的身子，淺紅色的眼睛，紅色的尾巴，吃了

它可醫治不育症。山上有一種草，形狀像薤草，卻是方的莖，黃的花，紅的果實，根像藁木的根，名字叫茴草，吃了它可以使人膚色美麗。

再往東十里的地方有座騩山，山上產有美味可口的棗，山的北面產有琈珤玉。正回水發源於此山，往北流注入河水。水中多產飛魚，形狀像小豬而有紅色的斑紋，吃了它可以不怕打雷，還可以防禦兵災。

由蔶山往東四十里有座山，叫做宜蘇山，山上多產金礦和玉石，山下多產牡荊這類灌木。瀟瀟水發源在這座山，往北流注入河水，水中多產黃色的貝。

往東二十里有座和山，山上沒有草木，多產瑤和碧這類美玉，實際便是黃河的九條支系所潛聚的地方。這座山曲折迴環共有五重，九條水發源在這裏，又匯合起來往北流注入黃河，沿水多產蒼玉。吉神泰逢主管著這座山。他的形狀像人，卻長著老虎的尾巴。他喜歡居住在蔶山的南面，進進出出都有光輝閃耀。泰逢神力量很大，能夠動搖天地大氣、興雲致雨。

總計蔶山的開始，從敖岸山到和山，共五座山，行經四百四十里。祭祀的方法：泰逢、熏池、武羅這三位神都用剖開肚子的公羊來祭，祀神的玉用吉玉；祭祀其餘兩位神則用一隻雄雞埋進地裏。精米用稻米。

中央第四列山系釐山的開頭一座山，叫做鹿蹄山，山上多產玉石，山下多產金礦。甘水發源在這座山，往北流注入洛水，水中產泠石——一種像泥一樣柔軟的石頭。

往西五十里，叫做扶豬山，山上多產礝石，就是硬石，是一種稍次於玉的石頭。山上有一種獸，形狀像貉，卻長著人的眼睛，它的名字叫䴦。虢水發源在這座山，往北流注入洛水，沿水多產礝石。

再往西一百二十里的地方有座山，叫做釐山，山的南面多產玉石，山的北面多產茵草。山上有一種獸，形狀像牛，青蒼色的身子，叫起來像嬰兒啼哭，會吃人，它的名字叫犀渠。瀟瀟水發源在這座山，往北流

注入伊水。山上有一種獸，名字叫獵，形狀像獳犬，身上卻長有鱗甲，它的毛生在鱗甲間，好像豬鬃。

釐山往西二百里，叫做箕尾山，多產構樹，又多產塗石——就是前面說過的像泥土一樣柔軟的泠石；山上還多產璙珸玉。

往西二百五十里的地方有座山，叫做柄山，山上多產玉石，山下多產銅。滔雕水發源在這座山，往北流注入洛水，那裏多產㻬羊。山上有一種樹，形狀像樗樹，葉子像梧桐葉，結的果實是莢果，它的名字叫茇，可以用來毒魚。

再往西二百里有座白邊山，山上多產金礦和玉石，山下多產石青和雄黃。

白邊山往西二百里，叫做熊耳山，山上多產漆樹，山下多產棕櫚樹。浮濠水發源在這座山，往西流注入洛水，水中多產水晶和人魚。有一種草，形狀像蘇草，開紅花，名字叫葶苧，可以用來毒魚。

往西三百里的地方有座牡山，山上多產有花紋的石頭，山下多產竹箭竹蒲這類小竹叢。所產獸多是㸲牛和㻬羊，所產鳥多是赤鷩。

再往西三百五十里，叫做讙舉山。洛水發源在這座山，東北流注入玄扈水，沿水多產馬腸這樣的怪物——大約就是前面蔓渠山所說的馬腹。這兩座山——玄扈山和讙舉山——中間流淌著洛水。

總計釐山的開始，從鹿蹄山到玄扈山，共是九座山，綿延一千六百七十里。諸山山神的形狀，都是人面獸身。祭祀他們，毛物用一隻白雞取血塗祭，不用精米；雞要用彩帛包裹起來。

中央第五列山系，即薄山。其第一座山，叫做苟林山，沒有草木，卻多產怪石。

往東三百里，叫做首山，山的北面多產構樹和柞樹，所產草多是蒼朮、白朮和芫華等藥草，山的南面多產璙珸玉，所產木多是槐樹。山的北面有一道谷，叫做机谷，谷裏多產䮗鳥，形狀像梟鳥卻長有三隻眼

睛，還有耳朵，鳴叫的聲音像鹿鳴，吃了它可以防治濕氣病。

由首山往東三百里有座縣斸山，沒有草木，多產有斑紋的石頭。

往東三百里，叫做蔥聾山，沒有草木，多產庩石——大約就是砆石，是一種比玉稍差的石頭，可以用來做佩飾。

再往東北五百里的地方有座山，名叫條谷山，多生長槐樹和桐樹，生長的草多是芍藥和門冬——天門冬和麥門冬。

由條谷山往北十里，叫做超山，山的北面多產蒼玉，山的南面有一口井，冬天有水，夏天反倒枯竭。

往東五百里有座成侯山，山上多產椿樹——木材可以作車轅，所產草多是藥草秦芁。

再往東五百里的地方有座山，叫做朝歌山，山谷裏多產優質堊土。

朝歌山往東五百里，叫做槐山——或者該叫稷山，山谷裏產銅和錫。

往東十里有座歷山，所產木多是槐樹，山的南面多產玉石。

再往東十里，叫做尸山，多產蒼玉，所產獸多是大鹿。尸水發源在這座山，往南流注入洛水，水中有許多優質玉。

由尸山往東十里，叫做良餘山，山上多產構樹和柞樹，沒有石頭。餘水發源在這座山的北面，往北流注入河水；乳水發源在這座山的南面，往東南流注入洛水。

往東南十里的地方，叫做蠱尾山，多產礪石和赤銅。龍餘水發源在這座山，東南流注入洛水。

再往東北二十里有座升山，所產木多是構樹、柞樹和小棗樹，所產草多是山藥和蕙草，還產莖幹裏有白瓤穀名通草的蔻脫。黃酸水發源於此山，往北流注入河水，水中有許多瓊玉——就是比玉稍差一點的玉。

由升山往東十二里，叫做陽虛山，多產金礦，臨近玄扈水的岸邊。

總計薄山的開始，從苟林山到陽虛山，共是十六座山，綿延二千九百八十二里。升山，是眾山的宗主，祭祀的典禮，要用豬、牛、

羊三牲齊備的太牢，環陳的玉要用吉玉。首山，是精靈顯應的山，祭祀要用稻米、黑色牲畜的太牢和麴糵釀造的酒；還要用莊嚴隆重的干儛——就是拿著盾斧和羽籥舞蹈的萬舞——祀神，旁邊擊鼓來應和節奏；祀神的玉則用一塊完整的璧。尸水，是上通到天的，要用肥壯的牲畜來祭祀：拿一隻黑狗供在上面，拿一隻雌雞供在下面，再取一隻公羊的血。環陳的玉要用吉玉。拿繒彩來裝飾祭品，請神享用。

中央第六列山系，即縞羝山。其第一座山，叫做平逢山，南邊可以望見伊水和洛水，東邊可以望見穀城山。這座山沒有草木，也沒有水，遍山是沙和石頭。山上有一個神，形狀像人卻長有兩個腦袋，名字叫驕蟲，他是一切螫蟲的首領，這座山也是眾蜂包括蜜蜂所棲止的廬舍。祭祀他用一隻雄雞，祈禱後放而勿殺。

往西十里，叫做縞羝山，沒有草木，多產金礦和玉石。

再往西十里的地方有座廆山，山的北面多產㻬琈玉。山的西面有一道谷，叫做雚谷，谷裏所產木多是柳樹和構樹。谷裏還產有一種鳥，形狀像山雞卻長著長長的尾巴，通身紅得像丹火，嘴殼卻是青的，名字叫鴒鵌，它鳴叫的聲音好像是喊自己的名字，吃了它可以不夢魘。交觴水發源在這座山的南面，往南流注入洛水；俞隨水發源在這座山的北面，往北流注入穀水。

由廆山往西三十里，叫做瞻諸山，山的南面多產金礦，山的北面多產有斑紋的石頭。墇水發源在這座山，東南流注入洛水；少水發源在這座山的北面，往東流注入穀水。

往西三十里的地方有座山，叫做婁涿山，沒有草木，多產金礦和玉石。瞻水發源在山的南面，往東流注入洛水；陂水發源在山的北面，往北流注入穀水，沿水多產紫色石頭和有斑紋的石頭。

再往西四十里有座白石山。惠水發源在山的南面，往南流注入洛水，水中多產水晶。澗水發源在山的北面，西北流注入穀水，水中有許

多畫眉石和黑丹。

由白石山往西五十里，叫做穀山，山上多產構樹，山下多產桑樹。爽水發源在這座山，西北流注入穀水，沿水多產碧綠——大約就是石綠，也就是所謂的孔雀石。

往西七十二里的地方有座山，叫做密山，山的南面多產玉石，山的北面多產鐵。豪水發源在這座山，往南流注入洛水。水中多產旋龜，形狀是鳥的頭，鱉的尾巴，鳴叫的聲音好像劈木頭。這座山沒有草木。

再往西一百里有座長石山，不生草木，多產金礦和玉石。山的西面有一道谷，名叫共谷，那裏多產竹子。共水發源在這裏，西南流注入洛水，水中有很多可以作磬的鳴石。

長石山往西一百四十里，叫做傅山，不生草木，多產瑤碧之類的美玉。厭染水發源在山的南面，往南流注入洛水，水中多產人魚。山的西面有一片樹林，名字叫做播冢。穀水發源在這座山，往東流注入洛水，水中有許多珚玉。

往西五十里，叫做橐山，所產木多是樗樹和楢樹——楢樹的果實可以製煉藥材五倍子。山的南面多產金礦和玉石，山的北面多產鐵，又多產萐草。橐水發源在這座山，往北流注入河水。水中多產修辟魚，形狀像蛙卻長著白色的嘴，鳴叫的聲音像貓頭鷹，吃了它可以治白癬。

再往西九十里的地方有座山，叫做常烝山，沒有草木，多產堊土。潐水發源在這座山，東北流注入河水，沿水多產蒼玉。潐水發源在這座山，往北流注入河水。

由常烝山往西九十里，叫做夸父山，所產木多是棕櫚樹和枏樹，又多產小竹叢，所產獸多是㸿牛和羬羊，所產鳥多是赤鷩，山的南面多產玉石，山的北面多產鐵。山的北面有一片樹林，名叫桃林，方圓大約三百里，林裏有很多馬——有名的驊騮、綠耳等八匹駿馬，傳說就是在這裏得到的。湖水發源在這座山，往北流注入河水，沿水多產珚玉。

往西九十里的地方有座陽華山，山的南面多產金礦和玉石，山的北面多產石青和雄黃。所產草多是山藥和苦辛。苦辛的形狀像楸木，結的果實像瓜，味道酸中帶甜，吃了它可以治瘧疾。楊水發源在這座山，西南流注入洛水，水中有很多人魚。門水發源於此，東北流注入河水，水中多產黑色磨刀石。緒姑水發源在這座山的北面，往東流注入門水，沿水多產銅。從門水到河水，一共是七百九十里，然後又注入洛水。

總計縞羝山的開始，從平逢山到陽華山，共是十四座山，蜿蜒七百九十里。高大的山嶽在這當中，須在每年六月祭祀山神，像祭祀其他各大山嶽的典禮一樣。這樣做了，天下便會安寧。

中央第七列山系是苦山。它的第一座山，叫做休與山。山上有一種小石子，名叫帝臺之棋，五彩的顏色而有斑紋，形狀像鵪鶉蛋。帝臺的這種石子是他用來禱祀諸天神的，吃了它可以防止邪毒侵染。山上有一種草，形狀像蓍草，紅色的葉子，根是連結在一起的，名字叫夙條，可以拿它來做箭桿。

往東三百里有座山，叫做鼓鍾山，帝臺在這裏敲鐘擊鼓、宴會諸天神。山上有一種草，方的莖、開黃花，圓圓的葉子，重疊三層，名字叫焉酸，可以用來解毒。這座山山上多產礦石，山下多產砥石。

再往東二百里的地方有座山，叫做姑媱山。天帝的女兒死在這裏，她的名字叫女尸，死後變成了䔄草。它的葉子互相重疊，它的花是黃的，它的果實像菟絲的果實，吃了它可以得到別人的寵愛。

由姑媱山往東二十里，叫做苦山。有一種獸，名字叫山膏，形狀像小豬，通身像火一樣紅彤彤的，喜歡罵人。山上產有一種樹，名字叫黃棘，黃的花，圓的葉子，果實像蘭草的果實，吃了它就不會生育。還有一種草，葉子是圓的，卻沒有莖幹，開紅花，不結果實，名字叫無條，吃了它可醫治頸瘤。

往東二十七里的地方有座堵山，神天愚在這裏居住，常常有怪風和

怪雨。山上產有一種樹，名字叫天楄，方方的莖幹，形狀像葵，吃了它可治噎食症。

再往東五十二里，叫做放皋山。明水發源於此山，往南流注入伊水，水中多產蒼玉。山上有一種樹，葉子像槐葉，開黃花，卻不結果實，名字叫蒙木，吃了它可以不糊塗。山上有一種獸，形狀像蜂，分叉的尾巴，倒轉生的舌頭，喜歡呼喚，名字叫文文。

由放皋山往東五十七里，叫做大𦊆山，多產㻮珸玉，還多產麋玉——大約就是瑂玉，是一種像玉的石頭。山上有一種草，它的葉像榆葉，方的莖，上面長有青色的刺，它的名字叫牛傷——就是牛棘，它的根有青色的斑紋，吃了它可以醫治昏厥，還可以防禦兵災。山的南面是狂水的發源地，西南流注入伊水，水中多產三足龜，吃了它可以不生大病，還可以消除癰腫。

往東七十里的地方有座山，叫做半石山。山上產有一種草，剛生就抽穗葉花，它的高約有一丈多，紅的葉，紅的花，只開花，不結果，它的名字叫嘉榮，吃了它可以不怕打炸雷。來需水發源在山的南面，往西流注入伊水，水中多產鯩魚，黑色的斑紋，形狀像鮒魚，吃了它精神特別好，可以不睡覺。合水發源在山的北面，往北流注入海水，水中多產鰧魚，形狀像鱖魚，居住在水裏前後都通的洞穴中，青色的斑紋，紅色的尾巴，吃了它可以不患癰腫，還可以治療痔瘻。

再往東五十里有座少室山，各種各樣的草木屯聚像倉囷。山上有一種樹，名字叫帝休，樹葉像楊樹的葉，樹枝交錯，向五方伸展，好像衢路，黃的花，黑的果實，吃了它就會心平氣和，不輕易發怒。山上多產玉石，山下多產鐵。休水發源在這座山，往北流注入洛水。水中多產鯑魚，形狀像䗩蜼——一種獼猴樣的動物——卻長著長長的足爪，白色的腳，腳趾相向，吃了它可以不患疑心病，還可以防禦兵災。

少室山往東三十里有座泰室山。山上產有一種樹，樹葉的形狀像梨

樹的葉，卻有著紅色的葉脈，它的名字叫栯木，吃了它可以不妒嫉。山上有一種草，形狀像茉——蒼朮或白朮——白的花，黑的果實，果實潤澤得像山葡萄，它的名字叫蘦草，吃了它可以不受夢魘所擾。山上還產有許多精美的石頭。

往北三十里，叫做講山，山上多產玉石，多產柘樹和柏樹。有一種樹，名叫帝屋，樹葉的形狀像花椒樹葉，長有倒生的刺，紅色的果實，可以拿它來防禦凶邪。

再往北三十里的地方有座山，叫做嬰梁山，山上多產青色的玉，附著在黑色的石頭上。

嬰梁山往東三十里，叫做浮戲山。山上有一種樹，樹葉的形狀像樗樹的葉，卻結紅色的果實，名叫亢木，吃了它可以驅蟲除邪。汜水發源於此山，往北流注入河水。山的東面有一道谷，谷裏多蛇，因而叫它做蛇谷，谷上多產細辛這種藥材。

往東四十里有座少陘山。山上有一種草，名字叫茼草，葉子的形狀像葵葉，卻是紅的桿兒，開白花，結的果實像山葡萄，吃了它可以使人不愚蠢。器難水發源在這座山，往北流注入役水。

再往東南十里的地方有座太山。山上有一種草，名字叫梨，它的葉子像艾蒿的葉，卻開紅花，可以拿它來治療癰疽。太水發源在山的南面，東南流注入役水；承水發源在山的北面，東北流注入役水。

太山往東二十里，叫做末山，山上有很多赤金。末水發源在這座山，往北流注入役水。

往東二十五里有座役山，山上多產白金，又多產鐵。役水發源在這座山，往北流注入河水。

再往東三十五里的地方有座山，叫做敏山。山上有一種樹，形狀像牡荊，白的花，紅的果實，名字叫薊柏，吃了它可以不怕寒冷。山的南面多產㻬琈玉。

敏山往東三十里，叫做大騩山，山的北面多產鐵、美玉和青堊。山上有一種草，形狀像蓍草卻長有毛，青的花，白的果實，它的名字叫蒗草，吃了它可以長壽，還可以治腸胃病。

總計苦山的開始，從休與山到大騩山，共是十九座山，綿延一千一百八十四里，這當中有十六個神，都是豬身人面。祭祀他們，毛物用一隻羊獻祭，祀神的玉用一塊藻玉，陳獻以後埋進地裏。苦山、少室、泰室這三座山都是眾山的宗主，祭祀這三座山的神，要用豬、牛、羊三牲齊備的太牢，還要用吉玉環陳以獻。這三座山的神，形狀都是人的臉而長有三個腦袋。其餘十六個神，都是豬身人臉。

中央第八列山系是荊山。它的第一座山，叫做景山，山上多產金礦和玉石，所產木多是柞樹和檀樹。睢水發源在這座山，東南流注入江水，水中多產像粟粒一樣的細丹沙，多產有斑彩的魚。

往東北一百里的地方，叫做荊山，山的北面多產鐵，山的南面多產赤金，山裏還多產犛牛，多產豹子和老虎，山上的樹多是松樹和柏樹，所產草多是竹，還多產橘樹和柚樹。漳水發源在這座山，東南流注入睢水，水中多產黃金——大約就是金沙，還多產鮫魚——據說就是鯊魚，所產獸多是山驢和麋。

再往東北一百五十里有座驕山，山上多產玉石，山下多產青雘，所產木多是松樹和柏樹，還多產桃枝和鉤端這類小竹。神䕏圍居在這裏，他的形狀像人，卻長有羊的角和老虎的爪子，他常在睢水和漳水的淵潭裏遊玩，他每次進出水面就會閃閃發光。

驕山往東北一百二十里，叫做女几山，山上多產玉石，山下多產黃金，所產獸多是豹子和老虎，還多產山驢、麋、麂和牛尾一角的麖，所產鳥多是白鷮，還多產長尾巴的野雞和有毒的鴆鳥。

往東二百里的地方有座山，叫做宜諸山，山上多產金礦和玉石，山下多產青雘。淭水發源在這座山，往南流注入漳水，沿水多產白玉。

再往東三百五十里有座綸山，所產木多是梓樹和柟樹，還多產桃枝竹，多產柤梨樹、栗子樹、橘樹和柚樹，所產獸多是山驢、駝鹿、羚羊和形狀像兔子卻長有鹿足的臭。

綸山往東北二百里，叫做陸鄗山，山上多產瑉珧玉，山下多產堊土，所產木多是杻樹和橿樹。

往東一百三十里的地方有座山，叫做光山，山上多產碧玉，山下多的是水。神計蒙居住在這裏，他的形狀是人的身子，龍的腦袋，他常遊玩在漳水的淵潭，進進出出都伴隨著狂風和暴雨。

再往東一百五十里有座岐山，山的南面多產赤金，山的北面多產白——據說是一種類似玉的石頭，山上多產金礦和玉石，山下多產青雘，所產木多是樗樹。神涉蟲居住在這裏，他的形狀是人的身子，方方的臉，三隻腳。

岐山往東一百三十里，叫做銅山，山上多產金、銀和鐵，所產木多是構樹、柞樹、柤梨樹、栗子樹、橘樹和柚樹，所產獸多是有著豹子斑紋的豹。

往東一百里有座美山，所產獸多是兕和野牛，山驢和駝鹿，以及野豬和鹿，山上多產金礦，山下多產青雘。

再往東北一百里，叫做大堯山，所產木多是松樹和柏樹，多是梓樹和桑樹，還多產橿木樹，所產草多是竹，所產獸多是豹子、老虎、羚羊和形似兔而足像鹿的臭。

大堯山往東北三百里，叫做靈山，山上多產金礦和玉石，山下多產青雘，所產木多是桃樹、李樹、梅樹和杏樹。

往東北七十里的地方有座山，叫做龍山，山間多產寄生樹，山上多產碧玉，山下多產赤錫，所產草多是桃枝竹和鉤端竹。

再往東南五十里有座衡山，山上多產寄生樹、構樹和柞樹，還多產黃堊和白堊。

由衡山往東南七十里，叫做石山，山上多產金礦，山下多產青雘，多產寄生樹。

往南一百二十里的地方有座山，叫做若山，山上多產琈瑈玉，多產赭石，多產可以入藥的封石，多產寄生樹，多產柘樹。

再往東南一百二十里，叫做彘山，多產美觀的石頭，多產柘樹。

再往東南一百五十里，叫做玉山，山上多產金礦和玉石，山下多產碧玉和鐵，所產木多是柏樹。

由玉山往東南七十里，叫做讙山，所產木多是檀樹，還多產封石，多產白錫。郁水發源在山上，潛流在山下，水中多產砥石和礪石。

往東北一百五十里有座仁舉山，所產木多是構樹和柞樹，山的南面多產赤金，山的北面多產赭石。

再往東五十里的地方有座山，叫做師每山，山的南面多產砥石和礪石，山的北面多產青雘，所產木多是柏樹，多是檀樹，多是柘樹，所產草多是竹。

師每山往東南二百里，叫做琴鼓山，所產木多是構樹、柞樹、花椒樹和柘樹，山上多產白 ，山下多產洗石，所產獸多是野豬和鹿，以及白犀，所產鳥多是鴆鳥。

總計荊山的開始，從景山到琴鼓山，共是二十三座山，行經二千八百九十里。諸山山神的形狀都是鳥身人面。祭祀他們：毛物用一隻雄雞取血塗祭以後埋進地裏，祀神的玉用一塊藻圭。祀神的精米用稻米。驕山，是眾山的宗主，祭祀它要用專門獻神的酒進獻，還要用代表少牢祭禮的豬和羊取血塗祭以後埋進地裏，祀神的玉則用一塊璧。

中央第九列山系岷山的第一座山，叫做女几山，山上多產石涅，所產木多是杻樹和橿樹，所產草多是菊和朮——蒼朮和白朮。洛水發源在這座山，往東流注入江水，水中有很多雄黃，山中多是老虎和豹子。

女几山往東北三百里有座岷山。江水發源在這座山，東北流注入大

海，水中多產品種優良的烏龜，多產豬婆龍——即揚子鱷。山上多產金礦和玉石，山下多產像玉石的白 。所產木多是梅樹和棠樹，所產獸多是犀牛和大象，還多產夔牛，所產鳥多是白翰和赤鷩。

往東北一百四十里的地方有座山，叫做崃山。江水發源在這座山，往東流注入大江。山的南面多產黃金，山的北面多產麋和塵，所產木多是檀樹和柘樹，所產草多是山蘇和山韭，以及白芷和蔲脫。

再往東一百五十里有座崌山。江水發源在這座山，往東流注入大江，水中多產怪蛇，多產魚鱉，所產木多是楢樹和杻樹，以及梅樹和梓樹，所產獸多是夔牛、羚羊、臭、犀牛和兕。有一種鳥，形狀像鴞，卻是紅身子，白腦袋，名字叫竊脂，畜養它可以防禦火災。

由崌山往東三百里，叫做高梁山，山上多產堊土，山下多產砥石和礪石，所產木多是桃枝竹和鉤端竹。山上有一種草，形狀像葵卻開紅花，結莢果，花房是白色的，用它來餵馬，可以使馬健跑。

往東四百里，叫做蛇山，山上多產黃金，山下多產堊土，所產木多是枸樹，還多產豫章樹，所產草多是嘉榮和細辛。山上有一種獸，形狀像狐狸，卻長著白尾巴，長耳朵，名字叫肔狼，它一出現，國內就會發生戰爭。

再往東五百里的地方有座山，叫做鬲山，山的南面多產金礦，山的北面多產白珉。薄鷇水發源在這座山，往東流注入江水，沿水多產白玉。所產獸多是犀牛、大象、狗熊和人熊，以及猿猴和長尾猿。

鬲山往東北三百里，叫做隅陽山，山上多產金礦和玉石，山下多產青膅，所產木多是梓樹和桑樹，所產草多是紫草。徐水發源在這座山，往東流注入江水，水中有很多像粟粒一樣的細丹沙。

往東二百五十里有座岐山，山上多產白金，山下多產鐵，所產木多是梅樹和梓樹，還多產杻樹和楢樹。減水發源於此，東南流注入江水。

再往東三百里的地方有座山，叫做勾檷山，山上多產玉石，山下多

產黃金，所產木多是櫟樹和柘樹，所產草多是芍藥。

勾櫳山往東一百五十里，叫做風雨山，山上多產白金，山下多產石涅，所產木多是椒樹和樿樹以及產楊樹。宣余水發源在這座山，往東流注入江水，水中多產水蛇。所產獸多是山驢、麋和麈，還多產豹子和老虎，所產鳥多是白鷮。

往東二百里的地方有座山，叫做玉山，山的南面多產銅，山的北面多產赤金，所產木多是豫章樹、楢樹和杻樹，所產獸多是野豬、鹿、羚羊和臾，所產鳥多是鴆鳥。

再往東一百五十里有座熊山。山上有一個大洞穴，是熊的洞穴，常有神人出現在這裏。這個洞夏天開放，冬天關閉；要是冬天開放，一定就會發生戰爭。這座山山上多產白玉，山下多產白金，所產木多是樗樹和柳樹，所產草多是寇脫。

熊山往東一百四十里，叫做騩山，山的南面多產美玉和赤金，山的北面多產鐵，所產木多是桃枝竹、牡荊樹和枸杞樹。

往東二百里的地方有座葛山，山上多產赤金，山下多產像玉石的瑊石，所產木多是柤梨樹、栗子樹、橘樹、柚樹、楢樹和杻樹，所產獸多是羚羊和臾，所產草多是嘉榮草。

再往東一百七十里有座賈超山，山的南面多產黃堊，山的北面多產美赭，所產木多是柤梨樹、栗子樹、橘樹和柚樹，山間還有許多可以編織席子的龍鬚草。

總計崛山的開始，從女几山到賈超山，共是十六座山，行經三千五百里。諸山山神的形狀都是馬身龍頭。祭祀他們，毛物用一隻雄雞埋進地裏，精米用稻米。文山、勾櫳山、風雨山、騩山這幾座山，都是眾山的宗主，祭祀它們的山神，先獻酒，然後用豬羊二牲的少牢禮，祀神的玉用一塊吉玉。熊山，是眾山的首領，祭祀它要先獻上酒，然後用豬、牛、羊三牲全備的太牢禮，祀神的玉則用一塊璧。祭祀諸山山

神，如果想禳災，就用持盾斧的干儛來驅妖逐邪；如果想祈福，就穿袍戴帽、手持美玉舞蹈。

中央第十列山系的第一座山，叫做首陽山，山上多產金屬礦物和玉石，不生草木。

往西五十里有座虎尾山，所產多是花椒樹和可以用來作拐杖的椐樹，還有很多可以作藥物的封石，山的南面多產赤金，山的北面多產鐵。

再往西南五十里的地方有座山，叫做繁繢山，所產木多是楢樹和杻樹，所產草多是桃枝竹和鉤端竹。

再往西南二十里的勇石山，沒有草木，多產白金，到處都是水。

勇石山往西二十里，叫做復州山，所產木多是檀樹，山的南面多產黃金。山上有一種鳥，形狀像鴞，卻只有一隻腳，豬的尾巴，名字叫跂踵，它一出現，那個國家就會發生大瘟疫。

往西三十里的地方有座山，叫做楮山，多產寄生樹，多產花椒樹和椐樹，多產柘樹，多產堊土。

再往西二十里有座又原山，山的南面多產青䨼，山的北面多產鐵，所產鳥多是八哥。

由又原山往西五十里，叫做涿山，所產木多是構樹、柞樹和杻樹，山的南面多產璿珸玉。

往西七十里的地方有座山，叫做丙山，所產木多是梓樹和檀樹以及長而直的杻樹。

總計首陽山的開始，從首陽山到丙山，共是九座山，行經二百六十七里。諸山山神的形狀，都是龍身人面。祭祀他們，毛物用一隻雄雞埋進地裏，精米用黍、稷、稻、粱、麥五種精米。堵山，是眾山的宗主，祭祀它用豬羊二牲的少牢禮，獻上清酒，祀神的玉用一塊璧陳獻後埋進地裏。騩山，是眾山的宗主，祭祀它，獻上清酒，用豬牛羊三牲齊備的太牢禮，讓巫師和祝師二人在神前跳舞，祀神的玉用一塊璧。

中央第十一列山系荊山的第一座山，叫做翼望山。湍水發源在這座山，往東流注入濟水，貺水也發源在這座山，東南流注入漢水，水中多產形態像蛇而有四隻足的蛟。這座山山上多產松樹和柏樹，山下多產漆樹和梓樹，山的南面多產赤金，山的北面多產珉石。

往東北一百五十里有座朝歌山。潕水發源在這座山，東南流注入滎水，水中多產人魚。這座山的山上多產梓樹和楠樹，所產獸多是羚羊和麋。山上有一種草，名字叫莽草——據說就是芒草，可以用來毒魚。

再往東南二百里的地方有座山，叫做帝囷山，山的南面多產瑻珸玉，山的北面多產鐵。帝囷水發源在山上，潛流在山下，這裏多產有四隻翅膀的鳴蛇。

帝囷山往東南五十里，叫做視山，山上多產山韭。有一口井，名叫天井，夏天有水，到冬天便乾枯了。這裏多產桑樹，多產優質堊土、金礦和玉石等。

往東南二百里的地方有座山，叫做前山，所產木多是櫧樹——俗名冬不凋，木材可以用來作屋柱，經久不腐，還多產柏樹，山的南面多產金礦，山的北面多產赭石。

再往東南三百里有座豐山。有一種獸，形狀像猿猴，紅眼睛，紅嘴巴，黃身子，名叫雍和，它一出現國家就會發生大恐慌。神耕父居住在這裏，他常到清泠淵去遊玩，每進出水面就會閃閃發光，只要他一出現，那個國家就會衰敗。山上有九口鐘，每當霜降，它們就會應和著霜的降落鳴響起來。山上多產金礦，山下多產構樹、柞樹、杻樹和橿樹。

豐山往東北八百里有座兔床山，山的南面產鐵，所產木多是櫧樹和小栗樹，所產草多是雞穀，它的根好像雞蛋，味道酸中帶甜，吃了對於人身體有益。

往東六十里的地方有座山，叫做皮山，多產堊土和赭石，所產木多是松樹和柏樹。

再往東六十里有座瑤碧山，所產木多是梓樹和枏樹，山的北面多產青臒，山的南面多產白金。山上有一種鳥，形狀像野雞，常常吃臭蟲，名字叫鴣。

碧瑤山往東四十里，叫做支離山。清水發源在這座山，往南流注入漢水。山上有一種鳥，它的名字叫嬰勺，形狀像喜鵲，紅眼睛，紅嘴殼，白身子，尾巴像湯勺子，鳴叫的聲音像是叫自己的名字。這座山多產柞牛，多產羬羊。

往東北五十里有座秩䎍山，山上多產松樹、柏樹、橿樹和可以浣衣去垢的無患子樹。

再往西北一百里的地方有座山，叫做菫理山，山上多產松樹和柏樹以及優質梓樹，山的北面多產丹臒，多產金礦，所產獸多是豹子和老虎。有一種鳥，形狀像喜鵲，青身子，白嘴殼，白眼睛，白尾巴，名字叫青耕，可以畜養它來防禦時疫，它鳴叫的聲音像是叫自己的名字。

菫理山再往東南三十里，叫做依軲山，山上多產杻樹和橿樹，還多產枏梨樹。山上有一種獸，形狀像狗，老虎的爪子，身有鱗甲，名字叫獜，善於跳躍撲騰，吃了它可以不患風疾。

往東南三十五里有座即谷山，多產美玉，多產黑豹，多產山驢和駝鹿，還多產羚羊和麞。山的南面多產㻬石，山的北面多產青臒。

再往東南四十里的地方有座山，叫做雞山，山上多產優質梓樹和桑樹，所產草多是山韭。

由此往東南五十里，叫做高前山。山上有一股水泉，非常寒冷而又清瑩，原來這是帝臺遺留的漿水，喝了它可以不患心痛病。山上產有金礦，山下產有赭石。

往東南三十里有座山，叫做遊戲山，多產杻樹、橿樹和構樹，還多產玉石和可以做藥用的封石。

再往東南三十五里的地方有座從山，山上多產松樹和柏樹，山下多

產竹。從水發源在山上，潛流在山下，沿水多產三足鱉，分叉的尾巴，吃了它可以不患疑心病。

由從山往東南三十里，叫做嬰硬山，山上多產松樹和柏樹，山下多產梓樹和形狀像樗樹可以用來作車轅的橰樹。

往東南三十里有座山，叫做畢山。帝苑水發源在這座山，東北流注入視水，水中多產水晶，多產蛟。山上多產琦玗玉。

再往東南二十里有座樂馬山。山上有一種獸，形狀像刺蝟，紅得像丹火，名字叫猴，它一出現，國家就會發生大瘟疫。

樂馬山往東南二十五里，叫做葴山。視水發源於此，東南流注入汝水，水中多產人魚和蛟，還多產形狀像黑狗的顡——大約就是水獺。

往東四十里有座嬰山，山下多產青雘，山上多產金礦和玉石。

再往東三十里，叫做虎首山，多產粗梨樹，耐冬的椆樹和可以用來作拐杖的椐樹。

由此往東二十里，叫做嬰侯山，山上多產封石，山下多產赤錫。

往東五十里的地方有座山，叫做大孰山。殺水發源在這座山，東北流注入視水，沿水多產白堊。

再往東四十里有座卑山，山上多產桃樹、李樹、粗梨樹和梓樹，還多產紫藤樹。

再往東三十里，叫做倚帝山，山上多產玉石，山下多產金礦。山上有一種獸，形狀像鼵鼠，白耳朵，白嘴筒，名字叫狙如，它一出現，國家就會有大的戰爭。

倚帝山往東三十里，叫做鯢山。鯢水發源在山上，潛流在山下，沿水多產優質堊土。這座山山上多產金礦，山下多產青雘。

往東三十里有座雅山。澧水發源在這座山，往東流注入視水，水中多產大魚。這座山山上多產茂美的桑樹，山下多產粗梨樹，多產赤金。

再往東五十里有座山，叫做宣山。淪水發源在這座山，東南流注入

視水，水中多產蛟。山上有一棵桑樹，樹圍有五丈，樹枝交叉伸向四方，樹葉大有一尺多，紅色的紋理，黃色的花，青色的花房，名字叫帝女之桑。

由宣山往東四十五里，叫做衡山，山上多產青雘，多產桑樹，所產鳥多是八哥。

往東四十里有座豐山，山上多產封石，所產木多是桑樹，還多產羊桃，形狀像桃樹卻是方的莖幹，可以拿它來醫治皮膚腫脹。

再往東七十里的地方有座山，叫做嫗山，山上多產美玉，山下多產金礦，所產草多是雞穀草。

由嫗山往東三十里，叫做鮮山，所產木多是楢樹，杻樹和柤梨樹，所產草多是門冬，山的南面多產金礦，山的北面多產鐵。山上有一種獸，形狀像西方的狼狗，紅嘴巴，紅眼睛，白尾巴，它一出現，那個地方就會發生火災，它的名字叫㺟即。

往東三十里，叫做皋山，山的南面多產金礦，山的北面多產好看的石頭。皋水發源於此，往東流注入澧水，沿水多產軟而易碎的脆石。

再往東二十五里有座大支山，山的南面多產金礦，山的北面多產構樹和柞樹，不生草。

由此往東五十里，叫做區吳山，所產木多是柤梨樹。

往東五十里，叫做聲匈山，所產木多是構樹，還多產玉石，山上多產封石。

再往東五十里，叫做大騩山，山的南面多產赤金，山的北面多產砥石。

大騩山往東十里，叫做踵臼山，沒有草木。

往東北七十里，叫做曆石山，所產木多是牡荊和枸杞，山的南面多產黃金，山的北面多產砥石。山上有一種獸，形狀像野貓，卻是白色的腦袋，老虎的爪子，名字叫梁渠，它一出現，國家就會發生大的戰爭。

　　再往東南一百里有座求山。求水發源在山上，潛流在山下，其中產有優質赭石。所產木多是枏梨樹，還多產可以作箭桿的𥳽竹。山的南面多產金礦，山的北面多產鐵。

　　求山往東二百里有座丑陽山，山上多產椆樹和椐樹。山上有一種鳥，形狀像烏鴉而足卻是紅的，名字叫䴤鵌，畜養它可以防禦火災。

　　往東三百里，叫做奧山，山上多產柏樹、杻樹和橿樹，山的南面多產㻬琈玉。奧水發源在這座山，往東流注入視水。

　　再往東三十五里的地方有座山，叫做服山，所產木多是梨樹，山上多產封石，山下多赤錫。

　　服山往東一百一十里，叫做杳山，山上多產嘉榮草，多產金礦和玉石。

　　往東三百五十里，叫做几山，所產木多是楢樹、檀樹和杻樹，所產草多是香草。山上有一種獸，形狀像豬，卻是黃身子，白腦袋，白尾巴，名字叫聞獜，它一出現天下就會颳大風。

　　總計荊山的開始，從翼望山到几山，共是四十八座山，綿延三千七百三十二里。諸山山神的形狀，都是豬身人頭。祭祀他們：毛物用一隻雄雞取血塗祭，然後把雞埋進地裏，獻祭的玉用一塊珪，祀神的精米用黍、稷、稻、粱、麥五種精米。禾山是眾山的宗主，祭祀它要用太牢禮，進獻以後，把所獻的牲畜倒埋起來，獻祭的玉用一塊璧。雖然要求用太牢禮，也不一定要三牲全備。堵山和玉山，是眾山的宗主，都須用倒埋牲畜的辦法來祭祀，獻祭的毛物用少牢禮，獻祭的玉用吉玉。

　　中央第十二列山系洞庭山的第一座山，叫做篇遇山，不生草木，多產黃金。

　　往東南五十里，叫做雲山，沒有草木。產有一種桂竹，毒性很大，若是觸傷到人，定會毒死人。山上多產黃金，山下多產㻬琈玉。

　　再往東南一百三十里有座龜山，所產木多是構樹、柞樹、椆樹和椐

樹，山上多產黃金，山下多產石青和雄黃，還多產扶竹——又叫扶老竹，可以用來作老年人的拐杖。

龜山往東七十里，叫做丙山，多產箮竹——就是前面所說的桂竹，還多產黃金和銅鐵，只是沒有樹木。

往東南五十里，叫做風伯山，山上多產金礦和玉石，山下多產酸石和有斑彩的文石，還產鐵，所產木多是柳樹、杻樹、檀樹和構樹。山的東邊有一座樹林，叫做浮葍林，林裏多有茂盛的樹木和各種飛禽走獸。

再往東一百五十里的地方有座山，叫做夫夫山，山上多產黃金，山下多產石青和雄黃。所產木多是桑樹和構樹，所產草多是竹和雞穀草。神于兒住在這裏，他長著人的身子而手裏握著兩條蛇，他常在江水的淵潭裏遊玩，進進出出都會發出閃光。

由夫夫山往東南一百二十里，叫做洞庭山，山上多產黃金，山下多產銀和鐵，所產木多是柤梨樹、梨樹、橘樹和柚樹，所產草多是蘪草（蘭草）、蘪蕪、芍藥和芎藭。天帝的兩個女兒娥皇和女英在這裏居住，她們常在江水的淵潭裏遊玩。澧水和沅水吹來的風，交會在瀟湘的淵潭，那地方是在九條江水匯合的中間，她們每進出那裏，一定會伴隨著狂風和暴雨。山上多有怪神出現，形狀像人而頭上頂著蛇，左手和右手也都握著蛇。還多出現怪鳥。

往東南一百八十里有座暴山，所產木多是棕櫚樹、楠樹、牡荊樹、枸杞樹和竹、箭、鏑、箘等各種大大小小的竹子，山上多產黃金和玉石，山下多產文石和鐵，所產獸多是麋、鹿和麂，所產鳥多是鷳。

再往東南二百里的地方有座即公山，山上多產黃金，山下多產琘玕玉，所產木多是柳樹、杻樹、檀樹和桑樹。山上有一種獸，形狀像烏龜，卻是白身子，紅腦袋，名字叫蜼，可以畜養它來防禦火災。

由即公山往東南一百五十九里，叫做堯山，山的北面多產黃堊，山的南面多產黃金，所產木多是牡荊、枸杞、柳樹和檀樹，所產草多是山

藥和蒼朮、白朮。

　　往東南一百里有座江浮山，山上多產銀和砥石、礪石，不生草木，所產獸多是野豬和鹿。

　　再往東二百里的地方有座真陵山，山上多產黃金，山下多產玉石，所產木多是構樹、柞樹、柳樹和杻樹，所產草是可以用來治風痹的榮草。

　　由真陵山往東南一百二十里，叫做陽帝山，多產優質銅，所產木多是橿樹、杻樹、山桑樹和構樹，所產獸多是羚羊和麝香鹿。

　　往南九十里，叫做柴桑山，山上多產銀，山下多產碧玉以及泠石和赭石，所產木多是柳樹、枸杞樹、構樹和桑樹，所產獸多是麋和鹿，還多產白蛇和飛蛇——飛蛇又叫螣蛇，能夠乘雲霧而飛行天空。

　　再往東二百三十里的地方有座山，叫做榮余山，山上多產銅，山下多產銀，所產木多是柳樹和枸杞，所產蟲多是怪蛇和怪蟲。

　　總計洞庭山的開始，從篇遇山到榮余山，共是十五座山，行經二千八百里。諸山山神的形狀，都是鳥身龍頭。祭祀他們，毛物用一隻雄雞和一隻母豬取血塗祭，祀神的精米用稻米。所有夫夫山，即公山、堯山、陽帝山這幾座山，都是眾山的宗主，祭祀它們，都須先陳牲玉，然後埋進地裏；祈禱用酒，毛物用少牢禮，祀神的玉用一塊吉玉。洞庭山和榮余山，是神靈顯應的山，祭祀它們，也須先陳牲玉，然後埋進地裏；祈禱用酒和太牢禮，祀神的玉用圭和璧各十五塊，用青、黃、赤、白、黑五種顏色裝飾它們。

　　以上所記，是中央的山，總共是一百九十七座山，行經二萬一千三百七十一里。

　　總計天下名山一共是五千三百七十座，散布在大地的各方，行經的路程一共是六萬四千五十六里。

　　禹說：天下的名山，共是五千三百七十座，行經了六萬四千零五十六里的程途，它們都散布在大地的各方。這裏《五藏山經》所說，

也只不過是舉其大端，其餘小山很多，實在無法統計了。天地從東方到西方，共是二萬八千里；從南方到北方，共是二萬六千里。出水的所在，是八千里；受水的所在，也是八千里。產銅的山，有四百六十七座；產鐵的山，有三千六百九十座。這些就是世界劃分疆土、種植五穀所憑藉的，也是戈和矛所以興起、刀和劍所以發動的緣故。憑供這些資源，聰明的人可以富裕有餘，愚拙的人卻會貧窮不足。古時候的國君，在太山行封的典禮，在梁父行禪的典禮的，共有七十二家，其間或得或失、或興或亡，都活動在這個範圍以內，國家的一切財用也都從這塊土地上取得。

　　以上《五藏山經》五篇，總共是一萬五千五百零三個字。

卷六‧海外南經

　　地之所載，六合之間，四海之內，照之以日月，經之以星辰，紀之以四時，要之以太歲，神靈所生，其物異形，或夭或壽，唯聖人能通其道。

　　海外自西南陬至東南陬者。

　　結匈國在其西南，其為人結匈。

　　南山在其東南。自此山來，蟲為蛇，蛇號為魚。一曰南山在結匈東南。比翼鳥在其東，其為鳥青、赤，兩鳥比翼。一曰在南山東。

　　羽民國在其東南，其為人長頭，身生羽。一曰在比翼鳥東南，其為人長頰。

　　有神人二八，連臂，為帝司夜于此野。在羽民東。其為人小頰赤肩，盡十六人。

　　畢方鳥在其東，青水西，其為鳥人面一腳。一曰在二八神東。

　　讙頭國在其南，其為人人面有翼，鳥喙，方捕魚。一曰在畢方東。

或曰讙朱國。

　　厭火國在其國南，獸身黑色，生火出其口中。一曰在讙朱東。

　　三株樹在厭火北，生赤水上，其為樹如柏，葉皆為珠。一曰其為樹若彗。

　　三苗國在赤水東，其為人相隨。一曰三毛國。

　　臷國在其東，其為人黃，能操弓射蛇。一曰臷國在三毛東。

　　貫匈國在其東，其為人匈有竅。一曰在臷國東。

　　交脛國在其東，其為人交脛。一曰在穿匈東。

　　不死民在其東，其為人黑色，壽，不死。一曰在穿匈國東。

　　岐舌國在其東。一曰在不死民東。

　　昆侖虛在其東，虛四方。一曰在岐舌東，為虛四方。

　　羿與鑿齒戰于壽華之野，羿射殺之。在昆侖虛東。羿持弓矢，鑿齒持盾，一曰戈。

　　三首國在其東，其為人一身三首。

　　周饒國在其東，其為人短小，冠帶。一曰焦僥國在三首東。

　　長臂國在其東，捕魚水中，兩手各操一魚。一曰在焦僥東，捕魚海中。

　　狄山，帝堯葬于陽，帝嚳葬于陰。爰有熊、羆、文虎、蜼、豹、離朱、視肉。吁咽、文王皆葬其所。一曰湯山。一曰爰有熊、羆、文虎、蜼、豹、離朱、鴟久、視肉、虖交。其范林方三百里。

　　南方祝融，獸身人面，乘兩龍。

〔譯文〕

　　是大地所承載的，天地四方之間，四海以內的空間，都承受日月照耀，有大大小小的星辰來編織經緯，用春夏秋冬這四個季節來劃分季節，用木星的運行來記年。大凡神靈所生的萬物，各有不同的形狀，或

是早亡，或是長壽，只有道德高尚的人才能通曉這裏面的道理。

海外地區從西南角到東南角。

結胸國在海外地區的西南，這裏的人都長著雞胸。

南山在結胸國的東南方。從這座山出來的人，都把蟲叫做蛇，蛇又稱為魚。還有一說南山在結胸國的東南方。

比翼鳥在南山的東面，這種鳥的顏色是青中帶紅，都只有一隻足一隻翅膀和一隻眼睛，兩隻鳥的翅膀合在一起才能飛。一本說在南山東。

羽民國在比翼鳥的東南，這裏的人都長著長腦袋，身上長著羽毛。一說在比翼鳥的東南，這裏的人長著長臉頰。

有神人二八，他們相互挽著臂膀，替天帝在荒野中守夜。在羽民國的東面。這裏的人都長著小臉頰，紅肩膀。都是十六人。

畢方鳥在它的東面，這種鳥只有一隻腳。一說在二八神東面。

讙頭國在它的南面，這裏的人都長著人臉，卻有翅膀，鳥嘴，用嘴捕魚。一說在畢方的東面。或者叫讙朱國。

厭火國在它的南面，這裏的人長著野獸的身子，全身是黑色，火從他的口中噴出。一說在讙朱國的東面。

三株樹在厭火國的北面，生長在赤水上，這種樹像柏樹，樹葉都是珍珠。一說這種樹像彗星。

三苗國在赤水的東面，這裏的人一個跟隨一個，好像要遠行。一說叫三毛國。

載國在它的東面，這裏的人皮膚是黃色的，能拿弓箭射蛇。一說載國在三毛國的東面。

貫胸國在它的東面，這裏的人胸前都有個洞。一說在載國的東面。

交脛國在貫胸國的東面，這裏的人兩條小腿總是交叉在一起。一說在穿胸國的東面。

不死民在它的東面，這裏的人是黑皮膚，長生不老。一說在穿胸國

的東面。

岐舌國在不死民的東面，這裏的人舌頭反生。一說支舌國在不死民東面。

昆侖山在它的東面，山基是四方形的。一說在反舌國東面，山是四方的。

羿與鑿齒在壽華的荒野上交戰，羿射死了鑿齒。這個地方在昆侖山的東面。羿手拿弓箭，鑿齒拿著盾，一說拿著戈。

三首國在壽華澤的東面，這裏的人都是一個身子三個腦袋。一說在鑿齒的東面。

周饒國在它的東面，這裏的人身材短小，戴帽子。一說焦僥國在三首國的東面。

長臂國在周饒國的東面，這裏的人到水中捕魚，兩手各握一條魚。一說在焦僥國的東面，常到海中捕魚。

狄山，帝堯埋葬在它的北面，帝嚳埋葬在它的南面。於是有熊、羆、帶花紋的虎、長尾猴、豹、離朱鳥和視肉在這裏出現。吁咽（可能是舜）和周文王也埋葬在這裏。一說狄山又叫湯山。一說於是有熊、羆、花紋虎、長尾猴、豹、離朱鳥、貓頭鷹、視肉、虖交等奇異物體出現在這裏。

狄山上有一片樹木繁衍的大森林，方圓有三百里。

南方有個火神名叫祝融，他有著野獸的身子，人的臉，乘著兩條龍。

卷七‧海外西經

海外自西南陬至西北陬者。

滅蒙鳥在結匈國北，為鳥青，赤尾。

大運山高三百仞，在滅蒙鳥北。

大樂之野，夏后啟于此儛《九代》；乘兩龍，雲蓋三層。左手操翳，右手操環，佩玉璜。在大運山北。一曰大遺之野。

三身國在夏后啟北，一首而三身。

一臂國在其北，一臂一目一鼻孔。有黃馬虎文，一目而一手。

奇肱之國在其北，其人一臂三目，有陰有陽，乘文馬。有鳥焉，兩頭，赤黃色，在其旁。

刑天與帝至此爭神，帝斷其首，葬之常羊之山，乃以乳為目，以臍為口，操干戚以舞。

女祭、女戚在其北，居兩水間。戚操魚䱾，祭操俎。

鷂鳥、鶬鳥，其色青黃，所經國亡。在女祭北。鷂鳥人面，居山上。一曰維鳥，青鳥、黃鳥所集。

丈夫國在維鳥北，其為人衣冠帶劍。

女丑之尸，生而十日炙殺之。在丈夫北。以右手鄣其面。十日居上，女丑居山之上。

巫咸國在女丑北，右手操青蛇，左手操赤蛇，在登葆山，群巫所從上下也。

并封在巫咸東，其狀如彘，前後皆有首，黑。

女子國在巫咸北，兩女子居，水周之。一曰居一門中。

軒轅之國在此窮山之際，其不壽者八百歲。在女子國北。人面蛇身，尾交首上。

窮山在其北，不敢西射，畏軒轅之丘。在軒轅國北。其丘方，四蛇相繞。

此諸夭之野，鸞鳥自歌，鳳鳥自舞。鳳皇卵，民食之；甘露，民飲之，所欲自從也。百獸相與群居。在四蛇北。其人兩手操卵食之，兩鳥居前導之。

龍魚陵居在其北,狀如狸。一曰鰕。即有神聖乘此以行九野。一曰
鱉魚在天野北,其為魚也如鯉。

白民之國在龍魚北,白身被髮。有乘黃,其狀如狐,其背上有角,
乘之壽二千歲。

肅慎之國在白民北,有樹名曰雒棠。先入代帝,于此取之。

長股之國在雒棠北,被髮。一曰長腳。

西方蓐收,左耳有蛇,乘兩龍。

〔譯文〕

海外的地方,從西南角到西北角。

滅蒙鳥在結胸國的北面,這種鳥羽毛是青色的,只有尾巴是紅色
的。

大遠山高二百四十丈,在滅蒙鳥的北面。

大樂野,夏王啟在這裏看《九代》樂舞的演出,他駕著兩條龍,有
三層雲蓋圍繞著他。左手拿著像傘似的華蓋,右手拿著玉環,腰間佩帶
著玉璜。這個地方在大運山北面。一說(夏王啟觀樂舞)在大遺野。

三身國在夏王啟的北面,這裏的人都長著一個腦袋三個身子。

一臂國在它的北面,這裏的人都只有一條胳膊、一隻眼睛、一個鼻
孔。這裏還有一種黃馬,長著虎一樣的花紋,也是一隻眼睛,一隻手。

奇肱國在它的北面,這裏的人一條胳膊,三隻眼睛,雌雄同體,他
騎著白身紅鬃的馬。這裏有一種鳥,長著兩個腦袋,身子是紅黃色,在
人的旁邊。

刑天和天帝在這裏爭奪神位,天帝砍掉了他的頭,把頭埋在常羊山
中。刑天就用乳頭做眼睛,用肚臍做口,揮舞著盾和斧繼續與天帝爭
鬥。

女祭和女戚在戰場的北面,正處在兩條水的中間。女戚拿了一個咒

角的酒杯，女祭手裏拿著祭神的肉案。

鳶鳥和鶹鳥，它們的顏色是青黃色，它們所經過的國家就會滅亡。它們位於女祭的北面，鳶鳥是長著人的臉，巢穴在山上。一說兩種鳥又叫維鳥，是青色鳥和黃色鳥棲息在一起。

丈夫國在維鳥的北面，這裏的人穿衣戴帽，腰間佩戴寶劍。

女丑的屍體橫躺在這裏，她是被天上的十個太陽曬死的，死前用右手擋著自己的臉。十個太陽高居天上，女丑躺在山上。

巫咸國在女丑的北面，巫咸右手拿著一條青蛇，左手拿著一條紅蛇。巫咸國在登葆山上，這裏是巫師們上下天的地方。

并封這種怪獸，在巫咸國的東面，它的樣子像豬，前後都有腦袋，全身黑色。

女子國在巫咸國的北面，有兩個女子住在這兒，四周環繞著水。還有一說，她們住在一道門的中間。

軒轅國在窮山的邊上，這裏的人壽命最短八百歲。這個地方在女子國的北面。這裏的人長著人的臉，蛇的身子，尾巴纏繞在頭上。

窮山在軒轅國的北邊，射箭人不敢向西射，因為懼怕黃帝神靈所在的軒轅丘。在軒轅國的北面，有一座方形的山丘，四條蛇圍繞著它，護衛軒轅丘。

這個肥沃的荒野，是人民居住的地方。鸞鳥在這裏自由的歌唱，鳳鳥在這裏自由的跳舞。鳳凰生的蛋，人民用它做食物，天降的甘露，人民拿它做水喝，凡是心中所想的，沒有不如願的。各種野獸在這裏成群居住。在四條蛇的北面，人民兩手捧著鳳鳥蛋在吃，鸞鳥和鳳鳥在前面飛，引導著他們。

夭野的北面是龍魚居住的地方。龍魚要麼住在水裏，要麼住在山上，它的形狀像鯉魚。還有一說像鯢魚。於是有神聖人騎著它去遊九州。還有一說，鰕魚在沃野的北面，這種魚的樣子像鯉魚。

白民國在龍魚（人魚）的北面，這裏的人白色的身子，披散著頭髮。有種乘黃獸，它的形狀像狐狸，背上生兩隻角，人騎了它能活二千歲。

肅慎國在白民國的北面，這裏有一種樹名叫雒棠，這裏人的風俗是不穿衣服，如果有聖人繼位為君主，這種樹就會生出木皮，供國人拿來做衣服。

長服國在雒棠的北面，這裏的人披散著頭髮。還有一說是長腳國。

西方的金神蓐收，左邊在耳朵上掛著蛇，他的坐騎是兩條龍。

卷八‧海外北經

海外自東北陬至西北陬者。

無啟之國在長股東，為人無啟。

鍾山之神名曰燭陰。視為晝，暝為夜，吹為冬，呼為夏。不飲，不食，不息，息為風，身長千里。在無啟之東。其為物，人面，蛇身，赤色，居鍾山下。

一目國在其東，一目中其面而居。一曰有手足。

柔利國在一目東，為人一手一足，反膝，曲足居上。一云留利之國，人足反折。

共工之臣曰相柳氏，九首，以食于九山。相柳之所抵，厥為澤谿。禹殺相柳，其血腥，不可以樹五穀種。禹厥之，三仞三沮，乃以為眾帝之臺。在昆侖之北，柔利之東。相柳者，九首人面，蛇身而青。不敢北射，畏共工之臺。臺在其東。臺四方，隅有一蛇，虎色，首衝南方。

深目國在其東，為人舉一手。在共工臺東。

無腸之國在深目東，其為人長而無腸。

聶耳之國在無腸國東，使兩文虎，為人兩手聶其耳。縣居海水中，

267

及水所出入奇物。兩虎在其東。

夸父與日逐走，入日。渴欲得飲，飲于河渭；河渭不足，北飲大澤。未至，道渴而死，棄其杖，化為鄧林。

博父國在聶耳東，其為人大，右手操青蛇，左手操黃蛇。鄧林在其東，二樹木。一曰博父。

禹所積石之山在其東，河水所入。

拘纓之國在其東，一手把纓。一曰利纓之國。

尋木長千里，在拘纓南，生河上西北。

跂踵國在拘纓東，其為人大，兩足亦大。一曰大踵。

歐絲之野在大踵東，一女子跪據樹歐絲。

三桑無枝，在歐絲東，其木長百仞，無枝。

范林方三百里，在三桑東，洲環其下。

務隅之山，帝顓頊葬于陽，九嬪葬于陰。一曰爰有熊、羆、文虎、離朱、鴟久、視肉。

平丘在三桑東，爰有遺玉、青鳥、視肉、楊柳、甘柤、甘華，百果所生，有兩山夾上谷，二大丘居中，名曰平丘。

北海內有獸，其狀如馬，名曰駒騶。有獸焉，其名曰駮，狀如白馬，鋸牙，食虎豹。有素獸焉，狀如馬，名曰蛩蛩。有青獸焉，狀如虎，名曰羅羅。

北方禺彊，人面鳥身，珥兩青蛇，踐兩青蛇。

〔譯文〕

再說說海外從西北角到東北角的地方。

無啟國在長股的東面，這裏的人都沒有小腿肚子。

鍾山的山神名叫燭陰——就是燭龍，他睜開眼睛便是白天，閉上眼睛便是黑夜，他吹氣就是冬天，呼氣便是夏天。他不喝，不吃，不呼

吸，只要一呼吸就成為風，身子長一千里。鍾山在無啟國的東面。他的
樣子是人的臉，蛇的身子，全身紅色，居住在鍾山下。

一目國在它的東面，這裏的人臉上只長著一隻眼睛。

柔利國在一目國的東面，這裏的人只有一隻手，一隻腳，膝蓋是反
著生，腳彎曲向上。還有一說在留利國的人腳是反折過來的。

共工的大臣名叫相柳，他長著九個腦袋，同時吃九座山上的食物。
相柳身體所接觸的地方，便掘成沼澤和溪谷。大禹殺了相柳，他的血流
出來遍地腥臭，不能種植五穀。大禹便挖掘這塊地方，三次填塞，三次
又都陷進去。大禹便用這些泥土修建了幾座帝臺，如帝堯臺、帝嚳臺、
帝丹臺、帝舜臺等。眾帝之臺在昆侖山的北面，柔利國的東面。相柳，
他長著九個腦袋，人的臉，蛇的身子，全身是青色。人們不敢往北射
箭，這是因為他們害怕共工臺神靈之威。共工臺在相柳的東面，臺是四
方形的，每個角上都有一條蛇守衛著，蛇是虎的顏色，蛇頭向著南方。

深目國在它的東面，這裏的人眼眶深陷，舉著一隻手。一說在共工
臺的東邊。

無腸國在深目國的東面，這裏的人身材很高，但腹中無腸，食物一
直通過。

聶耳國在無腸國的東面，每個人使喚兩隻帶花紋的虎，這裏的兩耳
巨大，常常兩手托著耳朵。這個國家懸在海水中，海水中經常有奇怪的
生物進進出出。那兩隻老虎住在聶耳國的東面。

夸父追著太陽跑，走進了太陽炎熱的光芒裏。口中乾渴，想要喝
水，便到黃河和渭河中喝水，兩條河的水都被他喝乾，仍然不能解渴，
又想到北方去喝大澤的水。還沒到大澤，就在半路上渴死了。死之前丟
掉的拐杖，化做一片桃林。據說就是夸父山北面方圓三百里的桃林。

博父國在聶耳國東，這裏的人身體高大，他們右手拿著一條青色的
蛇，左手拿著一條黃色的蛇。鄧林在它的東面，兩棵樹繁衍成一片森

林，還有一說叫博父國。

博父國的東邊便是禹所積石山，這裏是河水流入的地方。

拘纓國在它的東邊，這裏的人一手托住帽帶子。一說叫利纓國。

在拘纓國的南面有種樹叫尋木，高千里，生長在河岸的西北面。

跂踵國在拘纓國的東面，這裏的人身材高大，兩隻腳也很大。（還有一說叫反踵國。）

歐絲野在大踵國的東面，一個女子跪據在一棵樹上吐絲。

在歐絲野的東面，有三棵桑樹，沒有枝杈，這種樹高有八十丈，只是不長枝杈。

有一片浮在水上的繁茂的大森林，方圓大概有三百里，在三棵桑樹的東邊，有河洲環抱在下面。

有座山叫務隅山，帝顓頊死後埋葬在山的南面，他的九個嬪妃埋葬在山的北面。還有一說，狗熊、人熊、花紋虎、離朱鳥、貓頭鷹和視肉生長在這裏。

平丘在三桑的東面，那裏有琥珀化成的玉，有青馬、視肉、楊樹、柳樹、甜柤梨樹、甘華樹。平丘是百果生長的地方，它在有兩道山夾住的谷上，兩個大丘陵處於谷中間，所以名叫平丘。

北海內有一種野獸，它的形狀像馬，名叫騊駼。還有一種野獸，名叫駮，形狀像白馬，牙齒像鋸一樣，能吃虎豹。還有一種白色的野獸，形狀像馬，名叫蛩蛩。另外有一種青色的野獸，樣子像老虎，名叫羅羅。

北方禺彊既是風神又是水神，如果他做風神的時候，他就有人的臉，鳥一樣的身體，耳朵上掛著兩條青蛇，腳下踩著兩條青蛇。莊子說，當他是水神時，就是黑色的魚身子，有手和腳，騎著兩條龍。

卷九・海外東經

海外自東南陬至東北陬者。

瑳丘，爰有遺玉、青馬、視肉、楊柳、甘柤、甘華，百果所生。在東海，兩山夾丘，上有樹木。一曰嗟丘。一曰百果所在，在堯葬東。

大人國在其北，為人大，坐而削船。一曰在瑳丘北。

奢比之尸在其北，獸身、人面、大耳，珥兩青蛇。一曰肝榆之尸在大人北。

君子國在其北，衣冠帶劍，食獸，使二大虎在旁，其人好讓不爭。有薰華草，朝生夕死。一曰在肝榆之尸北。

蚕蚕在其北，各有兩首。一曰在君子國北。

朝陽之谷，神曰天吳，是為水伯。蚕蚕在北兩水閒。其為獸也，八首人面，八足八尾，背青黃。

青丘國在其北，其狐四足九尾。一曰在朝陽北。

帝命豎亥步，自東極至于西極，五億十萬九千八百步。豎亥右手把算，左手指青丘北。一曰禹令豎亥。一曰五億十萬九千八百步。

黑齒國在其北，為人黑，食稻啖蛇，一赤一青，在其旁。一曰：在豎亥北，為人黑首，食稻使蛇，其一蛇赤。

下有湯谷。湯谷上有扶桑，十日所浴，在黑齒北。居水中，有大木，九日居下枝，一日居上枝。

雨師妾在其北，其為人黑，兩手各操一蛇，左耳有青蛇，右耳有赤蛇。一曰在十日北，為人黑身人面，各操一龜。

玄股之國在其北，其為人衣魚食，使兩鳥夾之。一曰在雨師妾北。

毛民之國在其北，為人身生毛。一曰在玄股北。

勞民國在其北，其為人黑。或曰教民。一曰在毛民北，為人面目手

足盡黑。

　　東方句芒，鳥身人面，乘兩龍。

〔譯文〕

　　再說說海外從東南角到東北角的地方。

　　嵯丘，處在東海中兩座相連的山之間，這裏有千年琥珀變化生成的黑玉、青馬、視肉、楊桃、甜柤梨、甘華樹。凡是甜美的果樹都生長於此。一說叫嗟丘。一說是百種果樹生長的地方，在埋葬帝堯地方的東邊。

　　大人國在它的北面，這裏人身材異常高大，坐著划船。一說大人國在嵯丘的北面。

　　奢比屍在大人國的北面，它長著野獸的身子，人的臉，大耳朵，耳朵上掛著兩條青蛇。還有一說，肝榆屍在大人國的北面。

　　君子國在奢比屍的北面，這裏的人穿衣戴帽，腰間帶著劍，吃野獸，他們役使的兩隻帶花紋的虎蹲在旁邊，這裏的人喜歡禮讓，不爭鬥。當地有種薰華草，可能是木堇，早晨開花，晚上就凋謝了。還有一說，在肝榆屍的北邊。

　　君子國的北邊是朝朝。朝朝如一條彎曲盤旋的蛇，前後都長著腦袋。

　　朝陽谷，它的神名叫天吳，就是水伯。它在朝朝北邊的兩條河水中間。他的身體像野獸，長著八個腦袋，人的臉，八隻足，八條尾巴，全身都是青黃色。

　　青丘國在朝陽谷的北面，這裏的人吃五穀，穿絲帛做的衣服。青丘國的狐狸有四隻足，九條尾巴。還有一說青丘國在朝陽谷的北面。

　　天帝命令豎亥步行測量大地的面積，從東極到達西極，一共是五億十萬九千八百步。豎亥右手拿著籌籌，左手指著青丘國的北面。還

有一說，禹命令豎亥步行測量。一說是五億十萬九千八百步。

黑齒國在它的北面，這裏的人牙齒是黑色的，吃稻米飯，愛吃蛇。有一條青蛇和一條紅蛇在他的旁邊。還有一說黑齒國在豎亥的北面，這裏的人牙是黑的，（或頭是黑的），吃稻米，人人都役使蛇，其中有一條是紅蛇。

黑齒國的下面有一個湯谷。湯谷上有扶桑樹，這是十個太陽洗澡的地方，位置在黑齒國的北面。有一棵高大的扶桑樹處在水當中，九個太陽居住在樹的下枝，一個太陽居住在樹的上枝。

雨師妾國在湯谷的北面，這裏的人全身是黑色，兩隻手各握著一條蛇，左邊的耳朵上掛有一條青蛇，右邊的耳朵上掛著一條紅蛇。還有一說在十個太陽所處地方的北面，這裏的人身體是黑色的，人一樣的臉，兩隻手各握著一隻龜。

玄股國在它的北面，這裏的人大腿是黑色的，他們穿魚皮做的衣服，用鳥做食物。他們身旁總是一左一右的有兩隻鳥。還有一說在雨師妾國的北面。

毛民國在玄股國的北面，這裏人全身長著毛。還有一說在玄股國北面。

勞民國在它的北面，這裏的人全身都是黑色，他們吃果樹和草結的果實。這裏有一種鳥，長兩個腦袋。或者稱為教民。還有一說在毛民國北面，這裏的人臉、手、腳全是黑的。

東方的木神句芒，長著鳥的身子，人的臉，乘著兩條龍。

卷十・海內南經

海內東南陬以西者。

甌居海中。閩在海中，其西北有山。一曰閩中山在海中。

三天子鄣山在閩西海北。一曰在海中。

桂林八樹在番隅東。

伯慮國、離耳國、雕題國、北朐國皆在鬱水南。鬱水出湘陵南海。一曰相慮。

梟陽國在北朐之西。其為人人面長唇，黑身有毛，反踵，見人笑亦笑，左手操管。

兕在舜葬東，湘水南，其狀如牛，蒼黑，一角。

蒼梧之山，帝舜葬于陽，帝丹朱葬于陰。

氾林方三百里，在狌狌東。

狌狌知人名，其為獸如豕而人面，在舜葬西。

狌狌西北有犀牛，其狀如牛而黑。

夏后啟之臣曰孟涂，是司神于巴。人請訟于孟涂之所，其衣有血者乃執之，是請生。居山上；在丹山西。丹山在丹陽南，丹陽居屬也。

窫窳龍首，居弱水中，在狌狌知人名之西，其狀如龍首，食人。

有木，其狀如牛，引之有皮，若纓、黃蛇。其葉如羅，其實如欒，其木若蓲，其名曰建木。在窫窳西弱水上。

氐人國在建木西，其為人人面而魚身，無足。

巴蛇食象，三歲而出其骨，君子服之，無心腹之疾。其為蛇青黃赤黑。一曰黑蛇青首，在犀牛西。

旄馬，其狀如馬，四節有毛。在巴蛇西北，高山南。

匈奴、開題之國、列人之國並在西北。

〔譯文〕

再說說海內，先說說地區東南角以西的海內南部地區。

甌這個地方處在海中。閩地也處在海中，它的西北有座山。閩地所屬的山在海中。

三天子鄣山在閩地的西邊，海的北邊。還有一說，三天子鄣山在海中。

桂林八棵樹這個地方，在番隅的東面。

伯慮國、離耳國、雕題國、北朐國都在鬱水的南面。鬱水發源在湘陵的南山。伯慮也有說是相慮（或柏慮）。

梟陽國在北朐國的西面，這裏的人都是長著人的臉，長嘴唇，全身黑色，身上有毛，腳跟是反著長的，看見別人笑他也笑，左手拿著一個竹筒。

犀牛這個動物在埋葬帝舜那個地方的東面，在湘江的南面，它的樣子像牛，全身都是青黑色，長著一隻角。

蒼梧山，帝舜埋葬在它的南面，帝丹朱埋葬在它的北面。

蒼梧山往西就到了氾林，方圓三百里，西邊生長著猩猩。

猩猩知道人的姓名，它樣子像豬，卻長著人的臉，在埋葬帝舜地方的西面。

猩猩的西北面有犀牛，它的形狀像牛，全身卻是黑色的。

夏王啟的大臣叫孟涂，他在巴這個地方做主管訴訟的神主，巴人都到孟涂那裏告狀，打官司，孟涂便將那衣服上有血跡的人抓來，傳說這樣做便不會冤枉好人，算是有好生之德。他住在山上，這座山在丹山的西面。

窫窳居住在弱水裏，弱水在猩猩的西面，它的樣子像貙，長著龍的腦袋，會吃人。

有種樹生長在窫窳西邊的弱水岸上。它的樣子像牛，牽引拉址樹上就有皮，像是纓帶，也像黃蛇。它的葉子像網羅，它的果實像欒樹的果實，它的樹幹像刺榆，它的名叫建木。

氐人國在建木的西面，這裏的人是長著人的臉，卻有魚一樣的身子，沒有腳。

巴地的蛇吞食大象，三年才吐出它的骨頭，有道德的人吃了蛇肉，不會得腹部的病。這種蛇的顏色是青、黃、紅、黑四種顏色混合在一塊。還有一說是黑色的蛇身，青色的蛇頭，在犀牛的西面。

旄馬，它的樣子像馬，四條腿的關節上有毛，在巴蛇的西北邊，高山的南邊。

匈奴、開題，列人三國都在旄馬西北。

卷十一‧海內西經

海內西南陬以北者。

貳負之臣曰危，危與貳負殺窫窳。帝乃桔之疏屬之山，桎其右足，反縛兩手與髮，繫之山上木。在開題西北。

大澤方百里，群鳥所生及所解。

雁門山，雁出其閒。在高柳北。

后稷之葬，山水環之。在氐國西。

流黃酆氏之國，中方三百里，有塗四方，中有山，在后稷葬西。

流沙出鍾山，西行又南行昆侖之虛，西南入海黑水之山。

東湖在大澤東。

夷人在東湖東。

貊國在漢水東北。地近于燕，滅之。

孟鳥在貊國東北，其鳥文赤、黃、青，東鄉。

海內昆侖之虛，在西北，帝之下都。昆侖之虛，方八百里，高萬仞。上有木禾，長五尋，大五圍。面有九井，以玉為檻。面有九門，門有開明獸守之，百神之所在。在八隅之巖，赤水之際，非仁羿莫能上岡之巖。

赤水出東南隅，以行其東北。

河水出東北隅，以行其北，西南又入渤海，又出海外，即西而北，入禹所導積石山。

洋水、黑水出西北隅，以東，東行，又東北，南入海，羽民南。

弱水、青水出西南隅，以東，又北，又西南，過畢方鳥東。

昆侖南淵深三百仞。開明獸身大類虎而九首，皆人面，東嚮立昆侖上。

開明西有鳳皇、鸞鳥，皆戴蛇踐蛇，膺有赤蛇。

開明北有視肉、珠樹、文玉樹、玕琪樹、不死樹。鳳皇、鸞鳥皆戴皸。又有離朱、木禾、柏樹、甘水、聖木曼兌，一曰挺木牙交。

開明東有巫彭、巫抵、巫陽、巫履、巫凡、巫相，夾窫窳之尸，皆操不死之藥以距之。窫窳者，蛇身人面，貳負臣所殺也。

服常樹，其上有三頭人，伺琅玕樹。

開明南有樹鳥，六首；蛟、蝮、蛇、蜼、豹、鳥秩樹，于表池樹木，誦鳥、鶽、視肉。

〔譯文〕

再說說海內西南角以北的地方。

貳負的大臣叫危，危和貳負殺了天神窫窳，天帝就把他們枷鎖在疏屬山上，械了他的石腳，反綁了他的兩隻手，繫在山頭的樹幹上。那個地方在開題國的西北面。

大澤方圓百里，是群鳥養育幼鳥和脫毛的地方。在鴈門山的北邊。

雁門山，大雁秋去春來出入在此山。鴈門山在高柳山的北面。高柳山在代地的北面。

埋葬后稷的地方，四面被山水圍繞著。在氐國的西面。

流黃酆氏國，方圓三百里，有道路通向四方，中間有一座山。在埋葬后稷地方的西面。

流沙發源於鍾山，向西行，又向南行，過昆侖山，再向西南流入大海，到達黑水山。

東湖在大澤的東面。

夷人在東湖的東面。

貂國在漢水的東北面，這個地方靠近燕國的邊界，最後被燕國滅亡。

孟鳥在貂國的東北面，這種鳥身上的花紋有紅、黃、青三種顏色，它是面朝東站著。

海內地區的昆侖山，在西北邊，是天帝在人間設的都邑。昆侖山，方圓八百里，高有八千丈。山上有一棵木禾，高四丈，有五人合抱那麼粗大。昆侖山上有九口井，每口井都是用玉石做的井欄。昆侖山的每一面有九道門，每一道門都有開明神獸守著，這裏是百神居處的地方，百神所在的八角山岩，赤水的岸邊，若不是仁德有才幹的射日英雄羿這樣的人，是難以登上這個山岡的巉岩。

赤水發源在昆侖山的東南角，彎曲流行到它的東北角。

黃河發源在它的東北角，沿著彎曲的山勢流到它的北面，又向西南流注入大海，又流出海外，自西向北，流入大禹所疏導的積石山。

洋水、黑水發源在它的西北角，沿山勢往東流，又向東北流，折向南方注入海，一直流到羽民國的南面。

弱水、青水發源在它的西南角，沿著山勢向東流，又向北流，又向西南流，最後流過畢方鳥的東邊。

昆侖山南邊的深潭有二百四十丈深。開明神獸身子有老虎那麼大，卻長著九個腦袋，都是人的臉，面朝東站立在昆侖山上。

開明神獸的西面有鳳凰和鸞鳥，它們都頭上頂著蛇，腳下踩著蛇，胸前掛著紅蛇。

開明神獸的北面有視肉、珠樹、文玉樹、玗琪樹、不死樹。鳳凰和

鸞鳥的頭上都戴著盾一樣的冠。還有離朱、木禾、柏樹、甘水、聖木曼兌，也叫挺木牙交。

開明神獸的東面有巫彭、巫抵、巫陽、巫履、巫凡、巫相等神醫，他們圍著窫窳的屍體，每個人手中都拿不死藥去救助它。窫窳，它長著蛇的身子，人的臉，是被貳負臣殺死的。

服常樹，可能就是沙棠樹，樹上有三個腦袋的人，正盯著琅玕樹的情況，因為琅玕是鳳凰的食物。

開明神獸的南面有種鳥，叫鳥，它長著六個腦袋；像蛇而長著四隻腳的蛟、蝮、蛇、長尾猴、豹、鳥秩樹，都環繞在一個池子的周圍——可能是西王母的瑤池，旁邊還有誦鳥、鶹、視肉。

卷十二 · 海內北經

海內西北陬以東者。

蛇巫之山，上有人操杯而東向立。一曰龜山。西王母梯几而戴勝杖，其南有三青鳥，為西王母取食。在昆侖虛北。

有人曰大行伯，把戈。其東有犬封國。貳負之尸在大行伯東。

犬封國曰犬戎國，狀如犬。有一女子，方跪進杯食。有文馬，縞身朱鬣，目若黃金，名曰吉量，乘之壽千歲。

鬼國在貳負之尸北，為物人面而一目。一曰貳負神在其東，為物人面蛇身。

蜪犬如犬，青，食人從首始。

窮奇狀如虎，有翼，食人從首始，所食被髮，在蜪犬北。一曰從足。

帝堯臺、帝嚳臺、帝丹朱臺、帝舜臺，各二臺，臺四方，在昆侖東北。

大蜂，其狀如螽。朱蛾，其狀如蛾。

蟜，其為人虎文，脛有綮，在窮奇東。一曰，狀如人。昆侖虛北所有。

闒非，人面而獸身，青色。

據比之尸，其為人折頸披髮，無一手。

環狗，其為人獸首人身。一曰蝟狀如狗，黃色。

袜，其為物人身黑首從目。

戎，其為人人首三角。

林氏國有珍獸，大若虎，五采畢具，尾長于身，名曰騶吾，乘之日行千里。

昆侖虛南所，有氾林方三百里。

從極之淵深三百仞，唯冰夷恆都焉。冰夷人面，乘兩龍。一曰忠極之淵。

陽汙之山，河出其中；凌門之山，河出其中。

王子夜之尸，兩手、兩股、胸、首、齒，皆斷異處。

舜妻登比氏生宵明、燭光，處河大澤，二女之靈能照此所方百里。一曰登北氏。

蓋國在鉅燕南，倭北。倭屬燕。

朝鮮在列陽東，海北山南。列陽屬燕。

列姑射在海河洲中。

姑射國在海中，屬列姑射；西南，山環之。

大蟹在海中。

陵魚人面，手足，魚身，在海中。

大鯾居海中。

明組邑居海中。

蓬萊山在海中。

大人之市在海中。

〔譯文〕

再說說海內西北角以東的地方。

巫山之上有人拿著酒杯，並且臉朝東站立著。還有一說是在龜山。

西王母倚著一張短腿的小案桌，頭上戴著飾物玉勝。她的南面有三隻青鳥，正在替西王母拿食物。西王母和三青鳥都在昆侖山的北面。

有個人叫大行伯，手中持著戈。他的東邊有犬封國。貳負的屍體在大行伯的東邊。

犬封國又叫犬戎國，那裏的人樣子像狗。犬封國有一個女子，正跪在那兒進獻酒食。犬封國有一匹身上帶有五彩花紋的馬，白身子紅鬣毛，眼睛像黃金，名叫吉量，誰要是騎上它，能活一千歲。

鬼國在貳負屍的北面，那裏的人都長著人的臉，卻只有一隻眼。還有一說貳負天神在它的東邊，這個神物是人的臉，蛇的身子。

蜪犬長得像狗，渾身青色，吃人總是先吃頭。

窮奇的樣子像虎，有翅膀，吃人也從頭開始，被吃的人披散著頭髮。它的位置在蜪犬的北邊。還有一說是從腳開始吃。

帝堯臺、帝嚳臺、帝丹朱臺、帝舜臺，都是各有兩個小臺，臺的形狀是四方的，在昆侖山的東北邊。

大蜂，它的樣子像螽；紅螞蟻，它的樣子像蛾（蚍蜉）。

蟜，這種人身上是老虎的花紋，足脛上長著健勁的筋。在窮奇的東面。還有一說，樣子像人。這些動物都是昆侖山北邊所有的。

闒非，長著人面獸身，全身青色。

據比屍，模樣像人，折斷了脖頸，披散著頭髮，一隻手也沒有。

環狗，這種人長著野獸的腦袋，人的身子。有的說，他是刺蝟，像狗，全身是黃色。

袜，也就是鬼魅，這種怪物是人的身子，黑腦袋，眼睛豎著生。

戎，這種人頭上長了三個角。

林氏國有一種珍稀的動物，身形大小像老虎，身上五種顏色俱全，尾巴比身子長，名叫騶吾，騎上它一天能跑一千里。

昆侖山的南面，有一片繁衍茂盛的森林，方圓有三百里。

從極淵，深二百四十丈，只有河神冰夷——也就是河伯常住在這裏。冰夷長著人的臉，騎兩條龍。還有一說，這裏叫忠極淵。

陽汙山，黃河發源在山中；凌門山，黃河也發源在這座山中。

王子夜（亥）的屍體，情形很慘，他的兩隻手、兩條腿，胸和頭、牙齒都被斷裂開，不在一個地方。

舜的妻子登比氏生了宵明、燭光兩個女兒，住在河水邊上的大澤中，這兩位女神的靈光能照射到方圓百里的地方。還有一說，舜的妻子是登北氏。

蓋國在大燕的南面，倭國的北面。倭國屬於大燕國。

朝鮮在列陽的東面，海的北面，山的南面。列陽也屬於燕國。

列姑射在海河的洲渚中。

射姑國在海中，它屬於列姑射；姑射國的西南有山環繞著。

大蟹生長在海中。

陵魚長著人的臉，有手和腳，魚的身子，在海中。

大鯾魚也住在海中。

明組邑是個原始的部落，也在海中。

蓬萊山這個仙境在海中。

大人部落的集市在海中。

卷十三・海內東經

海內東北陬以南者。

鉅燕在東北陬。

國在流沙中者埻端、璽唤，在昆侖虛東南。一曰海內之郡，不為郡縣，在流沙中。

國在沙洲外者，大夏、豎沙、居繇、月支之國。

西胡白玉山在大夏東，蒼梧在白玉山西南，皆在流沙西，昆侖虛東南。昆侖在西胡西。皆在西北。

雷澤中有雷神，龍身而人頭，鼓其腹。在吳西。

都州在海中。一曰鬱州。

琅邪臺在渤海間，琅邪之東。一曰在海間

韓鴈在海中，都州南。

始鳩在海中，韓鴈南。

會稽山在大越南。

〔譯文〕

再說說海內東北角以南的地方。

海內最東北的角落是大燕。

國家處在流沙中的有埻端、璽唤，它們都在昆侖山的東南方。還有一說，海內的郡縣；凡是在流沙中的，都不是在海內設置的郡縣。

國家處在流沙以外的有大夏、豎沙、居繇、月支這些國家。

西胡的白玉山在大夏的東面，蒼梧山在白玉山的西南面，它們都在流沙的西面。昆侖山在西胡西。都在西北面

雷澤的水中有雷神，他是龍的身子，卻長著人一樣的頭，經常將自

己的肚子當鼓敲打。雷澤位於吳地的西面。

都州在海中，還有一說叫鬱州。

琅邪臺在渤海的岸邊，琅邪山的東邊。它的北邊有座山——可能是勞山。還有一說，琅邪臺在海中間。

韓鴈鳥在海中，在都州的南面。

始鳩鳥在海中，位於韓鴈鳥所處地方的南面。

會稽山在大越的南面。

卷十四·大荒東經

東海之外有大壑，少昊之國。少昊孺帝顓頊于此，棄其琴瑟。

有甘山者，甘水出焉，生甘淵。

大荒東南隅有山，名皮母地丘。

東海之外，大荒之中，有山名曰大言，日月所出。

有波谷山者，有大人之國。有大人之市，名曰大人之堂。有一大人踆其上，張其兩臂。

有小人國，名靖人。

有神，人面獸身，名曰犁䰠之尸。

有潏山，楊水出焉。

有蒍國，黍食，使四鳥：虎、豹、熊、羆。

大荒之中，有山名曰合虛，日月所出。

有中容之國。帝俊生中容，中容人食獸、木實，使四鳥、豹、虎、熊、羆。

有東口之山。有君子之國，其人衣冠帶劍。

有司幽之國。帝俊生晏龍，晏龍生司幽，司幽生思士，不妻；思女，不夫。食黍，食獸，是使四鳥。

有大阿之山者。

大荒之中，有山名曰明星，日月所出。

有白民之國。帝俊生帝鴻，帝鴻生白民，白民銷姓，黍食，使四鳥：虎、豹、熊、羆。

有青丘之國。有狐，九尾。

有柔僕民，是唯嬴土之國。

有黑齒之國。帝俊生黑齒，姜姓，黍食，使四鳥。

有夏州之國。有蓋余之國。

有神，八首人面，虎身十尾，名曰天吳。

大荒之中，有山名曰鞠陵于天、東極、離瞀，日月所出。名曰折丹，東方曰折，來風曰俊，處東極以出入風。

東海之渚中有神，人面鳥身，珥兩黃蛇，踐兩黃蛇，名曰禺䝞。黃帝生禺䝞，禺䝞生禺京，禺京處北海，禺䝞處東海，是為海神。

有招搖山，融水出焉。有國曰玄股，黍食，使四鳥。

有因民國，勾姓，黍食。有人曰王亥，兩手操鳥，方食其頭。王亥託于有易、河伯僕牛，有易殺王亥，取僕牛。河伯念有易，有易潛出，為國于獸，方食之，名曰搖民。帝舜生戲，戲生搖民。

海內有兩人，名曰女丑。女丑有大蟹。

大荒之中，有山名曰孽搖頵羝。上有扶木，柱三百里，其葉如芥。有谷曰溫源谷。湯谷上有扶木。一日方至，一日方出，皆載于烏。

有神，人面、大耳、獸身，珥兩青蛇，名曰奢比尸。

有五采之鳥，相鄉棄沙（婆娑），惟帝俊下友。帝下兩壇，采鳥是司。

大荒之中，有山名曰猗天蘇門，日月所生。有埍民之國。

有蓁山。又有搖山。有䲸山。又有門戶山。又有盛山。又有待山。有五采之鳥。

東荒之中，有山名曰壑明俊疾，日月所出。有中容之國。

東北海外，又有三青馬、三騅、甘華。爰有遺玉、三青鳥、三騅、視肉、甘華、甘柤，百穀所在。

有女和月母之國。有人名曰鵷，北方曰鵷，來風曰狻，是處東北隅以止日月使無相間出沒，司其短長。

大荒東北隅中，有山名曰凶犁土丘。應龍處南極，殺蚩尤與夸父，不得復上。故下數旱。旱而為應龍之狀，乃得大雨。

東海中有流波山，入海七千里。其上有獸，狀如牛，蒼身而無角，一足，出入水則必風雨，其光如日月，其聲如雷，其名曰夔。黃帝得之，以其皮為鼓，橛以雷獸之骨，聲聞五百里，以威天下。

〔譯文〕

東海的海外有一個巨大的深谷，這裏是少昊國。少昊在這裏養育了帝顓頊，將顓頊兒時玩過的琴瑟丟棄在大壑裏。

這裏有一座山叫甘山，甘水發源在這座山間，水流下來積聚成一個深潭，叫甘淵。

大荒的東南角有座山，名叫皮母地丘。

在東海海外，大荒的中間，有一座山，名叫大言，這裏是月亮和太陽升起的地方。

還有一座波谷山，這裏有個大人國。國中有個大人做買賣的地方，名叫大人堂。有一個大人蹲在它的上面，伸開兩隻臂膊。

東海大荒中有一個小人國，名叫靖人，他們都長得很矮。

有一個神人，長著人的臉，野獸的身子，名叫鵷鵾尸。

有座灉山，楊水發源在山中。

有一個蒍國，這裏的人以黍為主食，他們役使四種野獸，虎、豹、熊、羆。

　　大荒當中，有一座合虛山，是太陽和月亮每天升起的地方。

　　有一個中容國。帝俊生了中容，中容國人吃獸類和樹的果實，役使四種野獸：豹、虎、熊和羆。

　　大荒中有個東口山。東口山的附近有個君子國，這裏的人衣帽整齊，腰中佩戴著寶劍。

　　有一個司幽國。帝俊生晏龍，晏龍又生司幽，司幽又生思士，不娶妻；生了思女，思女不嫁丈夫。這個國家的人吃黍物，也吃野獸，他們役使四種野獸。

　　大荒中有一座山叫大阿山。

　　還有座山，名叫明星山，是太陽和月亮升起的地方。

　　有白民國。帝俊生了帝鴻，帝鴻又生了白民，白民國的國民姓銷，用黍做為食物，役使四種野獸：虎、豹、熊、人熊。

　　有個青丘國。這裏有一種狐狸，九條尾巴。

　　有柔僕民，這是一個土地肥沃的國家。

　　大荒中有黑齒國。帝俊生了黑齒，黑齒國人姓姜，用黍做食物，也役使四種野獸。

　　有夏州國和蓋余國。

　　有個神，長了八個腦袋，老虎般的身子，十條尾巴，名叫天吳。

　　大荒當中，有三座山，分別是鞠陵于天，東極山、離瞀山，太陽和月亮從這裏升起。有個神人，名叫折丹——東方叫折，從那裏吹來的風叫俊——這裏處在大地的東極，是風出入的地方。

　　東海的海島中，有一個神人，他長著人面鳥身，耳朵上掛著兩條黃蛇，腳下踩著兩條黃蛇，名叫禺虢。黃帝生了禺虢，禺虢生了禺京，禺京住在北海，禺虢住在東海，都做了海神。

　　有招搖山，融水發源於此。有個國家，叫玄股，這裏的人用黍做食物，役使四種野獸。

有個因民國，國民都姓勾，這裏的人也用黍做食物。有個人叫王亥，兩手握著鳥，正在吃它的頭。王亥將一群牛羊託給有易氏的國君和河伯。有易氏的國君恨王亥淫了他的妻子，因此殺了王亥，拿走了他的牛羊。殷的新國君即王亥的兒子上甲微興師討伐，殺害了有易氏部族的大部分人。河伯因有易氏部族被毀而哀傷，幫助有易氏部落的人暗中出逃，在野獸成群的森林中重建國家，這裏的人以食獸為生，名叫搖民——搖民國就是因民國。還有一種說法，帝舜生了戲（易），戲又生了搖民。

海內有兩個人，其中有一個名叫女丑。女丑身旁有一隻聽她使役的大蟹。

大荒當中，有一座山，名叫孽搖頵羝。山上有棵扶桑樹。樹柱高達三百里，它的葉子像芥菜葉。有道谷叫溫源谷——就是湯谷。湯谷上有棵扶桑樹。一個太陽剛剛返回，一個太陽正要出去，它們都負載在三足烏鴉的背上。

大荒中有個神人，人的臉，狗的大耳朵，野獸的身子，耳朵上掛著兩條青蛇，名叫奢比屍。

有一群長著五彩羽毛的鳥，正成雙成對地翩翩起舞，只有天帝帝俊喜歡下來與它們交朋友。帝俊在下界的兩個神壇，正是由五彩鳥主管著。

大荒當中，有座山，名叫猗天蘇門，太陽和月亮從這裏升起。有個壏民國。

有座縶山，又有搖山。有䰠山，又有門戶山。有盛山，又有待山。這些山上都有五彩羽毛的鳥。

東荒當中，有座山，名叫壑明俊疾，太陽和月亮從山中升起。有中容國在附近。

在東北邊的海外，有三青馬、三騅馬、甘華樹。還有一說這裏有黑

色玉石、三青鳥、三騅馬、視肉、甘華樹、甜柤梨樹等，這裏是百穀生長的地方。

大荒中有女和月母國。它的附近有個神人，名叫鵷——北方叫鵷，從那裏來的風叫狻——它所處的地方是東北角，它主管日月運行的快慢，使日月的升落有規律。

大荒的東北角當中，有座山，名叫凶犁土丘。應龍住在這座山的最南邊，他在炎帝與黃帝的戰爭中殺死了蚩尤和夸父，因為用盡了神力，不能再上天行雲佈雨，所以天下經常有旱災。只要天下大旱，人們便裝飾成應龍的樣子，向上天求雨，結果便能常得到大雨。

東海當中有一座流波山，距海岸約七千里。山上有種野獸，它的樣子像牛，灰色的身子，頭上卻沒有角，只有一隻足，它進出海水時就一定會伴隨著大風雨，它發出的光像太陽和月亮，它的叫聲像打雷，它的名叫夔。黃帝得到這種野獸，用它的皮做成鼓，再用雷獸的骨頭做鼓棒敲打它，鼓聲響徹五百里以外，黃帝用它來鎮儡敵兵，威服天下。

卷十五·大荒南經

南海之外，赤水之西，流沙之東，有獸，左右有首，名曰跋踢。有三青獸相並，名曰雙雙。

有阿山者。南海之中，有氾天之山，赤水窮焉。赤水之東有蒼梧之野，舜與叔均之所葬也。爰有文貝、離俞、鴟久、鷹、賈、委維、熊、羆、象、虎、豹、狼、視肉。

有榮山，榮水出焉。黑水之南有玄蛇，食塵。

有巫山者，西有黃鳥。帝藥，八齋。黃鳥于巫山，司此玄蛇。

大荒之中，有不庭之山，榮水窮焉。有人三身，帝俊妻娥皇，生此三身之國，姚姓，黍食，使四鳥。有淵四方，四隅皆達，北屬黑水，南

屬大荒，北旁名曰少和之淵，南旁名曰從淵，舜之所浴也。

又有成山，甘水窮焉。有季禺之國，顓頊之子，食黍。有羽民之國，其民皆生毛羽。有卵民之國，其民皆生卵。

大荒之中，有不姜之山，黑水窮焉。又有賈山，汔水出焉。又有言山，又有登備之山，有恝恝之山。又有蒲山，澧水出焉。又有隗山，其西有丹，其東有玉。又南有山，漂水出焉。有尾山，有翠山。

有盈民之國，於姓，黍食。又有人方食木葉。

有不死之國，阿姓，甘木是食。

大荒之中有山，名曰去痓。南極果，北不成，去痓果。

南海渚中有神，人面，珥兩青蛇，踐兩赤蛇，曰不廷胡余。

有神名曰因因乎，南方曰因乎，夸風曰乎民，處南極以出入風。

有襄山，又有重陰之山。有人食獸，曰季釐。帝俊生季釐，故曰季釐之國。有緡淵，少昊生倍伐，倍伐降處緡淵。有水四方，名曰俊壇。

有䮠民之國。帝舜生無淫，降䮠處，是謂巫䮠民。巫䮠民盼姓，食穀，不績不經，服也；不稼不穡，食也。爰有歌舞之鳥，鸞鳥自歌，鳳鳥自舞。爰有百獸，相群爰處。百穀所聚。

大荒之中有山，名曰融天，海水南入焉。

有人曰鑿齒，羿殺之。

有蜮山者，有蜮民之國，桑姓，食黍，射蜮是食。有人方扦弓射黃蛇，名曰蜮人。

有宋山者，有赤蛇，名曰育蛇。有木生山上，名曰楓木。楓木，蚩尤所棄其桎梏，是為楓木。

有人方齒虎尾，名曰祖狀之尸。

有小人，名曰焦僥之國，幾姓，嘉穀是食。

大荒之中，有山名歹塗之山，青水窮焉。有雲雨之山，有木名曰欒，禹攻雲雨，有赤石焉生欒，黃本，赤枝，青葉，群帝焉取藥。

有國曰伯服，顓頊生伯服，食黍。有鼬姓之國。有苕山。又有宗山。又有姓山。又有壑山。又有陳州山。又有東州山。又有白水山，白水出焉，而生白淵，昆吾之師所浴也。

有人曰張弘，在海上捕魚，海中有張弘之國，食魚，使四鳥。

有人焉，鳥喙有翼，方捕魚于海。

大荒之中，有人名曰驩頭。鯀妻士敬，士敬子曰炎融，生驩頭。驩頭人面鳥喙，有翼，食海中魚，杖翼而行。維宜芑苣，穋楊是食。有驩頭之國。

帝堯、帝嚳、帝舜葬于岳山。爰有文貝、離俞、鴟久、鷹、延維、視肉、熊、羆、虎、豹。朱木赤枝青華，玄實。有申山者。

大荒之中，有山名曰天臺高山，海水南入焉。

東海之外，甘水之間，有羲和之國。有女子名曰羲和，方浴于甘淵。羲和者，帝俊之妻，生十日。

有蓋猶之山者，其上有甘柤，枝幹皆赤，黃葉，白華，黑實。東又有甘華，枝幹皆赤，黃葉。有青馬，有赤馬，名曰三騅。有視肉。

有小人，名曰菌人。

有南類之山，爰有遺玉、青馬、三騅、視肉、甘華，百穀所在。

〔譯文〕

在南海外的大荒中，赤水西岸，流沙的東岸，有一種獸，左右都有腦袋，名字叫跳踢。還有三隻青色的獸併合在一起的野獸，名字叫雙雙。

南海中有座阿山。還有一座氾天山，赤水流到這裏就窮盡了。赤水的東邊，有蒼梧野，是舜和他的兒子叔均（又叫商均）埋葬的地方。這裏有花斑貝、離朱鳥、貓頭鷹、老鷹、烏鴉、兩頭蛇、狗熊、人熊、大象、老虎、豹子、狼、視肉等。

有榮山，榮水發源於此。黑水的南邊，有一條大黑蛇，在那裏吞吃駝鹿。

有一座叫巫山的山，它的西邊，有一隻黃鳥。天帝的仙藥共有八所，都貯藏在這山上。黃鳥便在巫山上，晝夜伺察附近那條貪婪的大黑蛇——防備它來偷吃天帝的仙藥。

大荒當中，有座山叫不庭山，榮水流到這裏就窮盡了。山上有一種人有三條身子；帝俊的妻子娥皇，生了三身國人的祖先。這國的人姓姚，以黍為主要食物，役使四種野獸。有一座淵是四方形的，四個角落都能通達，北邊連著黑水，南邊連著大荒。北側的淵叫少和淵，南側的淵叫從淵，是舜曾經沐浴過的地方。

大荒中還有一座山叫成山，甘水流到這裏就窮盡了。有季禺國，是顓頊的子孫後代，以黍為主要食物。有羽民國，人們身上都生有羽毛。有卵民國，人們都是卵生，他們自己也生卵。

大荒當中，有不姜山，這裏是黑水的盡頭。又有賈山，汔水發源在這座山。又有言山。又有登備山——就是巫師們打從那裏上下於天的登葆山。又有恝恝山。又有薄山，澧水發源在這座山。又有隗山，山的西面出產丹雘，山的東面出產玉石。隗山的南邊又有一座山，漂水發源在這座山。還有尾山和翠山。

有盈民國，姓於，以黍為主要食物。又有人正在吃樹葉。

有不死國，姓阿，以甘木為主食——甘木就是所謂的不死樹，吃了可以使人長生不死。

大荒當中，有座山名叫去痙山。「南極果，北不成，去痙果。」——就是巫師們在這裏留傳下來的幾句咒語，直到現在沒有人知道它的意義。

南海的海島上，有一個神，長著人的臉，耳朵上掛著兩條青蛇，足下踩著兩條紅蛇，名字叫不廷胡余。

這裏有個神名叫因因乎——南方叫因乎，從那裏吹來的風叫乎民——處在大地的南極管理風的出入。

有襄山。又有重陰山。重陰山上有人在吃野獸，名叫季釐。帝俊生了季釐，所以名叫季釐國。有緡淵。少昊生了倍伐，倍伐被貶謫到下界來，居住在緡淵。有個四方形的水池——像座土壇，叫做俊壇，表示它是屬於天帝帝俊的。

有載民國。帝舜生了無淫，無淫被貶謫到載這個地方來居住，他傳下的子孫後代便叫巫載民。巫載民姓盼，以五穀為主食，他們不績麻，不織布，自然有衣服穿；不栽秧，不割禾，自然有食物吃。那裏經常有歌舞的鳥：鸞鳥自由自在地唱歌，鳳鳥自由自在地舞蹈。各種各樣的野獸，成群而和睦地居住在一起。那裏是百穀匯聚的地方。

大荒當中，有一座山叫做融天山，海水從南邊流進這座山。

有個人名叫鑿齒，被后羿射死了。

有蜮山這樣的山，附近有個國叫蜮民國。蜮民國的人姓桑，以黍為主要食物，同時也射蜮來吃——蜮是一種生長在水邊的害蟲，體長三四寸，能夠含沙射人，人被射中，就會生瘡害病死去。蜮民國的人卻喜歡它。有人正挽起弓來射黃蛇，名叫蜮人——就是前面所說的蜮民。

有座宋山，山上有一種紅蛇，名叫育蛇。山上有一種樹，名叫楓木。楓木，原是被殺的蚩尤所拋棄的桎梏，後來變成了楓木。

大荒中有個人正咬住老虎的尾巴，名字叫祖狀尸——大約也是一個神的屍象。

有一個由身材矮小的人組成的國家，叫做焦僥國，姓幾，他們吃上等的五穀。

大荒當中，有一座山名叫叴塗山，這裏是青水的盡頭。又有一座山叫雲雨山，山上有一棵樹名叫欒。禹治水到雲雨山，動手砍伐山上的林

木。在一處紅色岩石上忽然變化生長出一棵欒樹來，黃色的樹幹，紅色的枝條，青色的葉子。當時的諸帝就到這裏來，採摘欒樹上的花和葉製煉神藥。

有個國家名叫伯服國；顓頊生了伯服，伯服的後裔便組成此國，以黍為主要食物。這裏還有鼬姓國——大約便是姓鼬的人組成的國家。有苕山。又有宗山。又有姓山。還有壑山。還有陳州山。還有東州山。還有白水山，白水發源於此山，流下來匯聚成為白淵，據說就是昆吾的老師沐浴的地方。

有個人名叫張宏——實際上就是長肱，也就是長臂的意思，在海面上捕魚。於是海島中就出現了張宏國，這個國家的人都以魚為主要食物，役使四種野獸。

有一個人，生著鳥的嘴，有翅膀，正在海裏捉魚。大荒當中，有個人名叫驩頭。鯀的妻子士敬，士敬的兒子名叫炎融，炎融生了驩頭。驩頭長著人的臉，鳥的嘴，生有翅膀，吃海裏的魚，翅膀不能飛，只能拿它來當拐杖走路。他主要吃苣、苣、穋、楊這幾種救荒的植物。於是後來就有了驩頭國。

帝堯、帝嚳、帝舜都葬在岳山。那兒有花斑貝、離朱鳥、貓頭鷹、老鷹、烏鴉、兩頭蛇、視肉、狗熊、人熊、老虎、豹子等；還有朱木，這種樹有紅色的枝幹，青色的花朵，黑色的果實。附近還有一座山叫申山。

大荒當中，有座極高的山，名叫天臺，海水從南邊流進這座山。

東海海外，甘水流經的地區，有羲和國。那裏有一個女子，名叫羲和，正在甘淵裏替她的太陽兒子洗澡。羲和是帝俊的妻子，生了十個太陽。

大荒中有一座蓋猶山，山上有甜柤梨樹，樹枝和樹幹都是紅色的，黃色的葉子，白色的花，黑色的果實。山的東邊又有甘華樹，樹枝和樹

幹都是紅色，葉子是黃色的。有青馬。有紅馬，名叫三騅。還有視肉。

大荒中有一群身材矮小的人，被稱作菌人。

有南類山——大約也是神人居住的地方，那兒有黑色玉石、青馬、三騅馬、視肉、甘華樹等物，各種各樣的穀物都在那裏匯聚。

卷十六·大荒西經

西北海之外，大荒之隅，有山而不合，名曰不周，有兩黃獸守之。有水曰寒暑之水。水西有濕山，水東有幕山。有禹攻共工國山。

有國名曰淑士，顓頊之子。

有神十人，名曰女媧之腸，化為神，處栗廣之野，橫道而處。

有人名曰石夷，來風曰韋，處西北隅以司日月之長短。

有五采之鳥，有冠，名曰狂鳥。

有大澤之長山，有白民之國。

西北海之外，赤水之東，有長脛之國。

有西周之國，姬姓，食穀。有人方耕，名曰叔均。帝俊生后稷，稷降以百穀。稷之弟曰臺璽，生叔均。叔均是代其父及稷播百穀，始作耕。有赤國妻氏。有雙山。

西海之外，大荒之中，有方山者，上有青樹，名曰櫃格之松，日月所出入也。

西北海之外，赤水之西，有天民之國，食穀，使四鳥。

有北狄之國，黃帝之孫曰始均，始均生北狄。

有芒山。有桂山。有榣山，其上有人，號曰太子長琴。顓頊生老童，老童生祝融，祝融生太子長琴，是處榣山，始作樂風。

有五采鳥三名：一曰皇鳥，一曰鸞鳥，一曰鳳鳥。

有蟲狀如菟，胸以後者裸不見，青如猨狀。

大荒之中，有山名曰豐沮玉門，日月所入。

有靈山，巫咸、巫即、巫盼、巫彭、巫姑、巫真、巫禮、巫抵、巫謝、巫羅十巫，從此升降，百藥爰在。

有西王母之山、壑山、海山。有沃之國，沃民是處。沃之野，鳳鳥之卵是食，甘露是飲。凡其所欲，其味盡存。爰有甘華、甘柤、白柳、視肉、三騅、璇瑰、瑤碧、白木、琅玕、白丹、青丹，多銀鐵。鸞鳥自歌，鳳鳥自舞，爰有百獸，相群是處，是謂沃之野。

有三青鳥，赤首黑目，一名曰大鵹，一名少鵹，一名曰青鳥。

有軒轅之臺，射者不敢西嚮射，畏軒轅之臺。

大荒之中有龍山，日月所入。有三澤水，名曰三淖，昆吾之所食也。

有人衣青，以袂蔽面，名曰女丑之尸。

有女子之國。

有桃山。有䖀山。有桂山。有于土山。

有丈夫之國。

有弇州之山。五采之鳥仰天，名曰鳴鳥。爰有百樂歌舞之風。

有軒轅之國。江山之南棲為吉。不壽者乃八百歲。

西海陼中，有神人面鳥身，珥兩青蛇，踐兩赤蛇，名曰弇茲。

大荒之中，有山名曰日月山，天樞也。吳姫天門，日月所入。有神，人面無臂，兩足反屬于頭山，名曰噓。顓頊生老童，老童生重及黎，帝令重獻上天，令黎邛下地，下地是生噎，處于西極，以行日月星辰之行次。

有人反臂，名曰天虞。

有女子方浴月。帝俊妻常羲，生月十有二，此始浴之。

有玄丹之山。有五色之鳥，人面有髮。爰有青鴍、黃鷔、青鳥、黃鳥，其所集者其國亡。

有池，名孟翼之攻顓頊之池。

大荒之中，有山名曰鏖鏊鉅，日月所入者。

有獸，左右有首，名曰屏蓬。

有巫山者。有壑山者。有金門之山，有人名曰黃姬之尸。有比翼之鳥。有白鳥青翼，黃尾，玄喙。有赤犬，名曰天犬，其所下者有兵。

西海之南，流沙之濱，赤水之後，黑水之前，有大山，名曰昆侖之丘。有神，人面虎身，有文有尾，皆白處之。其下有弱水之淵環之，其外有炎火之山，投物輒然。有人，戴勝，虎齒，有豹尾，穴處，名曰西王母。此山萬物盡有。

大荒之中，有山名曰常陽之山，日月所入。

有寒荒之國，有二人女祭、女薎。

有壽麻之國。南嶽娶州山女，名曰女虔。女虔生季格，季格生壽麻。壽麻正立無景，疾呼無響。爰有大暑，不可以往。

有人無首，操戈盾立，名曰夏耕之尸。故成湯伐夏桀于章山，克之，斬耕厥前。耕既立，無首，走厥咎，乃降于巫山。

有人名曰吳回，奇左，是無右臂。

有蓋山之國。有樹赤皮，支幹青葉，名曰朱木。

有一臂民。

大荒之中，有山名曰大荒之山，日月所入。有人焉三面，是顓頊之子，三面一臂。三面之人不死。是謂大荒之野。

西南海之外，赤水之南，流沙之西，有人珥兩青蛇，乘兩龍，名曰夏后啟。啟上三嬪于天，得《九辯》與《九歌》以下。此天穆之野，高二千仞，啟焉得始歌《九招》。

有氐人之國，炎帝之孫名曰靈恝，靈恝生氐人，是能上下于天。有魚偏枯，名曰魚婦。顓頊死即復蘇。風道北來，天乃大水泉，蛇乃化為魚，是為魚婦。顓頊死即復蘇。

有青鳥，身黃，赤足，六首，名曰䴅鳥。

有大巫山。有金之山。西南大荒之中隅，有偏句、常羊之山。

〔譯文〕

西北海之外的大荒西北角有座山，因這座山斷裂了合不攏來而得名不周山。（據說是共工和顓頊爭神座發怒時碰壞的）有兩頭黃色的獸看守在那裏。有一條半寒半熱的水叫寒暑水。水的西邊有濕山，水的東邊有幕山。還有一座山，叫禹攻共工國山。

有個國名叫淑士國，是顓頊的子孫後代繁衍而成國的。

有十個神人，名叫女媧之腸，他們就是女媧的腸子化成神的，住在栗廣的山野小道。

有個人名叫石夷，從那裏吹來的風叫韋。他處在大荒的西北角，在那裏掌管太陽和月亮的升落運行。

有一種五彩羽毛的鳥，頭上有冠，名叫狂鳥——大約就是鳳凰一類的鳥。

有大澤長山。有白民國。

西北海外，赤水的東邊，有一個長脛國。

大荒中有個國家名叫西周國，國民姓姬，吃五穀。有個人正在那裏耕田，名字叫叔均。帝俊生了后稷，后稷把百穀的種子從天上帶到凡間。后稷的弟弟名叫臺璽的，生了叔均。叔均於是代替他的父親和后稷播種百穀，開始創造發明耕田犁地的方法。那裏有個人叫做赤國妻氏，有座山叫做雙山。

西海海外，大荒當中，有座山叫方山的，山上有棵青色大樹，名叫櫃格松，是太陽和月亮進出的地方。

西北海海外，赤水的西邊，有個國家叫天民國，吃五穀，役使四種野獸。

有北狄國。黃帝的孫子名叫始均，始均的後代便繁衍成北狄國。

有芒山。有桂山。有榣山，山上有一個人，名叫太子長琴。顓頊生了老童，老童生了祝融，祝融生了太子長琴，他便住在榣山上，創制出各種風行世間的樂曲來。

有三種五彩羽毛的鳥：一種叫皇鳥，一種叫鸞鳥，還有一種叫鳳鳥。

有一種獸，形狀像兔子，胸脯以後全都裸露著，卻不見裸露的地方，因為它的皮色青得像猿猴，把裸露處遮掩過去了——這種動物據說就是犭臭。

大荒當中，有座山名叫豐沮玉門山，是太陽和月亮進去的地方。

有一座靈山，巫咸、巫即、巫盼、巫彭、巫姑、巫真、巫禮、巫抵、巫謝、巫羅十個巫師，從這裏上天下地。各種藥物都生長在這裏——他們上天下地的時候，或者也要順便採擷一些，來為人們治病。

有西王母山、壑山、海山。有沃民國，沃民在這裏居住。他們拿沃野裏鳳鳥生的蛋來做食品，拿天降的甘露來做飲料。凡是他們心裏想要嘗到的滋味，都能在鳳鳥蛋和甘露中嘗到。這裏還有甘華樹、甜柤梨樹、白柳、視肉、三騅馬、璇瑰、瑤碧、白木、琅玕、白丹、青丹種種珍奇的物事，還多產銀和鐵。鸞鳥在這裏自由自在地唱歌，鳳鳥在這裏自由自在地舞蹈。各種飛禽走獸，都在這裏成群結隊和睦相處。所以這個地方叫做沃野。

有三隻碩大的青鳥羽毛是青色的，腦袋是紅色的，眼睛是黑色的。這三隻青鳥，一隻名叫大鵹，一隻名叫少鵹，另一隻名叫青鳥。

那裏有個土丘，叫軒轅臺。凡是射箭的都不敢向著西方射，因為敬畏軒轅臺上黃帝威靈的緣故。

大荒當中，有座山叫做龍山，是太陽和月亮進去的地方。附近有三

個池子，水流匯聚在一起，名叫三淖，是昆吾在那裏取得食物的地方。有個人穿青色衣服，拿袖子遮住自己的臉，名叫女丑。

有女子國。

有桃山。有䖶山。有桂山。有于土山。

有丈夫國。

有弇州山，山上有五彩羽毛的鳥仰頭向天，名叫鳴鳥——大約也是鳳凰一類的鳥。於是那裏便有了各種各樣樂曲歌舞的風氣。

有軒轅國。那兒的人都喜歡棲息在江山的南邊以取吉祥，他們當中最短命的也有八百歲。

西海的海島上，有一個神，人的臉，鳥的身子，耳朵上掛兩條青蛇，腳踩兩條紅蛇，名叫弇茲。

大荒當中，有座山名叫日月山，是天的樞紐。日月山的主峰吳姬天門山，是太陽和月亮進去的地方。有一個神，人的臉，沒有胳膊，兩隻腳反轉過來架在頭頂上，名字叫噓——可能就是後面要說到的噎。顓頊生了老童，老童生了重和黎，顓頊為了要斷絕天和地的通路，便命令重兩手托著天，把天盡力往上舉；又命令黎兩手撐著地，把地竭力朝下按——這樣天和地就分得遠遠的了。黎隨著下降的大地來到地上，生了一個兒子，名叫噎，噎就位居在大地的西極，安排太陽、月亮和星辰運行的次序。

有個人兩隻胳膊反轉過來朝後生，名叫天虞——或者又叫尸虞。

有個女子正在那裏替月亮洗澡。帝俊的妻子常羲，生了十二個月亮，這才開始給它們洗澡。

有座山叫玄丹山，山上產有一種五色鳥，人的臉，頭上長有頭髮。於是出現了像青鴍、黃鷔，也就是青鳥、黃鳥這類的鳥，它們飛集棲止的地方，國家就會滅亡。

有個池子，名叫孟翼攻顓頊池——性質大約像前面提到過的禹攻

共工國山一樣，都是因事名地，表示古代傳說中黃炎戰爭的綿亙和劇烈。共工和孟翼都是屬於炎帝集團的。

大荒當中，有座山名叫鏖鏊鉅，是太陽和月亮進去的地方。

有一種獸，左邊和右邊都長有腦袋，名叫屏蓬。

有叫做巫山的山。有叫做壑山的山。有金門山，有個人名叫黃姖屍。有比翼鳥。有一種白色的鳥，青翅膀，黃尾巴，黑嘴殼。有一種紅色的犬，名叫天犬，凡是它降落下來的地方，那個地方就會發生戰爭。

西海的南岸，流沙的邊沿，赤水的後面，黑水的前邊，有座大山，名叫昆侖山。有一個神，人的臉，老虎的身子，花尾巴，尾巴上有許多白色的斑點，居住在這裏——大約就是管理昆侖山的神陸吾。它的下面環繞著弱水的深淵，外面又有炎火的大山，只要投進東西去馬上就會燃燒起來。有個人頭上戴著玉勝，老虎的牙齒，豹子的尾巴，住在岩洞裏，名叫西王母。這座山什麼珍奇的東西都有。

大荒當中，有座山名叫常陽山，是太陽和月亮進去的地方。

有寒荒國。有兩個人，一個是女祭，一個是女薎。

有壽麻國。南嶽娶了州山的女兒，名叫女虔。女虔生了季格，季格生了壽麻。壽麻端端正正站在太陽底下不見影子，大聲疾呼，四面八方沒有迴響。這個國家真是熱得可怕，人們千萬不可以到那裏去。

有一個人沒有腦袋，拿了一把戈和一面盾站在那裏，名叫夏耕屍。原來成湯攻伐夏桀在章山，戰敗了夏桀，把夏耕斬首在他的面前。夏耕站立起來，發覺自己丟了腦袋，趕緊想法逃避罪咎，於是便竄到巫山去躲藏起來。

有個人名叫吳回，只剩下左膀，沒有右臂。據說他就是火神祝融的弟弟，也是火神。

有蓋山國。有一種樹，樹枝和樹幹的皮都是紅的，花是青的，名叫朱木。

有一臂民。也就是前面講過的一臂國，國人只有一條胳膊、一隻眼睛和一個鼻孔，實際上只有半邊身體。

大荒當中，有座山名叫大荒山，是太陽和月亮進去的地方。有一種人長有三張臉，是顓頊傳下的子孫後代，三張臉一條胳膊，三張臉的人永遠不死。這裏就叫做大荒野。

西南海海外，赤水的南邊，流沙的西邊，有一個人，耳朵上掛了兩條青蛇，駕著兩條龍，名叫夏后開——夏后開就是夏啟王的意思。夏啟王三次上天去作客，得到——實際上偷竊到——天樂《九辯》和《九歌》，下到凡間。在這高達一千六百丈的天穆野的高原上，夏啟王把得到的天樂改造製作一番，成為《九招》，在這裏開始演奏歌唱起來。

在氏人國。炎帝的孫子名叫靈恝，靈恝生了氏人——氏人的形狀是人的臉，魚的身子，能夠乘著雲雨上下於天。

有一種魚，半身偏枯，一半是人形，一半是魚體，名叫魚婦，據說是顓頊死而復蘇變化成的。適逢風從北方吹來，泉水得風湧溢而出，蛇變化成魚，死去的顓頊便趁蛇魚變化未定的時機，托體魚軀，死而復蘇。人們因稱這種和顓頊結為一體的魚叫魚婦。

有一種青鳥，身子是黃的，足是紅的，長著六個腦袋，名叫䴅鳥。

有大巫山。有金山。在西南方，大荒的一角，還有偏句山和常羊山。

卷十七·大荒北經

東北海之外，大荒之中，河水之間，附禺之山，帝顓頊與九嬪葬焉。爰有鴟久、文貝、離俞、鸞鳥、鳳鳥、大物、小物。有青鳥、琅鳥、玄鳥、黃鳥、虎、豹、熊、羆、黃蛇、視肉、璿瑰、瑤碧，皆出衛于山。丘方員三百里，丘南帝俊竹林在焉，大可為舟。竹南有赤澤水，

名曰封淵。有三桑無枝。丘西有沈淵，顓頊所浴。

有胡不與之國，烈姓，黍食。

大荒之中，有山名曰不咸。有肅慎氏之國。有蜚蛭，四翼。有蟲，獸首蛇身，名曰琴蟲。

有人名曰大人。有大人之國，釐姓，黍食。有大青蛇，黃頭，食麈。

有榆山。有鯀攻程州之山。

大荒之中，有山名曰衡天。有先民之山。有槃木千里。

有叔歜國。顓頊之子，黍食，使四鳥：虎、豹、熊、羆。有黑蟲如熊狀，名曰獵獵。

有北齊之國，姜姓，使虎、豹、熊、羆。

大荒之中，有山名曰先檻大逢之山，河濟所入，海北注焉。其西有山，名曰禹所積石。

有陽山者。有順山者，順水出焉。有始州之國，有丹山。

有大澤方千里，群鳥所解。

有毛民之國，依姓，食黍，使四鳥。禹生均國，均國生役采，役采生修鞈，修鞈殺綽人。帝念之，潛為之國，是此毛民。

有儋耳之國，任姓，禺號子，食穀。北海之渚中，有神，人面鳥身，珥兩青蛇，踐兩赤蛇，名曰禺彊。

大荒之中，有山名曰北極天櫃，海水北注焉。有神，九首人面鳥身，名曰九鳳。又有神銜蛇操蛇，其狀虎首人身，四蹄長肘，名曰彊良。

大荒之中，有山名曰成都載天。有人珥兩黃蛇，把兩黃蛇，名曰夸父。后土生信，信生夸父。夸父不量力，欲追日景，逮之于禺谷，將飲河而不足也，將走大澤，未至，死于此。應龍已殺蚩尤，又殺夸父，乃去南方處之，故南方多雨。

又有無腸之國，是任姓，無繼子，食魚。

共工之臣名曰相繇，九首蛇身，自環，食于九土。其所歇所尼，即為源澤，不辛乃苦，百獸莫能處。禹湮洪水，殺相繇，其血腥臭，不可生穀，其地多水，不可居也。禹湮之，三仞三沮，乃以為池，群帝因是以為臺，在昆侖之北。

有岳之山，尋竹生焉。

大荒之中有山，名曰不句，海水入焉。

有係昆之山者，有共工之臺，射者不敢北鄉。有人衣青衣，名曰黃帝女魃。蚩尤作兵伐黃帝，黃帝乃令應龍攻之冀州之野。應龍畜水，蚩尤請風伯雨師，縱大風雨。黃帝乃下天女曰魃，雨止，遂殺蚩尤。魃不得復上，所居不雨。叔均言之帝，後置之赤水之北。叔均乃為田祖。魃時亡之。所欲逐之者，令曰：「神北行！」先除水道，決通溝瀆。

有人，方食魚，名曰深目民之國，盼性，食魚。

有鍾山者。有女子衣青衣，名曰赤水女子獻。

大荒之中，有山名曰融父山，順水入焉。有人名曰犬戎。黃帝生苗龍，苗龍生融吾，融吾生弄明，弄明生白犬，白犬有牝牡，是為犬戎，肉食。有赤獸，馬狀無首，名曰戎宣王尸。

有山名曰齊州之山、君山、鬵山、鮮野山、魚山。

有人一目，當面中生。一曰是威姓，少昊之子，食黍。

有繼無民，繼無民任姓，無骨子，食氣、魚。

西北海外，流沙之東，有國曰中輪，顓頊之子，食黍。

有國名曰賴丘。有犬戎國。有人，人面獸身，名曰犬戎。

西北海外，黑水之北，有人有翼，名曰苗民。顓頊生驩頭，驩頭生苗民，苗民釐姓，食肉。有山名曰章山。

大荒之中，有衡石山、九陰山、灰野之山，上有赤樹，青葉赤華，名曰若木。

有牛黎之國。有人無骨，儋耳之子。

西北海之外，赤水之北，有章尾山。有神，人面蛇身而赤，直目正乘，其瞑乃晦，其視乃明，不食不寢不息，風雨是謁。是燭九陰，是謂燭龍。

〔譯文〕

東北海海外的大荒中，黃河水環繞著一座山，名叫附禺山。帝顓頊和他的九個妃嬪都葬在這裏。這裏有貓頭鷹、花斑貝、離朱鳥、鸞鳥、鳳鳥以及大大小小的殉葬物事。又有青鳥、琅鳥、燕子、黃鳥、虎、豹、熊、羆、黃蛇、視肉、璿瑰、瑤碧等珍奇物產，都出在這座山。山旁有一座衛丘，方圓有三百里，丘的南端有帝俊的竹林，剖開竹子的一節便可以做船。竹林的南端有紅色的湖水。名叫封淵。有三棵桑樹，不生枝條，其高都達數十丈。衛丘的西邊有沈淵，是顓頊洗澡的地方。

有胡不與國，姓烈，以黍為主要食品。

大荒當中，有一座山，叫不咸山。附近有肅慎氏國。有會飛的蛭，生有四隻翅膀。有一種蟲，野獸的頭，蛇的身子，名叫琴蟲。

那裏還有個國家，名叫大人國。因這個國家的人身材特別高大，人們稱他們叫大人。他們都姓釐，以黍為主要食物。有大青蛇，黃色的頭，正在那裏蠶食駝鹿。

有榆山。有鯀攻程州山——程州大約是一個國名，或者是一個部族名。

大荒當中，有座山叫衡天山。有先民山。有盤曲的大樹占的地面廣達千里。

有叔歜國，是顓頊的子孫後代，以黍為主要食物，役使四種野獸：虎、豹、熊、羆。有一種黑蟲像熊的模樣，名叫獵獵。

有北齊國，姓姜，役使虎、豹、熊、羆。

大荒當中，有座山名叫先檻大逢山，是河水和濟水流入的地方，海水從北方來灌注在這裏。它的西邊有一座山，名叫禹所積石山。

有一座山叫陽山。有一座山叫順山，順水發源在這裏。有始州國，附近有一座純出丹朱的丹山。

有大澤，方圓大約一千里，是各種鳥類在那裏更換毛羽的地方。

有毛民國，姓依，以黍為主要食物，役使四種野獸。原來禹生了均國，均國生了役采，役采生了修鞈，修鞈把綽人殺了。禹哀念綽人無辜被殺，暗地裏把綽人的子孫弄出來建成一個國家，就是這毛民國。

有儋耳國——就是大耳國——姓任，是東海海神禺號（禹虢）的子孫後代，拿穀類來做主要的食品。北海的海島上，有一個神，人的臉，鳥的身子，耳朵上掛兩條青蛇，腳踏兩條紅蛇，名叫禺彊（禺京）——他便是北海的海神，是禺號的兒子。

大荒當中，有座山名叫北極天櫃山，海水從北邊灌注在這裏。有一個神，九個腦袋，人的臉，鳥的身子，名叫九鳳。又有一個神，嘴裏銜著蛇，手上握著蛇，老虎的頭，人的身子，四隻蹄足，長長的手肘，名叫彊良。

大荒當中，有座山叫成都載天山。有個人耳朵上掛著兩條黃蛇，手裏握著兩條黃蛇，名叫夸父。幽冥世界的統治者后土生了信，信生了夸父。夸父不量力，想要去追趕太陽的光影，將它在禺谷那個地方捉住。他追到半途，心煩口渴，想去喝黃河的水，怕不夠喝，又想到北方去喝大澤的水，還沒走到，就渴死在這裏了。後來黃帝和蚩尤發生戰爭，應龍已經殺死了蚩尤，又殺死了幫助蚩尤作戰的夸父——大約是追日夸父的子孫後代——神力用盡，上不了天，只得到南方去居住，所以南方一直多雨。

又有無腸國，據說姓任，是無繼國人的後代子孫，以魚為主要食物。

共工的臣子相繇——就是前面曾經講到過的相柳——九個腦袋，蛇的身子，蟠旋自繞，貪殘無厭地尋找九座山山上的食物來吃。凡是經過他噴吐棲息過的地方，那地方就會成為沼澤，氣味不是辣就是苦，各種飛禽走獸都沒法居住。禹填塞洪水，殺死相繇，流出的血液，腥臭難聞，五穀都不能生長，那個地方又水潦成災，實在沒法居住。禹就把它填塞起來，三次填塞滿，三次都陷壞下去。於是乾脆把它挖掘成為一個池子，當時的諸帝就利用池泥來造了幾座臺，臺在昆侖山的北邊——就是所謂帝堯臺、帝嚳臺、帝丹朱臺、帝舜臺等。

有岳山，高大的竹子產生在這座山上。

大荒當中，有座山名叫不句山，海水從池邊灌進山裏。

有一座係昆山，上面有共工臺，凡是射箭的都不敢朝著臺所在的北方射，為的是敬畏共工的威靈。有人穿了件青色衣服，名叫黃帝女魃。蚩尤製造了各種兵器去攻伐黃帝，黃帝派遣應龍到冀州的原野上去抵禦他。應龍蓄積了大量的水。蚩尤去請風伯和雨師來，縱起一場大風雨，使應龍蓄的水失了作用。黃帝就降下天女名叫魃的——人們叫她做旱魃，據說是禿頂，不長一根頭髮——她一下來就運用身體內的熱力，把狂風和暴雨都止住了，於是殺了蚩尤。魃用盡了神力，不能再上天，所居住的地方一點雨也沒有。叔均便向黃帝建議，把她安置在赤水的北邊。——這樣一來，旱災的威脅解除了，叔均便做了田神。魃不安本分，時時逃亡，到處騷擾。要想驅逐她的，便設下禁咒向她祝告道：「神啊！回到北方你的故居去吧。」事先清除水道，疏通大小溝渠——據說這樣做了，往往便能得到大雨。

有一群人正在那裏吃魚，名叫深目民國，姓盼，拿魚來做主要食物。

有一座山叫做鍾山。有一個女子，穿了一件青色衣服，名叫赤水女子獻——有人說可能就是被安置在赤水北邊的黃帝女魃。

　　大荒當中，有座山名叫融父山，順水流進這座山。有一個人名叫犬戎。黃帝生了苗龍，苗龍生了融吾，融吾生了弄明，弄明生了白犬，白犬有雌有雄，自相配偶，於是成了犬戎這一族，以吃肉為生。有一種紅色的獸、馬的形狀，卻沒有腦袋，名叫戎宣王屍——據說就是犬戎奉祀的神。

　　有山名叫齊州山、君山、鷥山、鮮野山、魚山。

　　有一種人，只有一隻眼睛，眼睛長在臉的正中央。有人說他們姓威，是少昊傳下的子孫後代，以黍為主要食物。

　　有無繼民，無繼民姓任，是無骨民的子孫後代，以空氣和魚為主要食物——就是說他們除了吃魚之外，還擅長做深呼吸運動以保持身體的健康。

　　西北方的海外，流沙的東邊，有個國名叫中輻國，是顓頊的子孫後代，拿黍來做主要食物。

　　有個國名叫賴丘國。有犬戎國。有一種人，人的臉，獸的身子，名叫犬戎。

　　西北方的海外，黑水的北邊，有一種人生有翅膀，名叫苗民。顓頊生了驩頭，驩頭生了苗民，苗民姓鳌，以吃肉為生。有座山名叫章山。

　　大荒當中，有衡石山、九陰山、灰野山。灰野山上有棵紅色的大樹，青色的樹葉，紅色的花朵，名叫若木。

　　有牛黎國——就是前面講過的柔利國。一國的人身上都不長骨頭，是儋耳國人傳下的子孫後代。

　　西北海海外，赤水的北邊，有章尾山——也就是鍾山。有一個神，人的臉，蛇的身子，渾身紅色，身長千里，眼睛豎生，眼瞼是兩條直縫。當他閉上眼睛時，世界就成為黑暗，當他睜開眼睛時，馬上又變成白天。他不吃東西，不睡覺，不呼吸，只是把風和雨來吞噬。他能照亮九重泉壤的陰暗，所以叫他做燭龍——或者又叫做燭陰。

第十八・海內經

東海之內，北海之隅，有國名曰朝鮮、天毒，其人水居，偎人愛之。

西海之內，流沙之中，有國，名曰壑市。

西海之內，流沙之西，有國，名曰氾葉。

流沙之西，有鳥山者，三水出焉。爰有黃金、璿瑰、丹貨、銀鐵，皆流于此中。又有淮山，好水出焉。

流沙之東，黑水之西，有朝雲之國、司彘之國。黃帝妻雷祖，生昌意。昌意降處若水，生韓流。韓流擢首、謹耳，人面、豕喙，麟身、渠股、豚止，取淖子曰阿女，生帝顓頊。

流沙之東，黑水之間，有山名不死之山。

華山青水之東，有山名曰肇山。有人名曰柏子高。柏子高上下于此，至于天。

西南黑水之間，有都廣之野，后稷葬焉。爰有膏菽、膏稻、膏黍、膏稷，百穀自生，冬夏播琴。鸞鳥自歌，鳳鳥自舞，靈壽實華，草木所聚。爰有百獸，相群爰處。此草也，冬夏不死。

南海之內，黑水青水之間，有木名曰若木，若水出焉。

有禺中之國。有列襄之國。有靈山，有赤蛇在木上，名曰蝡蛇，木食。

有鹽長之國。有人焉鳥首，名曰鳥氏。

有九丘，以水絡之：名曰陶唐之丘、叔得之丘、孟盈之丘、昆吾之丘、黑白之丘、赤望之丘、參衛之丘、武夫之丘、神民之丘。有木，青葉紫莖，玄華黃實，名曰建木，百仞無枝，上有九欘，下有九枸，其實如麻，其葉如芒，大皞爰過，黃帝所為。

有窫窳，龍首，是食人。有獸，人面，名曰猩猩。

西南有巴國。大皞生咸鳥，咸鳥生乘釐，乘釐生後照，後照是始為巴人。

有國名曰流黃辛氏，其域中方三百里，其出是塵。有巴遂山，澠水出焉。

又有朱卷之國。有黑蛇，青首，食象。

南方有贛巨人，人面長臂，黑身有毛，反踵，見人笑亦笑，唇蔽其面，因即逃也。

又有黑人，虎首鳥足，兩手持蛇，方啗之。有嬴民，鳥足。有封豕。

有人曰苗民。有神焉，人首蛇身，長如轅，左右有首，衣紫衣，冠旃冠，名曰延維，人主得而饗食之，伯天下。

有鸞鳥自歌，鳳鳥自舞。鳳鳥首文曰德。翼文曰順，膺文曰仁，背文曰義。見則天下和。

又有青獸如菟，名曰菌狗。有翠鳥，有孔鳥。

南海之內有衡山。有菌山。有桂山。有山名三天子之都。

南方蒼梧之丘，蒼梧之淵，其中有九嶷山，舜之所葬，在長沙零陵界中。

北海之內，有蛇山者，蛇水出焉，東入于海，有五采之鳥，飛蔽一鄉，名曰翳鳥。又有不距之山，巧倕葬其西。

北海之內，有反縛盜械、帶戈常倍之佐，名曰相顧之尸。伯夷父生西岳，西岳生先龍，先龍是始生氐羌，氐羌乞姓。

北海之內，有山，名曰幽都之山，黑水出焉。其上有玄鳥、玄蛇、玄豹、玄虎，玄狐蓬尾。有大玄之山。有玄丘之民。有大幽之國。有赤脛之民。

有釘靈之國，其民從膝已下有毛，馬蹄，善走。

炎帝之孫伯陵，伯陵與吳權之妻阿女緣婦，緣婦孕三年，是生鼓、延、殳。殳始為侯，鼓、延是始為鐘，為樂風。

黃帝生駱明，駱明生白馬，白馬是為鯀。

帝俊生禺號，禺號生淫梁，淫梁生番禺，是始為舟。番禺生奚仲，奚仲生吉光，吉光是始以木為車。

少皞生般，般是始為弓矢。

帝俊賜羿彤弓素矰，以扶下國，羿是始去恤下地之百艱。

帝俊生晏龍，晏龍是為琴瑟。

帝俊有子八人，是始為歌舞。

帝俊生三身，三身生義均，義均是始為巧倕，是始作下民百巧。后稷是播百穀。稷之孫曰叔均，始作牛耕。大比赤陰，是始為國。禹鯀是始布土，均定九州。

炎帝之妻，赤水之子聽訞生炎居。炎居生節並，節並生戲器，戲器生祝融。祝融降處于江水，生共工。共工生朮器，朮器首方顛，是復土壤，以處江水。共工生后土，后土生噎鳴，噎鳴生歲十有二。

洪水滔天，鯀竊帝之息壤以堙洪水，不待帝命。帝令祝融殺鯀于羽郊。鯀復生禹，帝乃命禹卒布土，以定九州。

〔譯文〕

東海海內，靠近北海的角落，有兩個國家：朝鮮和天毒國。這兩個國家的人都在水上生活，對人以慈愛為本。

西海海內，流沙當中，有國家名叫壑市。

西海海內，流沙以西，有國家名叫氾葉。

流沙的西邊，有一座鳥山，是三條水一同發源的地方。水裏產有黃金、璿瑰、丹貨、銀鐵等物。又有淮山，是好水發源的地方。

流沙的東邊，黑水的西邊，有朝雲國、司彘國。黃帝的妻子雷

祖——就是教人養蠶的嫘祖——生了昌意，昌意被貶謫到若水這地方來居住，生了韓流。韓流是長腦袋，小耳朵，人的臉，豬的嘴，麒麟的身子，兩條腿是胼生在一起的，還有一雙豬蹄足。他娶了淖子族的一個姑娘名叫阿女的，生了帝顓頊。

流沙的東邊，黑水流經的地方，有座山名叫不死山——就是後來所謂的員丘山。

華山青水的東邊，有座山名叫肇山。有個人名叫柏子高，柏子高常在這裏上上下下，直到天上。

西南黑水流經的地方，有都廣野，后稷埋葬在這裏，它的疆域方圓有三百里，是天和地的中心，有名的神女素女便出在這個地方。這裏有膏菽、膏稻、膏黍、膏稷，各種各樣的穀物自然生長，不論冬天夏天都可以播種。鸞鳥自由自在地唱歌，鳳鳥自由自在地舞蹈，靈壽木到時開花，草和樹都蔥籠茂盛。各種各樣的鳥獸，成群結隊地在這裏和睦相處。這裏的草，不論冬天夏天都不會枯死。

南海海內，黑水和青水之間，有一種樹名叫若木，若水就發源在這裏。

有禺中國。有列襄國。有靈山，有一條紅蛇在樹上，名叫蝡蛇，專以吃樹木為主。

有鹽長國。有一種人長著鳥的頭，名叫鳥民。

有九座山丘，水環繞在它們的下面，名字叫陶唐丘、叔得丘、孟盈丘、昆吾丘、黑白丘、赤望丘、參衛丘、武夫丘、神民丘。有一棵樹，青色的樹葉，紫色的莖幹，黑色的花朵，黃色的果實，名叫建木，高達八十丈，中間不生樹枝，只在樹頂上生了許多彎曲的椏枝，又在最下面長了不少盤錯的樹根，它結的果實像麻實，它的葉子像芒木的葉。大皥曾經緣著它攀登上天，它是黃帝造作、施為的。

有窫窳這種怪獸，龍的腦袋，住在弱水裏，能夠吃人。有一種獸，

人的臉，名叫猩猩。

西南有巴國。大皞生了咸鳥，咸鳥生了乘釐，乘釐生了後照，後照便成為巴人的祖先。

有個國家名叫流黃辛氏——就是前面曾經講過的流黃酆氏，它的疆域方圓大約有三百里，最常見的產物是麈——駝鹿。附近有座山叫巴遂山，澠水發源在這座山。

又有朱卷國。有一條大黑蛇，青色的腦袋，正在那裏吞吃象。

南方有贛巨人，人的臉，長嘴唇，黑黝黝的身子，渾身是毛，足後跟反轉生，見人就笑，一笑嘴唇就反轉來遮蔽了眼睛，人們因此才能趁機會逃走。

又有一個黑人，老虎的頭，鳥的足，兩隻手捉住一條蛇，正要去咬嚼吞吃它。

又有一個叫做贏民的部族，人人都長著鳥的足。附近出產大野豬。

有一種人，名叫苗民。他們奉祀的一位神，是人的腦袋，蛇的身子，身子有車轅那麼長，左邊和右邊各長一個腦袋，穿紫色衣服，戴旄帽，名叫延維——又叫委蛇，國君若是得到它，來奉饗祭祀，就可以稱霸天下。

有鸞鳥自由自在地唱歌，鳳鳥自由自在地舞蹈。鳳鳥頭上有文字叫德，翅膀上有文字叫順，胸脯上有文字叫仁，背上有文字叫義。只要它一出現，天下就會和平。

又有青獸形狀像兔子，名叫菌狗。

有翠鳥。有孔雀。

南海海內有衡山，有菌山，有桂山。有座山名叫三天子都——又叫三天子鄣。

南方的蒼梧丘，蒼梧淵，它們中間有座九嶷山，是舜埋葬的地方。在長沙零陵境內。

北海海內，有一座叫蛇山的，蛇水從這裏發源，往東流注入大海裏。有五彩羽毛的鳥，群飛起來遮蔽了一鄉的天空，名叫翳鳥。又有一座不距山，巧倕葬在山的西面。

北海海內，有反綁起來戴上桎梏，身懷武器、謀逆不逞之徒，名叫相顧屍。

伯夷父生了西岳，西岳生了先龍，先龍的後裔便成了氐羌這個部族。氐羌人姓乞。

北海海內，有座山名叫幽都山，黑水從這座山發源。山上有黑鳥、黑蛇、黑豹、黑虎和長著毛蓬蓬尾巴的黑狐。有大玄山。有玄丘民。有大幽國。有赤脛民。

有釘靈國，這個國家的人從膝蓋以下都生有毛，馬的蹄足，健步如飛——據說一天能走三百里。

炎帝的孫子伯陵，伯陵和吳權的妻子阿女緣婦私通，緣婦懷了三年孕，生下鼓、延、殳三個兒子。殳開始創制發明了射箭的箭靶，鼓和延開始製作了鐘，創制了樂曲和音律。

黃帝生了駱明，駱明生了白馬，白馬就是鯀。

帝俊生了禺號，禺號生了淫梁，淫梁生了番禺，番禺開始製造了船。番禺生了奚仲，奚仲生了吉光，吉光開始拿木頭來做成車子。

少皞生了般，般開始製造了弓和箭。

帝俊賜給羿紅色的弓，白色的帶繩箭，叫他去扶助下方的國家。羿於是開始去拯救下方人民的各種艱難困苦。

帝俊生了晏龍，晏龍開始製造出琴和瑟這兩種樂器來。

帝俊有八個兒子，八個兒子開始創制了歌舞。

帝俊生了三身，三身生了義均，義均便是所謂的巧倕，開始創造發明了下方人民所需要的百工技巧。后稷開始播種百穀。后稷的孫子叫叔均，開始用牛來耕田犁地。大比赤陰——可能就是后稷的母親姜

原——開始建立了國家。禹和鯀開始拿泥土來埋塞洪水，平定九州。

炎帝的妻子，赤水族的姑娘聽訞生了炎居，炎居生節並，節並生戲器，戲器生祝融。祝融被貶謫到江水來居住，生了共工。共工生了朮器，朮器的頭頂是方而且平的，恢復了祖父祝融所有的土壤，仍舊住在江水。共工又生了后土，后土生了噎鳴，噎鳴生了一年的十二個月。

洪水滔天。鯀沒有得到天帝的允許就盜竊了天帝的息壤——一種能夠生長不止、堆山成堤的土壤——去堙塞洪水。天帝發怒，便命火神祝融去把鯀殺死在羽山的郊野。鯀死了三年，屍體都不腐爛，終於從肚子裏孕育、誕生出禹來。天帝只好命禹去布土治水，使九州得到平定。

國家圖書館出版品預行編目資料

山海經的智慧／長卿著-- 一版.-- 臺北市：大
　地, 2010.05
　　面：　公分. --（大地叢書：32）

　　ISBN 978-986-6451-16-4（平裝）

　　1.山海經　2.研究考訂

857.21　　　　　　　　　　　　99007286

山海經的智慧

作　　　者	長　卿
發 行 人	吳錫清
主　　編	陳玟玟
出 版 者	大地出版社
社　　址	114台北市內湖區瑞光路358巷38弄36號4樓之2
劃撥帳號	50031946（戶名　大地出版社有限公司）
電　　話	02-26277749
傳　　真	02-26270895
E - m a i l	vastplai@ms45.hinet.net
網　　址	www.vasplain.com.tw
美術設計	普林特斯資訊股份有限公司
印 刷 者	普林特斯資訊股份有限公司
一版一刷	2010年05月

大地叢書 032

定　　價：250元